陆　源/著

卓　青/译

终极之门

ZHONGJIZHIMEN

百花洲文艺出版社
Baihuazhou Literature & Art Publishing House

《终极之门》梗概

在一个平行宇宙中，地球上住着四种智慧生物，分别能操控不同的元素魔法。很久很久以前，四族和平共处。但如今，操纵水的精灵族、驭火的人族、拥有大地能量的矮人族和使用风之能力的仙子一族，陷入了无休无止的混战。

四位元素之神——火神芙尔迪、水神艾丽妲、风神扬戴恩和土神塔梅尔告知四人，他们被选中来完成一项特殊的任务。四人须向极西而行，寻找能拯救世界的圣物。他们必须一路同行，穿过五道关卡，接受五次试炼。

一路上，他们依靠其他三位同伴的帮助，渡过了五道关卡——虫怪、火山、冰龙、泥人、传送门。他们团结奋战，心意相通，齐心协力，成为好朋友，并成长为自己族人的首领，让四族和平共处，过上了美好的生活。

·人物·

主角：

塞拉——女，褐发褐眼的矮子侦察兵

亨利——男，金发，浅蓝眼眸的仙子

凯尔——女，发色深棕，蓝眼的人类战士

瑞文——女，黑发碧眼的精灵军官

·诸神·

母神——宇宙和四位元素之神的创造者

艾丽妲——水之女神，精灵的创造者

塔梅尔——大地女神，矮人的创造者

芙尔迪——火之女神，人类的创造者

扬戴恩——风神，仙子的创造者

黑暗之神——元素之神的敌人，泥人等黑暗生物的创造者

·敏特人·

克里昂——敏特人军队的指挥，艾格的丈夫，杰泰尔的兄弟

布列迪——敏特人军官

德穆克——敏特人军官

克拉德——敏特人军官

艾格——三长老的戍卫官，克里昂的妻子

海德纳——非常年老的敏特人，三长老的首脑

杰泰尔——三长老之一，克里昂的兄弟

斯蒂尔——三长老之一

·其他·

比亚翠丝——人类的第一个女王

艾米勒——第一个精灵女王

吉莉安——初代矮人女王

塞纳尔——仙子的第一位国王

汉姆——在塞拉的试炼中，四人在迷宫中央的大房间里遇到的巨型蜘蛛

第一章

密林中万籁俱寂，雪花落地的声音清晰可闻。瞬间，四道光亮撕破了这片静谧，随之出现的四位神灵打量着四周，微微露出笑意。

其中的一位抬起手，悄声下了命令，随即转身，心知适才操控的元素之能会完全遵从指令。四神默不作声地立了半晌，刚才召唤风元素的神灵开口道："各位觉得如何？能奏效吗？"

"但愿。"塔梅尔答道。

"你看怎样？"艾丽妲问芙尔迪。

火神只是耸耸肩，艾丽妲追问道："这是你制订的计划，你总该清楚吧？"

"我制订计划，并不代表我能完全掌控结果。"芙尔迪回答。

"就我看来，它对于命运之轮总体的走向是有利的。"扬戴恩说道。

"你说话老是这么云山雾罩的。"芙尔迪评论道。

凯尔用她纯白的斗篷护住一团小小的火球。在她周围暴风雪肆虐，雪片吹进她的眼睛里，她的脸被低温刺得生疼，从平日里健康的小麦色变得通红。其他的人族战士也用火球温暖手指，为突袭做准备。一个世纪前，人族绝不会在这种天气出行，然而今时不比往日，生存愈发艰难，四族之间的冲突也迅速升级。

凯尔所在的小队之所以在严冬攻打精灵营地，是因为前不久精灵企图将他们的镇子夷为平地。精灵们总是在寒冬发动袭击，因为他们操控的元素是水，因此在冰雪和严寒的环境中如鱼得水。

四族都能操纵各自所属的元素，并从中汲取力量。据说，每一族的祖先在操纵元素之外，都还有特殊的能力，但是他们触怒了神灵，所以特殊能力被剥夺了。大部分人把这种说法归为传说和无稽之谈，而少部分相信这种传说的也觉得人类、精灵、矮人和仙子曾经和平共处是难以想象的。

毕竟，四族分别组成的国家原来、现在都是处于敌对状态，将来也一定会处于敌对的状态。族间的冲突本来只是小范围摩擦，现如今死伤已经是家常便饭。

士兵一旦阵亡，老者反对争斗的声浪就会增高。可是年青一代依旧像被黑魔法驱使一般地前赴后继涌向战场。

“我们很快就行动。”司令官宣布。他完全不用费神去压低嗓子，因为四周咆哮的风声都能盖过大象的声音，“大家对作战计划都清楚吗？”这魁梧的指挥官并没有打算等待大家回答，“我们先毁掉他们的粮仓，这样他们整个冬天都得夹着尾巴过日子。大家要留神用盾牌护住自己，精灵个个都是神射手。”

战士们对武器装备进行最后的检查，举起空闲的手，小火球在他们身前形成冒着火花和闪电的能量漩涡。凯尔调整了一下腰带，把短剑挪到触手可及的地方。她环视着同伴，他们也一样穿着和环境融为一体的雪白斗篷。

“大家等我的暗号，不许发出吼声，特别是你，凯尔。”司令官说道。

凯尔的回应是对他怒目而视。其他战士悄悄包围精灵营地的时候，凯尔留在原地，看着同伴们一个个悄无声息地消失在风雪中。包围圈完成之后，司令官向天空发射一团火球，突袭开始了。

凯尔轻快地跑过冻硬的雪地，留心控制身体的热流量，避免因为足部过热陷入雪里。她的目的地不是仓库，破坏粮仓的人手不缺她一个。

她心里想的是冒险，比如干点儿人人称羡的英雄事迹，让她的哥哥们好好瞧瞧。她的三个兄长都是军官，每个都取笑过凯尔的底层军衔。他们当兵时间比凯尔长好久这事儿，她提了也没用。

听到仓库那里传来的轰隆声，凯尔微微一笑，心想要能在爆炸现场观摩也不坏，现在也不必保持隐秘行动了，于是她直接冲进一排老旧的营房，向各个方向发射火球。她刚一进门，迎面飞来一把冰刀，凯尔低头躲开，向睡得迷迷糊糊的精灵士兵发射火流，对方慌忙就地滚到一边，大声呼救。凯尔的攻击化作一堵火墙，向倒霉的精灵步步紧逼，他奋力反抗，可他的反击都被无情地弹开了。不多时，精灵背贴着墙，面对熊熊大火，陷入了绝地。

在精灵被活活烤熟之前，一个精灵小队长及时出现，稳稳地帮着他把凯尔的火墙推开。新来的精灵发色乌黑，双眼碧绿，有小麦色的肌肤。凯尔对这么大的营房只住了两个精灵有几分疑惑，不过当务之急是打败他们。

既然火墙不奏效，凯尔只好另想办法。只见她向前伸直上臂，把手在身前紧紧交握，随后两手像要撕开什么似的迅速分开，同时以自己身体为中心向四周发射一波波的火焰，把墙壁熏烤得焦黑。发出了绝招，凯尔累得直喘，可是那两个精灵被一团冰和水能量组成的结界守护着，毫发无损。精灵小队长咧嘴一笑，结界的元素能量化为攻击波，飞向了凯尔。

凯尔刚竖起结界，两个精灵合力发动的攻击就到了，攻击的力量把她抛出营房，凯尔落到了松软的雪地上。她仰天躺着，发现不知什么时候雪已经停了。

她听到远处司令官发出撤退的号令，一跃而起，一边回撤一边注意那两个精灵的动向。他们俩说了几句话，士兵跑开去对付其他的人族战士，而小队长向凯尔逼了过来。很快，只剩她们俩面对面站着。

“你还不逃吗？”精灵道。

“我觉得我应该再待一会儿，好给你上一课。”凯尔回答。

两人同时从手心中召唤出元素弹，丢向对方，并迅速躲开对方的攻击。对抗一直持续到一个特别强力的冰弹把凯尔炸得再一次飞了出去。凯尔躺在雪地里慢慢下陷，她气喘吁吁，精疲力竭，干脆等着精灵过来结果自己。忽然之间，飓风刮起，两人一起被卷走了。

同一片森林的上空，仙子亨利正在强风中左支右绌。由于四周都是纷飞的雪片，亨利对自己的所在毫无所知，他只知道自己原本正好好地在仙子国肥沃的平原上空翱翔，可忽然被飓风刮到了边境山脉的另一边，精灵占领的冻原上空。风猛烈地刮，他只好时时调整翅膀的角度，免得它们受伤。亨利的翅膀乍一看和蝴蝶很像，实际上因为内部有中空的骨骼支撑，非常结实。不过在这么大的风力面前，它们也只能勉强让他浮在半空罢了。

亨利不敢降落，谁知道被精灵抓住会落到什么下场呢？他现在只好让强风把自己吹来吹去，将自己紧裹在风元素组成的球形结界里，半支着棕色的翅膀操控方向，他可没打算摔死在冻原上。

忽然，一团火球飞上半空，把仙子吓了一跳。有人类在？肯定是突袭。亨利调整翅膀的角度，向火焰发出的方向飞去，既然来都来了，顺便刺探一下也不赖。

亨利这辈子第一次对自己这对不起眼的棕色翅膀感到满意，它们在一片黑沉沉的乌云中毫不显眼，真是完美的隐蔽。

渐渐地，风止了，雪也不下了，亨利撤去元素护盾，包裹他的泡泡逐渐消失了。接着，他开始甩去头发和潮湿衣服上的雪花。

亨利正向着刚发现的精灵营地飞去，却被一股飓风狠狠向后扯去。他怕翅膀被风扯去，赶紧把它们紧紧包裹在身体上，然后紧闭上浅蓝的双眼，准备召唤魔法对抗飓风。可他惊恐地发现，这股飓风是由比他自己强大得多的魔法召唤的。

与此同时，一个矮人侦察兵正在同一片森林中小心前进。塞拉把棕色的头发从眼前撩开，心想如果自己能未卜先知，早上就把头发扎起来多好。当然，今早她也没预料到上级会让她执行这样一个自杀性任务，去精灵的领地侦查。

她怀疑小队长怨恨自己已经有段日子了。塞拉本以为他看自己不顺眼，最多就是口头上不善，或者在她升职上下绊子，没想到小队长是真心想她死。

塞拉也不是没有考虑过抗命，不过这样小队长把她踢出军队就名正言顺了。要是你的小队长给你分配了任务，不管这任务有多蠢，还是好好完成比较好。

这就是为什么塞拉跌跌撞撞地出现在冻原上的原因。她想着可以蹭到精灵营地的边缘地带，隐蔽在树上，观察几个小时，然后带着精灵的情报回去。想象一下小队长那时脸上震惊的表情，她笑了。

不幸的是，暴风雪来了，塞拉的好心情逐渐化为乌有。在努力迎着风雪前进了一会儿之后，她走不动了。她惊惶地努力回想训练内容里，如果碰到暴风雪该怎么做，并再一次诅咒该死的贝福特让她执行这样一个要命的任务。

在冻死之前，塞拉用意念探测到十英尺雪之下是土地，她抑制住欢呼的心情，把一大团土壤召唤上来，在中间挖了一个洞，钻了进去，并用更多的土把自己厚厚地掩盖起来。

终于暖和了，她一边休息一边等待暴雪停歇，没过多久，她在地下感到巨大的震动，赶紧一挥手，从自制的掩体中脱身而出。原来太阳已经出来了。

光天化日之下，塞拉才发现自己离最近的木屋只有几英尺之远，才意识到自己直接闯进了精灵的营地，吓得倒吸了一口冷气。她看到右边不远处有三个人影，知道自己身处极大的危险之中，赶紧蹲身避免被发现。抬头再看时，只剩下两个人影，其中一个托着一个冰球，另一个攥着一团火焰。

塞拉非常惊讶，人类居然来到了精灵领地，而且是冬天，她本以为人类的能力在严寒的气候中只能勉强维持生存。塞拉惊奇地看着人类和精灵斗了几分钟，在正常情况下，两人可能势均力敌，不过精灵现在占着天时地利，人类处境堪忧。

最后，精灵发出了制胜的一击，把人类炸得飞了出去。精灵犹豫了一下，接着下定了决心，举起手。塞拉皱眉，对人类感到一丝怜悯，这孩子在极端不利、同伴都撤退的情况下还能坚持和对手战斗，还是很了不起的。忽然，一阵飓风刮起，精灵和人类都飞上了半空。

这一天意外连连，塞拉看到二人被刮走还是十分惊讶，当她看到仙子的时候，心想仙子也喜欢围观人类和精灵的战斗。当风把她也卷走的时候，她还在想到底是什么力量带走了他们。

第二章

精灵瑞文刚想结果那个人类的时候，飓风起了，让她不知所措。精灵本能地缩成一团，想要把伤害减低到最小。飓风来得快去得也快，没多久就停歇了，精灵和人类一起被抛到柔软的雪地上。

几秒钟之后，又有什么东西掉落到她身边，她站直身体把雪从翅膀上抖落时，瑞文认出是个仙子。她刚站起身，一个矮人哼哼着落到了瑞文右边。

瑞文一张嘴，没发出声音，她发现自己浑身上下动弹不得，只能转动头颅，环视之下，显然另外三人也是如此。

此时，他们所在的空地另一边出现了明亮的白光，光线越来越强，他们不得不闭上眼睛，别开脸去。光芒消失之后，元素之神已然降临到他们身边，分别是：火神芙尔迪、水神艾丽妲、风神扬戴恩和土神塔梅尔。

四人发现让他们动弹不得的咒语消失了，急忙向自己所属的元素之神深深躬下腰去。神灵们周身沐浴着乳白的光芒，充满了神圣的气息。

“起身吧。”四神一同说道。传说中，神灵只在四族的初代首领前现过身，四人不由得又惊又喜。

四神又一同说道：“我们把你们四个召唤到这里来，希望你们完成一项特殊的任务。世界即将毁灭，你们必须去太阳降落的极西之地，取回四样圣物，才能拯救世界。你们一路上会经过五道关卡，前四关将分别赋予你们特殊的能力。在每道关卡中，你们中的一个将失去元素之能，只有仰仗其他三个同伴才能平安过关。”

凯尔真心觉得这个想法太荒唐了。她好不容易把冷哼吞下肚，毕竟当面嘲笑神灵可绝不是明智的做法，特别是如果你想在对话终了还能活命的话。

“你们一路上会遇到非常危险的敌人，所以我们会提供充足的装备，并发给你们人手一件魔法武器。”说着，元素之神们把四人包裹在乳白的光芒中，光芒消失之后，四人身着一模一样的米色衬衫和紧身齐膝裤，唯一的不同是右臂上彩色的圆环：瑞文是海蓝色，凯尔是红色，塞拉是绿色，而亨利是白色。除了武器之外，每人还分到了一个装满给养的背包。

“凯尔，你手持的宝剑曾属于人族的第一个女王，比亚翠丝。”凯尔欣喜若狂，浑忘了面前是神灵，兴奋地吹了声口哨。

众神微微一笑，转向瑞文说道：“这把弓是精灵族的第一个女王艾米勒所制，能够同时发射冰箭和能量。”

四神转向亨利继续言道："初代的仙子国王制作了这把长矛，能够使你像微风一般隐身。"

"最后，我们赐予你，塞拉，第一位矮人女王曾持有的战锤。这是一把十分强力的武器，能够制造地震。"

武器从新主人手中浮起，滑入他们身边出现的鞘中。

"这个任务十分严峻，可你们全族的身家性命都系在你们身上。也许最难的任务是学会信任同伴，只有通力合作才能突破险阻，平安过关。"众神看似不经意补充道，"你们四个要合而为一才能进入最后一关。"

说完，四神逐渐消失，四人所在的森林、雪地，甚至太阳，在他们眼前扭曲起来，观之让人目眩，他们只能紧紧闭上眼睛。再次睁开眼睛的时候，森林消失了。

他们身处一座石山的峭壁之上，四周群山环绕。四人沉默了一会儿，偷偷留意其他三个是不是私底下有什么小动作。他们深信除了自己，其他部族都是不通情理、不择手段的野蛮人。猜忌的种子埋得太深，即便神灵现身让他们合作，也无法把这种不信任连根拔起。

亨利率先踏离圈子。为了不显得有样学样，塞拉等了好一会儿，才慢慢走开。凯尔和瑞文同时转身，撞了个满怀。

"小心点。"凯尔怒道。

"笨手笨脚。"瑞文回嘴。

"你是不是还没打够？"

"打就打。要不是神灵把我们卷走了，我当时就干掉你了。"

"现在我们可不是在冰原上了。"凯尔提醒她。

塞拉带着厌倦的表情看着二人争吵，凯尔注意到矮人的目光，不忿道："你看什么看？"

"反正没看你。"塞拉迅速答道。

“你们都闭嘴行不行？”亨利烦躁地大喊。

瑞文瞄准仙子的头发射了一枚冰弹，亨利回敬精灵一团风球。塞拉没好气地把风球从眼前拨开，利用脚下的土地发出一阵冲击波，把亨利震倒在地。

由于被瑞文和亨利吸引了注意力，矮人差点没注意到凯尔向她发射的火焰。她就地一滚，好不容易避开人类的攻击，顺手回了一颗石弹。凯尔用火焰把石弹从半空击落，随即向四周发射火焰。混战就这么持续下去，由于势均力敌，一时间谁也没法占上风。最后他们又饿又累，浑身是伤，亨利先举起手表示不再打了，暂且休战，至少休息到明早再说。

凯尔把一堆树枝踢到一起，打了个响指，生起了篝火。瑞文打开背包，拿出腌肉和面包。她用匕首把树枝削尖，穿上猪肉放到火上烤，整个过程一言不发。塞拉、凯尔和亨利也从自己的背包中找出了食物。

每个人都小心翼翼地防备他人，尽量离火近一点，离其他人远一点。空气中充满了火药味，不过少年们还是信守诺言，当晚没有再起冲突。

亨利决定利用这个机会尽量观察一下其他人。作为仙子，他六英尺（1.82米）的身高属于中等。仙子是四族中平均最高的，所以他比塞拉要高出很多，矮人还不到五英尺（1.5米）。凯尔和亨利一样高，而瑞文似乎比亨利还要高些。塞拉的头发和眼睛一样是浅棕色的。精灵黑发碧眼，亨利觉得她的相貌有点怪异。而那个讨厌的人类则是深棕色头发，蓝眼睛。三个女孩子看起来都不是特别凶恶，不过就算她们正在密谋杀掉他，仙子也不觉得丝毫讶异。

亨利的眼皮渐渐沉重起来，可他不想在其他人能够攻击他的地方入睡。当他困倦得再也支持不下去的时候，仙子找到一棵大树，飞上树端陷入了沉睡。同时，瑞文在附近找到了一条小溪，躺了进去，把溪水冻硬作为保护。塞拉找了个离其他人尽量远的位置，躺在了土地上。凯尔试了试，发现衣服是防火的，于是干脆躺在了篝火中间。

虽然四个人都筋疲力尽，可他们躺下之后很长一段时间，都只是在装睡，内心在整理今天发生的一连串事件。亨利越是想，就越觉得火大，因为他已经意识到接下来的旅程，将不得不和三个敌人一起度过。

第三章

第二天一早亨利就醒了，可是他没有做任何出发的准备，而是独自待着，时不时警惕地看着其他三人，暗自打算下一步怎么做。

他昨晚的气还没有消，其实很想一走了之，展开翅膀远远离开这里。如果神灵们想要取回神器，那大不了他一个人就能完成任务。可是昨天他们的意思表达得很清楚：四个人必须齐心协力。虽然亨利想破了头也不明白为什么非要这样，他还是不敢直接违抗神的命令。

其他三个女孩儿心中的想法也差不多。凯尔尤其焦躁不安，手一直想去摸匕首。她非常想继续昨天的战斗，暗暗观察其他三人的动作，分析他们的弱点。她极力忍住的怒火主要是针对瑞文的，两个人之间的紧张情绪一触即发。他们目前还没有再打起来，主要是因为昨天众神的一番话，可即便是神灵的意志对于他们的约束力也是有限的，各人的耐心和克制力正在逐渐崩溃。

如果说还有谁把神灵的旨意真正放在心上，那就是塞拉了。她用了一整天的时间把事情的前因后果理清楚：失败的后果显而易见，如果他们无法取回神器，那么他们的世界就要毁灭。所以最好的办法就是遵从众神的指引，同心协力，各尽所能。

从目前紧张的气氛来看，塞拉一点都不喜欢她得出的结论。随着时间的流逝，塞拉等待着气氛缓和，大家好心平气和地讨论问题。可是其他三位都不怎么务实，意识不到和平共处才能达成目的。

总要有个人站出来消弭对立的情绪，所以塞拉也只能硬着头皮上了。她站起身来，走近其他三人，后者对她报以狐疑和警惕的目光。矮人轮流直视着他们的眼睛，说道："我们需要好好谈谈。"

"我觉得没什么好谈的，"亨利说着也站了起来，"我不需要你们三个就能找回神器。"

"没有人想要跟你同行。"凯尔说。

"那我正好一个人走。"亨利回答。

"那你走啊，我们不会有任何损失，反正队伍里也不需要仙子。"凯尔反击。

亨利朝她踏近一步，眼中充满敌意。

凯尔冷笑了一声作为回答，说道："好啊，如果我们要打一场，那把谁落下都不合适。"她转向瑞文，打手势让她也站起来："我们俩还没算完账呢。"

瑞文缓缓站起，盯着凯尔的眼睛："你自己要找死，我不会拦着你。"

塞拉眼看他们又要打起来，赶紧清清喉咙，问道："你们谁想告诉神灵，为什么我们要违背他们的命令？"

那三个果然停了下来，毕竟他们还没有相互恨到非要互相残杀的地步。

"那你说我们该怎么做？"亨利问，"真的要学着'同心协力'和'相互信赖'？"

"我宁肯去相信一条响尾蛇。"凯尔毫不客气。

瑞文比较理智，对塞拉的回应也礼貌些："你说的有道理。众神的命令很明确。”

“那现在怎么办？”凯尔嘲弄地说，“我们四个要不要手拉手，做好朋友，一起走向日落啊？”

“至少我们不应该斗个你死我活，”塞拉说，“内斗对达到目标没有丝毫作用。不管我们愿不愿意，这一路上是必须要一起走的。”

四人沉默了半晌，静静思考这个问题。最后，瑞文对塞拉点点头：“那就一起行动，不过我们得先订下几条规矩。不然我怎么能放心，晚上睡觉或者白天赶路的时候，你们会不会干掉我呢。”

凯尔嗤笑一声：“不知道你们的荣誉观如何，反正我们人类相信，作弊得来的胜利绝对不算胜利。”

亨利怀疑地看着她：“你说这话我能相信吗？”

“至少我的话比你的可信。”凯尔反驳。

仙子又朝她威胁地走出一步：“你敢再说一遍？”

“你的听力也不中用了吗？”凯尔问。

“我受够了，”亨利说，“我不管众神怎么说，我拒绝和你这种人一路同行。”他拎起背包，展开翅膀。

他离开之前，凯尔刻薄地大笑道：“说不过就想逃？”

“我才没有要逃跑。”亨利咬紧牙关。

“看起来就是你要跑。”凯尔说。

“住口！”塞拉大吼，“你们这些蠢货忘了世界已经危在旦夕了吗？任务完成了随你们怎么打，行不行？”

亨利和凯尔像斗鸡一样互相怒视了一会儿，姿态逐渐放松了。

“好吧，”凯尔说，“可是我还是觉得我一转身你们就会偷袭我。”

众人沉默，过了一会儿，瑞文走上前来，把拳头握在胸口：“我以我的荣誉和全家的性命起誓。”

即使是凯尔也完全相信了精灵庄重的誓言，她向瑞文点点头，也重复了同样的内容。四人依次发誓不会伤害其他人之后，紧张的气氛稍微缓解了一点。没有人心甘情愿做这项任务，可是他们不想违背神灵的旨意，更不想坐看世界毁灭。

发完誓之后，四人面面相觑，不知下一步如何是好。

凯尔迈开步走了。

“你去干什么？”塞拉问。

“拾柴火。”凯尔回答。她转身离去的时候，肩膀绷得紧紧的，随时准备应付新旅伴的偷袭，毕竟谁也说不好他们会不会违背誓言。没有攻击，她的神经放松了一点儿，可还是十分警惕。和他们一起行动是一个让步，可这并不说明她可以完全信任其他三人，发了誓也不行。

没多久，凯尔就抱着满怀的柴火回来，往地上一扔，漫不经心地挥了下手，篝火燃烧起来，她随即一屁股坐在火边。

瑞文看到凯尔已经生了火，觉得没必要自己也生火，于是向着烧得正旺的火堆旁挪了挪，其他两人也照做。

那天晚上，围坐在篝火边的四个人都没有说话，他们之间唯一的沟通方式就是时不时抬头瞄着其他人，确保没有人耍花招。他们知道第二天会很辛苦，所以早早都睡了，用的方法和前一晚差不多。这回，每个人离火都近了点，不过没有一个人睡得好，因为他们还在担心其他人在等待时机把另外三个干掉。

第四章

第二天清早凯尔醒来的时候，浑身酸痛，满心阴郁。她心情烦闷，一半是因为昨晚本可以睡在背包里舒适的铺盖卷上，可实际上她在冰冷的硬地上过了一夜。她这么做，是不想在所谓“旅伴”打算切开她喉咙，或者做些其他什么危险事情的当口，被铺盖缠住了手脚。另外一半导致凯尔情绪恶劣的原因是经过慎重的考虑，她认为这个“任务”是彻头彻尾的愚行。

一轮红日从群山后升起，把山峰的影子长长地投射在极远处。瑞文向西方眺望，重重叹了口气。那边的风景十分优美，但她有种不祥的预感，在那个方向，潜藏着巨大的危险。

四人用昨晚吃剩的残羹冷炙勉强果腹之后，站起身来面面相觑，不知下一步如何是好。为了打破沉默和紧张的情绪，塞拉提起，她在前一天曾经注意到群山中有一条蜿蜒的小道通往西方，不如试着走走这条路。

其他三人没有更好的主意，勉强同意了这个提议，迈步出发，排成一列，跌跌撞撞地爬下陡峭的山坡。瑞文很高兴大家选了这条路，因为现在看来，其他的路线都是死路一条，没多久就断了。他们顺着小路绕过陡峭的悬崖和参差的岩石。瑞文知道矮人塞拉有能力操纵土元素，可以让小路更平整，便于行走，但是她出于自尊没有提出要求。

他们一直走到正午，小路已经把他们引过了两座大山，到达了群峰环绕的一块相对平坦、寸草不生的空地。经过了长途跋涉，四人都灰头土脸，疲惫不堪。凯尔整个上午都烦躁不堪，熬到了这个当口，马上就要爆发了。她觉得其他三个是她麻烦的根源，于是决定好好表示一下对他们的反感。“喂，鸟人，飞到高处看看我们还得走多久。”凯尔挑衅地命令。

亨利的心情显然也非常糟糕，他回敬了一句粗话，并冲着凯尔丢了一团风球，正合了后者的意，因为她正想好好打一架，于是立刻用火球回击。很快凯尔和亨利身体四周就满布红色和白色的光球。

瑞文好不容易躲开一团射偏的火球，气得大喊：“你们两个住手，不然迟早别人也要倒霉！”

“你闭嘴，只会抱树的蠢货。”凯尔回敬道。

瑞文气得满脸通红：“你们人类怎么都这么傲慢无礼？我要好好教训你这个满口胡言的家伙。”说着，她带着怒气冲进战团，红色和白色的光球中又掺杂了蓝光。

这期间，塞拉一直站得远远地冷眼旁观，暗自打算即使人类向自己挑衅也要保持冷静，不和其他人打作一团。她昨晚也没有睡好，所以现在十分疲惫，打算好好休息一下。塞拉差不多快要睡着的时候，忽然感觉到地面在震动，震感并不强烈，不过她和大地的联系即使在矮人族也是出类拔萃的，最小的动向都瞒不过她的感知。

塞拉抬眼望去，看见其他三人还是打得热闹，不以为然地翻了翻白眼，知道那三个对刚才的震动一无所知。她心想，废话，那三个傻瓜一心一意要把其他人都杀掉，会注意到这些才奇怪，真是幼稚得一塌糊涂。不过再一想，不管怎样，接下来的旅程四个人都要在一起，这么斗来斗去有什么好处呢？把宝贵的精力耗费在内斗上有百害而无一利。再说了，万一他们碰上了元素之神说到的那些怪物怎么办？那时候哭都来不及。

塞拉再次把注意力转向地面的震动。为了防止其他几个有意或无心地向她发射的火力，塞拉在四周用元素之力布起了结界，随后趴在地上，用意念全力探查震动的来源。

这应该不是地震，感觉一点也不像，那又会是什么呢？毫无预兆地，她眼前似乎浮现了一只巨大的蠕虫，以不可思议的速度从地下打洞前进。塞拉迅速用魔法估计了一下蠕虫的大小，当她发现这家伙超过60英尺（18米）长，而且前进的方向正对着他们时，吓得倒吸了一口冷气。

塞拉把意识收回体内，睁开双眼，撤下结界，此时地面的震动已经非常清晰了。她刚想开口警告大家，却发现其他三个早就停止了打斗，正张口结舌地盯着她看。

“干什么？”矮人质问道。

“你是怎么办到的？”亨利好奇地问。

“根本不是我干的，你这个傻子。”塞拉回答，“有只巨大的怪物向着我们这里过来了，快散开！”

其他人一动不动。

“快跑，你们想被活吞吗？”

这句话起了效果。亨利刷地展开翅膀一跃而起，凯尔和瑞文向相反的方向跑开，三人各自抽出武器摆好了迎敌的架势。塞拉则轻巧地从蠕虫前进的路线上闪开，继续用意识探查地下的情况。

塞拉利用仅剩的一点时间硬化了怪物前方的土壤，并在地下构筑了一片坚固的土墙作为结界，她不停地输送魔力加固自己的成果。

当离他们一百英尺远的地面出现凸起的时候，四人不由得屏住了呼吸，塞拉一边不停地给地下输送魔法加固结界，一面轻轻地从护鞘中抽出战锤，以备不时之需。她打起全副精神用魔法阻碍蠕虫怪，当它撞击结界的时候，塞拉被巨力带得不由自主跪倒在地。怪物的攻击一波接着一波，塞拉勉力维持着结界不破损，由于过于耗费心力，她觉得自己快要昏过去了。

神奇的是，结界居然被守住了，愤怒的蠕虫怪不得不倒退出这片区域，从更远处去爬上地面，把泥土甩得到处都是。它狂怒地甩动巨大的白色头颅和无数只足，似乎在搜寻牺牲品。

亨利大吼一声，降落到怪物头部，将长矛深深地戳进位于它头顶的橙色感应器官；凯尔把无数个火球倾泻到怪物身上；瑞文则用弓箭不停地向蠕虫发射。

蠕虫怪拼命扭动身体，亨利差点从它头上摔了下来，急忙张开翅膀保持平衡。接下来它又企图钻回土里，把头上的亨利撞死，但是塞拉迅速加固了它周围的地面，让它无处可逃。蠕虫怪现在半埋在土里，无法积攒足够的冲力钻回已经变硬的土壤里。塞拉做到这里已经筋疲力尽，她退到一边，看着其他三人合力攻击蠕虫怪。

瑞文从附近的小溪里抽取了水，把蠕虫怪匕首一般锋利的爪子全部冻住；亨利抽出长矛，从怪物身上跳了下来，召唤出一阵猛烈的风把它的头部压在地面；凯尔冲了上来，一剑斩下了蠕虫怪的头。怪物无头的尸体抽搐了很长时间才停止不动，以防万一，亨利又狠狠踢了它几脚，见它一动不动，才确定它已经死透了。

大家这才放下戒备，一齐瘫倒在地。不过他们没有马上休息，而是像真正的战士那样优先清理武器。凯尔合上双眼，用魔法加热手中的剑，剑身立刻因为发热而变得通红，上面沾着的蠕虫怪体液全部滴落在地。

凯尔清理完自己的宝剑后，看到亨利正在笨拙地擦拭长矛上的蠕虫怪体液。她叹了口气，伸手过去如法炮制，很快长矛也清洁如新。对于人类的出手相助，仙子非常惊讶，以至于愣了一下才想到开口道谢。

凯尔感觉到了仙子的困惑，微笑着回答道区区小事不足挂齿。亨利惊讶于她态度的转变，思索了半天，心想大概她是那种不打架浑身不舒服的类型，打完了才会心情愉快。

虽然亨利的结论不完全正确，不过离事实也相差不远。凯尔现在心情很好，一部分原因固然是好好打了一架，另一部分就是，她发现这次的任务比她原先以为的要有趣很多。此外，这些同伴也没那么坏，在紧要关头也许还是可以依靠的。

瑞文在塞拉身边坐下，因为她的弓没有和怪物直接接触不需要擦拭，所以直接收在一边。“多谢你刚才的警告。”精灵低声说。

塞拉耸了耸肩：“没多大事，毕竟我们是一个团队的。”精灵抿嘴笑了，矮人挑起了一边的眉毛。

“好吧，你是对的。我会尽量不掺和内斗，也就是说，即使凯尔主动来惹我，我也会尽力控制情绪。”

塞拉向瑞文咧嘴一笑，仰面躺下。她乏力透了，没过多久就陷入沉睡。矮人的意识又进入大地，充分感知每一块卵石，每一撮尘土。

忽然她又感觉到了危险，塞拉仔细探查之下，发现又有六只蠕虫怪从不同的方向疾驰而来，不久就会在他们休息的地方会合。塞拉急忙把意识拉回身体，她的身体由于意识回归得太快而弹坐起来，矮人睁开双眼，看到其他三人正疑惑地看着她。

“呃……你在喘粗气。”瑞文觉得有点好笑地说。

“又有六只刚才那样的怪物向着我们这里来了。”塞拉气喘吁吁，好不容易说道。

一瞬间，由于肾上腺素的大量分泌，伙伴们觉得身上的疲惫一扫而空，大家一跃而起，皱着眉头，又充满了劲头。

“你能像刚才那样用结界阻止它们从我们脚下钻上来吗？”凯尔问。

“最多两只，全部的话不可能。”塞拉回答。

“如果我们站成一圈，你在地下建一圈土墙围住我们呢？”瑞文问。

“不知道。我可以尽力试试，不过就算我能用结界挡住它们，我就没有余力做其他事情了。”矮人叹了口气，走到一边坐下，其他三人围在她身边。塞拉集中精神竖起结界，其他人抽出武器，商量着下一步的行动。

矮人首先在心中大概思索了一下结界的样子。她闭上双眼，想象俯视着一个圆环，接着集中精神在众人身边画了一圈，用刚才的办法构筑结界。结界完成之后，塞拉不停地向它输送魔力，免得它一击就垮。

远处的烟尘越来越近，亨利为了缓解紧张情绪，开口说道："你们说，回去以后，别人会相信咱们曾经跟巨型蠕虫怪搏斗这种事情么？"

"你还是先想想怎么撑过眼前这场仗，才好回家吹牛吧！"凯尔说道。地面上的数条凸起向他们延伸，越来越近，凯尔宣布："大家上。"

怪物们同时撞击结界的力量十分巨大，以至于四人都被冲击波震得离地几英尺高。随后它们一齐冲破地面，好在塞拉及时把结界延伸到了地面上，这耗费了她绝大部分的魔力。虫怪稍稍后退，准备进一步攻击的时候，塞拉眼前发黑，知道自己马上就要昏过去了，于是她拼尽全力用最后一点魔力固化了土地，把蠕虫怪的后半身都禁锢在地下。

矮人最后的念头是，但愿其他人不要忘了她，把她留在一群蠕虫怪的中央，她可不想醒过来时发现自己已经在虫子的胃里了。实际上，她不确定自己还能不能活着醒过来，她也只能选择信任同伴能守护她到醒来的那一刻了。塞拉从未想过自己有朝一日会不得不把自己的性命托付给人类，特别是像凯尔那样的。

塞拉昏迷不醒，留下其他三个伙伴面对六只怪物组成的笼子——一个扭曲致命的樊笼。他们在向怪兽拼命投掷能量球，并合力张开结界阻止蠕虫怪的同时，交换了一下眼神：至少得有一个人能冲破包围圈，把几只虫子引开，这样其他两个才能得空把失去意识的矮人转移到安全的地方。

一旦远离虫怪的攻击范围，大家就能用远程攻击的方式相对容易地解决它们了。亨利解除了自己这边的结界，瑞文迅速调整了自己的位置，好让塞拉的身体处于自己和凯尔的中间，不那么容易受到攻击。

仙子张开翅膀，从两个女孩儿在结界中有意留出的缝隙中一飞而出。他在提升自己飞行高度的同时，下意识地在身周张开结界，飞离了愤怒蠕虫怪的攻击范围，落到了外圈。

显然这些虫子能够相互沟通到可以合作的程度，因为它们每次都是同时撞击结界。现在结界只剩凯尔和瑞文在维持，显然支撑不了多久了，汗水顺着她们的脸往下淌，看来一次次撞击的压力很快就要逼得她们跪倒在地。她们甚至已经无法还击，因为哪怕只要有一点点分心，蠕虫怪恐怕就要粉碎结界，那时一切都完了。

如果这事发生在几个小时以前，仙子会乐于一走了之，留下三个女孩儿自生自灭。可是跟她们并肩战斗之后，他明白这些姑娘很有些可取之处，不应被这些该死的蠕虫怪活活吃掉。亨利知道他必须迅速行动，问题是做些什么。如果召唤飓风，被压制的不只是虫子，还会殃及内圈的伙伴。

亨利想起他们之前杀死的那只怪物在被斩首之前疯狂扭动的样子，有了个主意。他把矛尖冲下插在地上，双臂向前伸展，用右手食指在左手掌上方迅速地画圈，他的手指转得越来越快，在掌心搅出的旋风也越来越强。没多久，亨利的两手中间出现了一片薄薄的、迅速旋转的空气，就像一个碟子。

现在可不是犯得起错误的时候，所以他仔细地瞄准了，向离他最近的怪物投掷了过去。正巧一阵清风帮了忙，飞碟准确命中了怪物的头部并穿透了它，掉落在地上，立刻解体化为一团人畜无害的空气。

剩下的五只蠕虫怪立刻掉转头，它们头顶的感觉器官齐齐对着亨利，女孩们立刻利用这难得的空隙，拖着塞拉从还在抽搐的怪物尸体旁边逃了出来。

瑞文和凯尔气喘吁吁地跟亨利会合了。她们轻轻放下还在昏迷中的塞拉，瑞文累得说不出话来，不过她向着仙子咧嘴一笑，竖起了大拇指。

凯尔休息了一会儿，问道："剩下的几个怎么办？"她用拇指比划了一下边上五只困在结界中的怪物。

“放在那里好了，它们又逃不掉。马上天要黑了，我们明天再解决它们。”亨利答道。

女孩儿们环视四周，发现亨利说得没错，天色是很晚了，天边最亮的几颗星星已经清晰可见。

“好吧，不过我这次可不要拾柴。生火的人必然是我，拾柴的事就另请高明吧。”凯尔宣布。

亨利看了瑞文一眼，瑞文马上说：“我才不要拾柴。我们两个抵挡怪物累得骨头都要断了，你倒好，舒舒服服地四下飞来飞去观赏风景，只要做个飞碟就行。”

亨利叹了口气：“好吧，我去拾柴。”说着慢慢走开。

凯尔面带胜利的微笑转身找地方休息，瑞文清了清嗓子，问道：“你是不是忘了什么？”

凯尔误以为精灵要寻衅，刷地转过身来，却看到塞拉仍然躺在地上昏迷不醒，不好意思地做了个鬼脸：“我们要不要在她脸上洒点冷水？昏迷的人用冷水一激就醒，我以前试过。”

“要不是她的警告，我们是没法知道那些怪物会来的。现在她需要的是充分休息好恢复魔力，我们至少把她安安稳稳地抬回营地好吗？你抬头我抬脚也可以。”瑞文怀着对塞拉的感激对凯尔提议道。

凯尔唧唧歪歪地过来抬矮人，不过手脚倒是很轻柔。她知道瑞文说得对，不过自己当然是死都不会开口承认精灵是正确的，他们能活命都多亏了塞拉。凯尔暗自诅咒自己的运气：为什么偏偏是我？我可是个战士，才没空认识这些人，或者和他们交朋友，更别说欠他们情了。我可不能动摇对本族的忠心，可我现在居然欠一个矮人这么大的人情。但愿诸神保佑，在这次旅途结束之前，我能把这个人情还了，免得心下愧疚。然而凯尔有个不好的预感：在这次任务结束之前，不管是人情、纠葛还是牵绊，都会乱得理也理不清。

既然精灵好心谦让了，凯尔理所当然地抬起矮人的肩膀，瑞文抬着脚。她们走得很慢，很小心，免得脚绊在长得到处都是的灌木上。有一回她们不得不把矮人抬过头顶，好让她从上方通过一丛特别茂盛的树丛。

女孩儿们终于回到了营地，凯尔和瑞文把塞拉放在她之前为自己准备的石头床上，并给她盖上一条毛毯。他们睡觉的地方其实是塞拉用泥土搭建的一个帐篷形状的三角形棚子，大约五英尺高。如果矮人有时间的话，本可以造幢房子的，不过显然后来发生的事情打断了她的杰作。

瑞文和凯尔靠着棚子的外墙坐下，等亨利带着柴火回来。从理论上讲，其实是不需要柴火的，因为凯尔可以凭空变出火来，可是维持火焰的燃烧需要消耗魔法能量，凯尔累成这样，今天肯定是不成的。

二十分钟之后亨利回来，他看到两个女孩儿已经靠着棚子睡着了，月亮和星星都出来了。亨利强忍着没有打哈欠，把柴火放下，轻轻摇醒了两个同伴。

她们立刻惊醒，一跃而起。凯尔把剑抽了出来，环视四周，寻找可以砍杀的敌人。

“发生了什么？”瑞文问。

“没什么，我想你们可能需要吃晚饭。”为了避免被凯尔一剑捅穿，亨利赶忙往后跳，双手高举过头。

“你干什么——”凯尔正要开口问亨利要干什么，忽然低头一看，发现自己的剑尖离亨利的肩膀只有两英寸远，“噢对不起，这真是漫长的一天。”她喃喃道，收剑入鞘，揉揉眼睛。

“你说的一点也没错。”瑞文硬生生憋回去一个哈欠。

“我找到的柴火不多，你能不能生个足够大的火让我们烤熟晚餐，并整夜不灭呢？”亨利问。

凯尔很不高兴：“我用一根树枝就能把你烤得外焦里嫩，不用谢我。哼！”她把柴火堆成帐篷形状的时候，嘴里还在气愤地嘟囔。

“我说什么了？”亨利震惊地看着瑞文，期待从她那里得到解释。

“你刚才等于在说她不是一个合格的战士。人类的军官把作战不力的士兵踢出军队的时候用的话跟你说的差不多。”瑞文回答。

仙子静静地思索了一会儿人类的古怪习俗，开口说道：“凯尔，对不起，我不知道事情是这样的。”

凯尔一时没有回答，而是打了个响指，篝火呼啦一下着了。她叹了口气，说：“我也很抱歉，刚才不该那么生气的。我就是一个容易着急上火的人，我也知道你不是有心的。你怎么会知道这回事？”凯尔问瑞文。

精灵不好意思地笑了：“我们精灵族喜欢在打仗前研究怎么骂人效果最好，这样就能在对手身上得到理想的效果。”

凯尔和亨利直勾勾地盯着她看，在他们审视的目光下，精灵紧张地揉着自己的后颈，一边咳嗽。这时凯尔的腹中咕噜作响，发出可以算作是怒吼的声音。

亨利和瑞文狠狠咬住嘴唇，免得笑出声来。凯尔对他们怒目而视，好像在说谁敢出声我就吃了谁，最后她的嘴角也弯了起来。

“我们该吃饭了。”亨利没话找话地说。

瑞文翻了翻白眼，把手伸进背包，找出一条面包，一块干酪和腌肉。她找到四根尖树枝，每根上面串上食物，然后发给亨利和凯尔一人一串。

“我们要不要叫醒塞拉？”亨利问，“她肯定饿了，我知道凯尔饿了。”他冲着凯尔坏笑，凯尔向他丢了根树枝，不过她眼中的笑意没有被紧皱的眉头掩盖。

这时他们听见塞拉动弹的声音。塞拉眨巴着眼睛坐了起来，抱住头呻吟：“我一定还活着，我头太疼了，死了肯定不用遭这个罪。”矮人嗅着空气："我好像闻到了食物的味道。"她爬出窝棚扑通一声坐到亨利和凯尔中间，把自己那串食物捡起来，发现是冷的。她不想多费时间烹制食物，干脆把凯尔手上那串刚烤好还没动嘴的一把抢过来就吃，顺便把自己那串冷的往凯尔手里一塞。

凯尔惊得目瞪口呆，她的嘴巴开开合合活像一条脱离了水的鱼。亨利没有忍住，就把这句话说出来了。凯尔眼都没抬，一挥手，篝火里伸出一条火焰包围了亨利，虽不至于把他点着，不过也够让他冒汗了。

"好了好了！我道歉！你高兴了吧？天啊。"

"不高兴！我的食物刚才被抢走了！我像很高兴吗？"凯尔愤怒地扫视每一个人。

矮人把往口中塞食物的手停了停，好说出这句话："看着不高兴。不过你从来就没看着高兴过，所以……"

凯尔瞪着她，眼珠子都要掉出来了，随后强迫自己闭上眼睛，用魔法烤熟手上那串食物。她向塞拉吐了下舌头，后者只是耸耸肩，凯尔也狼吞虎咽起来。

晚餐后，四人围着篝火又坐了一会儿，随后亨利宣布他要去睡觉了。他爬进窝棚，摊开铺盖躺下，很快呼噜就打得震天响。

"呃，他这样我们怎么睡得着。"瑞文用手指堵住耳朵大声抱怨。

亨利睁开眼睛，大声喘了一口气："我开玩笑的，我不打呼噜，至少不会打得很响。"

"我不管啦。我发誓如果你吵醒我，我就把你踢出去，你就可以在星空下安眠了，星星不会介意你打呼噜的。"凯尔说着也铺开摊子躺下。没多久瑞文和塞拉也睡下了。这一天发生了太多事，他们都累坏了，没多久都睡着了。四个人虽然平时都起得很早，但是因为太过于疲倦，第二天太阳高照的时候才醒来。

第五章

瑞文第一个起身，静静地收拾她的铺盖卷。她知道其他三位还在熟睡，决定独自到外头去练习一下，看看魔力是不是已经完全恢复了。这样做肯定比留在帐篷里吵醒其他人，然后面对他们的起床气要明智得多。

她在一条小溪边摆好架势，用魔法使水逆流而上一会儿又让水顺流而下，看起来好像水在一个巨大的盆里，被来回搅动一样。接着，她举高右手，把手心里一团先前召唤出来的水花甩向身后。

瑞文把水花不断延长伸展，直到它在各个方向融汇，形成一个完美的球形，接着向水球发射了一团冷气，把它变成了冰球。她环顾四周，确保附近没有可能会遭到破坏的东西之后，把双拳合拢在一起，猛然分开，冰球炸成千亿个碎片向四面八方激射。

精灵待到碎片飞了几米远之后，集中精神力，用意念又把所有的碎片扯了回来，组成一个直径半英尺的实心冰球。她让冰球悬空停留在手掌上空片刻，考虑该怎么办。

瑞文走到溪流边，松开手让冰球掉了下去，在它落入水面之前，被瑞文化作液体，无声无息地融入了水流。看到自己的魔力已经完全恢复，瑞文满意地转身离开，却差一点和塞拉撞个满怀。

“被你吓了一跳。”瑞文问矮人，“你来这里做什么？”

塞拉翻了翻眼睛：“除了来找你还能是什么？我本来也想散散步的，顺便找找你啦。”

“凯尔和亨利起来了吗？”

“我完全不会做饭，所以亨利在做早饭。凯尔还在睡，我猜她一定累坏了。”两个女孩子一路闲谈，慢慢走回了营地。

“我以为你还在睡呢，毕竟，昨天你用的魔法真是不得了。”

“哪有，今天我已经起得很晚了。”

她们到离营地不远的地方就被亨利看见了，他向着女孩儿们招招手。仙子告诉她们凯尔还像个婴儿一样睡得很沉。三人吃完早饭之后，亨利的蓝眼睛里闪着恶作剧的光芒，把左手食指轻轻点在嘴唇上。

他和塞拉已经把他们之前企图唤醒凯尔的努力统统告诉了瑞文。矮人尝试过摇晃她、踢她，甚至有一次用可以引起地震的战锤敲击凯尔身旁的地面。而凯尔的反应仅仅是翻了个身朝着另一个方向继续睡。

仙子拿了一块涂满了奶酪的烤吐司轻轻爬到凯尔身边，在凯尔的鼻子前面晃了晃。凯尔动了一下，深深吸了口气，在她猛然睁开双眼前，亨利已经冲回座位，坐在离凯尔比较远的桌子另一边了。

“终于成功了。”亨利宣布，并和塞拉击掌庆祝。

凯尔嘟囔了句粗话，并表示要吃东西。

“我猜她除了睡觉最喜欢的还是吃。”瑞文一边看着凯尔狼吞虎咽，一边下了结论。

精灵评论的对象仅仅停止咀嚼了片刻，冒出一句谁也听不懂的话来。凯尔嘴里塞得满满的食物进一步阻碍了其他人听懂她的话。看着人类一边胡吃海塞一边喃喃咒骂，瑞文强忍笑意熬了几分钟，终于放声大笑。没过多久，亨利和塞拉也大笑起来，而凯尔完全不可辨的怒骂让他们笑得更厉害了。

凯尔到处扫视，寻找适合用来丢向那三个人的东西。看了一圈没有找到，她干脆站起身来，迈着半睡半醒摇摇晃晃的脚步寻找水源洗漱，不去理会身后讨厌的咯咯笑声。

凯尔回到营地时，一切都收拾停当，包括自己的行李，其他三个人正在静待她回来，好一起继续接下来的旅程。塞拉拎起凯尔的背包丢给她，后者用流畅的动作接住，顺势甩到了背后。

在出发之前，他们各自检查了自己的武器装备是否放在触手可及的地方。没有人想在遭到突袭的时候还手忙脚乱地从行李中拿武器。

塞拉跺了跺脚，他们之前用来休息的土棚塌了下来，和地面融为一体，不留丝毫可以被追踪的痕迹。四人随即出发。远远看去，昨天几乎要了他们命的蠕虫怪都不见了，塞拉急忙使用魔力探查它们是否就在附近。他们走到昨天和塞拉用魔法困住怪物的地方，想寻找它们去向的线索，可是只有地面上的六个大洞排成一圈留在那里，这是昨天他们与虫怪厮杀的唯一证据。

“塞拉，帮我个忙，把你的感知力和其他能探测虫怪的能力统统打开。我绝不想在毫无准备的状态下被那些东西突袭。”瑞文担忧地说道。

“别担心，我一定会的。”塞拉深有同感地说。

打开了心结之后，四个人和和气气地继续前进，一路都在说笑中度过。蜿蜒的小径随着他们的脚步扬起了灰，没多久他们浑身都蒙上了一层尘土。一个小时之后，他们到达了一片草原，小径从草原的当中穿过。

从远处看去，这条小径笔直通往一处和地面垂直的石崖。瑞文皱起眉头，心想这么陡峭怎么爬得上去。

当他们走近石崖之后，她才发现岩石上雕刻着入口，是一扇很像要塞出入口的大门，只不过材质全部是岩石。要不是门比起旁边的岩石稍稍往里了一点，他们完全不会注意到，因为它和四下里的环境浑然一体。

四人走到大门前，塞拉注意到它的右边钉着一块牌子。她把上面的字默读了一遍，并把意思翻译给其他人听，因为它不是通用语言，而是用古矮人的文字写的。看起来门后有一座迷宫，而试炼的对象是塞拉。

“不过是个大迷宫嘛，对吧？只要把它推平就行，小菜一碟。”凯尔说。

“我觉得没那么简单。”瑞文评论道，“记得神灵们说过，接受试炼的人是无法使用能力的，所以进入迷宫之后，塞拉不能使用土元素力量。我不知道你的情况怎样，不过我肯定没法推平石头墙。我相信你对木头墙必然得心应手。”

凯尔狠狠瞪了瑞文一眼，好像要在精灵身上烧出几个洞来，不过她的火气来得快去得也快，很快就笑了开来。

“不管怎么样，我飞上半空给你们引路就好。”亨利鼓起胸膛，伸手去开门，发现这门没有把手，他赶紧缩回手，满怀期待地看着塞拉。矮人叹了口气闭上眼睛，右手成拳在左掌上一敲，石门瞬间沉入了地下。

亨利满怀信心头也不回地率先步入了大门。凯尔翻了翻白眼，忍住了一声哼哼，跟在他身后走近了幽暗的山洞，她打了个响指，召唤出一团火球照亮了去路。

塞拉等到其他人都进了门之后，鼓起勇气，深吸一口气，也跨过了门槛。

对塞拉和其他三个人来说，元素魔法都是自身重要的一部分，无法使用魔法，跟变成残废没什么两样。失去了熟悉的魔法在周身血脉中流动，塞拉像一头新生的小马驹一样软弱无助。

瑞文发现塞拉脸色苍白，浑身是汗，关切地问道：“你还好吗？”

塞拉紧咬牙关不让自己发抖，答道：“我没事，大家继续走吧。”

精灵点点头，意识到矮人不愿意再回答类似的探询，不过为了以防万一，还是继续悄悄地留意塞拉的状态。

她们俩急着向前赶，好追上前头的亨利和凯尔。隧道一片漆黑，只有凯尔手中的火球作为唯一的光芒指点她们的方向。

瑞文和塞拉走到了隧道尽头的大厅，发现凯尔正在发射火星点燃墙上的火炬。有了光源之后，看东西的确清楚多了，可是随着火焰的闪动在墙上摇晃的黑影，让他们觉得有点毛骨悚然。

凯尔脸上带着得意的笑容，冲瑞文眨了眨眼睛，向着亨利的方向点了点头。仙子正挠着后脑勺，显得极度局促不安。

精灵一开始并没有搞清楚状况，不过看了一眼周围的情况以后，发现他们正面对着一间厚厚的土墙，唯一的入口在右边。显然，建造人预先考虑到闯关的可能有飞行能力，所以干脆把墙一路盖到了天花板。亨利傻了眼，原先能指路的骄傲一扫而光，脸上的尴尬完全没法掩盖。他对着三个女孩儿怒目而视，仿佛在说你们谁有胆子来说我一句试试。瑞文差点笑出声来。不过三个姑娘此时都没打算接受亨利的挑战，因为现在有更重要的事情做。她们把这件事暗暗记在心里，以后拿出来当笑话讲也不迟。

大家在房间里仔细检查了一番，塞拉不耐烦地大声喘了口气："我们走还是不走？时光如流水一去不复返啊。"

"好啦，好了，冷静点好吧？"亨利不耐烦地说，显然还没有从刚才的打击中恢复。四人一个接一个地进入迷宫，凯尔在前面手持火球领路，其他三人抽出武器准备随时战斗。他们随后发现迷宫的墙上到处都有点燃的火炬作为光源，凯尔手一合，熄灭了火球。走了好远，也没有怪兽跳出来扑向他们，于是大家收起了武器。

在迷宫里，大家最初采纳了瑞文的建议，每次都选右边的路走，可是没过多久他们就回到了原地，于是换成每次走左边，结果也一样。凯尔记起她哥哥曾说过，迷路的时候，要沿着特定的一堵墙一直走，于是和大家这样建议了。事到如今大家也没有其他更好的办法，纷纷点头同意。

一个小时之后，他们比之前刚开始的时候更加漫无头绪，塞拉又气又急，狠狠地用拳头砸墙。

看到塞拉情绪失控，其他三人也有点慌神，因为矮人一向是最冷静最不容易发火的一个。

“魔鬼的牙齿啊……”她喊道，“我现在就是一个该死的累赘。没有了魔法我什么都做不了。”

“好了好了，别郁闷了。试炼本来就是困难的，不然为啥叫试炼呢？你走进来之前难道期盼着看到一条标明了‘我是正道’的小路，旁边还栽满了鲜花不成？”凯尔反问她。

塞拉嘴角抽动了一下，答道：“鲜花就不必了，可至少该给点提示吧？谁知道这倒霉的迷宫有多大？我们可能几天都走不出去。”矮人说着哆嗦了一下。

“噢，我向你保证，我们绝不会迷路好几天都走不出去的。”凯尔宣布。

“你怎么能保证？”亨利问。

“在那之前我肯定已经疯了，然后会把你们统统生吞活剥掉。”人类非常严肃地说。

矮人不得不把半只手塞进嘴里来阻止自己放声大笑，亨利和瑞文则丝毫没有克制一连串傻笑的打算。

三人笑了半天，凯尔一直板着一张正经脸，待到其他人笑够了，她问：“你们笑完了没有？”她的傲慢的表情，就算是贵族也赶不上。

大家的情绪得到了恢复，开始继续寻找出路。不幸的是，他们所在的十字路口，只能选一堵新墙。

在那以后又过去了一个小时，他们一路经过了几个没有照明的大厅。刚开始他们怕房间里有怪物出没，通过的时候蹑手蹑脚，后来发现这些房间都是空的，于是大着胆子直接走过。凯尔正大步迈进这样一个暗室，却发现屋子中央有个巨大的黑影。

凯尔走在队伍前头，她来不及通知就急忙后退，与其他三人撞成了一团，大家差点全部摔倒。

“是什么？”瑞文终于抓住了凯尔的肩膀，阻止她继续后退。

“房间里有东西。”凯尔回答。

“如果你弄出点光亮来，我们就能看清那是什么东西了。”亨利建议道，用拇指向房间的方向比划了一下。

凯尔连脚都没动，直接送出一条火蛇飞进房间。它在半空中蜿蜒扭曲，最后分裂成四块，分别点亮了四面墙上的火炬。

“你高兴了？”她问道。

亨利嗤了一声，从角落伸出头来，偷偷看看这次他们要对付的是什么。凯尔怒气冲冲地哼了一声，塞拉对她投以同情的一瞥，耸耸肩，好像在问你还能要求什么呢。

“一只巨型蜘蛛啊！”亨利缩回头来，惊叹道。

“噢，我来看一眼。”塞拉大步从亨利身边走过，也伸头进房间，发现亨利的描述完全符合事实。的确是一只巨大的蜘蛛，它硕大无比的腹部都快碰到30英尺（9米）高的天花板了，它走起路来，八只脚敲得地面咚咚响，不知有多少只眼睛看向四面八方。

“我觉得我们不跟它打比较好。”塞拉顾虑地说。

“说不定它是可以跟我们交流的智慧生物，能给我们指路也说不定。”瑞文满怀希望地建议。

“你说得真好。”凯尔和亨利同时讽刺地说。

瑞文向他们怒目而视，二人却报以恬不知耻的笑容。“碰上你们这两个讨厌鬼，我真是三生有幸。”

“不胜荣幸。”亨利一边说一边夸张地深深鞠了一躬。

“我们要拿这蜘蛛怎么办呢？”塞拉问。

“要不我们当真试着和它谈谈吧。谁知道呢，这个地方太怪了，蜘蛛会口吐人言也未可知。”凯尔半是自言自语地说。

瑞文把凯尔连推带搡地弄到门口。

“你干什么呢你？”凯尔抗议。

“既然你都这么说了，那你去跟它交涉。”瑞文说着把她往房间里一推。

“可是——”

“没有可是，快去。”

“那你掩护我，万一我真被吃掉了，一定会来找你们索命。”凯尔说。

“没问题，”塞拉说着抽出战锤拿在手里掂了掂，“我是说掩护你，不是说要你冤鬼索命。”

凯尔迟疑地走近蜘蛛，双手伸向前方，做着全世界通用的和平手势：“你好，我，呃……我没有恶意？”她决定不理会身后那几个的嗤笑声，过了片刻继续说：“我叫凯尔，是个人类。你知道这迷宫的出路吗？”

蜘蛛向她走了过来，弯下身，似乎在用很多只眼睛检视她，然后开口说话，声音十分低沉。凯尔费了好大劲才听清楚。她不知道这声音来自哪里，因为它的嘴并没有在动：“你好，叫凯尔的，我叫汉姆。看来你不是我的同类，因为你体型这么小。能不能请你解释一下，什么是人类？”

听到蜘蛛真的说话了，凯尔反而不知所措起来，一时不知怎么向蜘蛛解释人类是什么意思。她仔细想来，真的没办法给人类下定义。在遇到瑞文、塞拉和亨利之前，她以为人类是唯一文明的种族。现在虽然她依然确信其他种族全是野蛮人，但是怀疑的种子已经在她心中生根发芽，逐渐颠覆她先前的认识。凯尔陷入深思的时候，瑞文已经走进来站在她身边，随后是亨利和塞拉。

瑞文向蜘蛛介绍了后来进房间的三人，并说明了他们分别属于的种族："我们每人都代表一个宇宙中不同的民族。"

蜘蛛眯起它的八只眼睛看向他们，因为眼睛全是漆黑的，和它对视不能不说有点吓人："你说的四个种族有什么区别呢？我看起来你们都完全一样啊。"

亨利没有多花时间考虑这句话的深意，而是再次询问蜘蛛是否知道出去的路。

"是的，我知道。"蜘蛛回答。

大家满心期待地等了半晌，可是蜘蛛并没有继续下去，于是塞拉只好接着说："请你告诉我们好吗？"

"当然，我很乐意帮忙。"汉姆若无其事地说，"让我来给你们画张图。"他用前足把面前的沙地抹平，然后举起一只爪子开始画。不一会儿，地上出现了一张清晰的迷宫详图，画得非常清爽，没有借助任何工具。蜘蛛在地图上一个大房间里画了个叉，解释道："我们现在在这里。"

然后在出口也打了个叉："要到达出口，你们要左转、左转再右转，在这里掉个头，穿过这个房间，走过一条长长的走廊。"汉姆一边说，一边用前爪在地图上示意着要走的路线。

"不错嘛。"塞拉评价道。

"看起来的确是这样，不过你们最后要通过的这个房间里挤满了蜮怪。"

"蜮怪？"精灵疑惑地挑起一边的眉毛。

"白色的巨大球状身体，有很多脚，看起来很像……蠕虫。对，跟蠕虫比较类似。"汉姆回答。

"喔，又是这种东西。"凯尔呻吟着用手在脑门上一拍。

"你确定没有其他的出路了吗？我现在不能使用魔法，我们没办法从那群怪物里突围。"塞拉凑近地图仔细查看，发现汉姆说的千真万确，不由得皱起了眉头。

“我们且走一步算一步吧。”瑞文说，她拍拍塞拉后背，给她一个鼓励的微笑。矮人点点头，再次叹了口气，对精灵报以无奈的微笑。

亨利转身打算向汉姆致谢，可是光芒一闪蜘蛛不见了，留下四人震惊地站在那里，疑惑不解地面面相觑。亨利开口打算说点什么，凯尔举起手阻止了他：“我们还是走吧，这个地方让我毛骨悚然，早点离开最好。”

“你说的一点也没错。”塞拉喃喃地说，四人结伴离开了这个房间，循着蜘蛛的指示，他们很快到达了那间满是蜮怪的大厅。

“我一只也瞧不见。”亨利不肖地说。

“你没感觉到地面在震动吗？”塞拉问。

“你一说，我才注意到。”仙子承认。

“真是好敏锐。”瑞文评价道。亨利对着她咧嘴一笑。

“那我们怎么才能过去呢？”凯尔问道，向同伴们一个一个地看过去。

“看我也没有用啊。”塞拉一屁股坐到地上，用手捂住脸。

瑞文在凯尔后脑凿了个爆栗。“哎哟好疼！你弹我干什么，我只不过——”亨利用手捂住凯尔的嘴，打断了她的抗议。她气愤地盯着两人看，不过总算没有再说什么。

过了好一会儿，三人认为塞拉自怨自艾得够了，应该干正事了。瑞文用激将法：“你打算就这么放弃了？我猜矮人只有这么点能耐。”

塞拉愤怒地一跃而起，站得笔直，随后她忽然领会了瑞文的用意，塌下肩膀低声道歉。瑞文微笑着提议大家抱抱团，凯尔虽有顾忌，但心想，反正家里人也看不到，这次没有提出异议。

“既然大家士气都这么旺盛，不如一起想个平安通过这里的好办法如何。”凯尔建议。

“说不定蜮怪都睡着了，咱们可以悄悄溜过去。”亨利说着抬起脚小心翼翼地放在房间的地面上。瞬间，无数的蜮怪钻出地面，带出的沙土撒得四人满头满身都是。仙子慌慌张张地后退，做了个旋风飞碟投向离他最近的怪物。

飞碟偏得很远，怪物勃然大怒，向他们冲过来。四人赶忙闪到一边，却发现蜮怪根本不可能离开房间，门口似乎有隐形的壁垒阻止了它们。那只蜮怪显得非常愤怒，开始用头撞击屏障。

四人对望一眼，拔腿就跑，没有人会傻到等蜮怪冲出来。他们迅速撤退的时候，亨利又做了个飞碟丢进房间，凯尔一直盯着飞碟看，直到它消失在视线以外，塞拉知道凯尔又想出了办法。

“你能不能做一个很大的飞碟，就是大到我们四个都能站上去那种？”凯尔问。

“咦，这是个好主意啊，我怎么没想到？”亨利赞扬道，“大家站到一起来。”他打手势让三个女孩儿站过来，他好试试看。

各就各位之后，亨利闭上眼睛，用意念找到一阵大到足够浮起他们的清风。他可以用空气魔法来生风，不过维持这阵风需要耗费魔力，而现在的情况显然不适合这样做。如果他能找到已经存在的、大小合适的风，那么他只需要控制它的方向就行了。亨利把搜寻的范围扩大，终于发现远处的角落里有一阵清风，他向着那团旋风输送魔力，终于旋风变成了一阵狂风。

亨利用魔力小心地把风挪到大家脚下，用意识扭动它，迫使它在他们脚下旋转。旋转的速度十分惊人，以至于空气飞碟的触感和固体差不多。“站稳了！”随着仙子的提醒，飞碟缓缓地载着四人升空，亨利操纵着它从房间一头飞到另一头，一路大笑。

“你玩得开心我当然高兴，不过我们是不是有别的地方要去？”凯尔的吼声压过了风声。

仙子的眼睛一下张开，他的注意力被打破了，飞碟瞬间解体，大家统统跌倒地上。亨利第一个落到地面，不幸充当了女孩儿们的肉垫。

塞拉着陆后赶紧跳起身来，扶着瑞文站起来。矮人去扶另一个女孩儿的时候，人类冲她摆了摆手拒绝，并指着自己的脚。凯尔脸色灰白，紧咬牙关，免得自己因为剧痛喊出声来。

瑞文迅速检查了一下凯尔，发现她的右脚因为从高处坠落摔伤了。精灵翻了翻自己的背包，找到了先前留意过的急救药包，找出一些草药给凯尔服下止痛。

凯尔服下草药后表情变轻松了，脚也没那么疼了，但是依旧无法站立。“现在怎么办？我不中用了，残废了，因为某人，”她狠狠盯着亨利，“控制力欠缺。”

亨利已经道歉很多次了，听到凯尔的指责，脸变得和胡萝卜一样红，再次说了句对不起。

“我觉得成功的可能性还是有的，亨利只是需要在飞行和操纵方面多加练习。”瑞文说。

“‘多加’练习，哼。”凯尔嗤了一声，翻翻白眼。

“我来给亨利指路吧，这样他就能全力维持飞碟的飞行了。”塞拉建议。

“不错啊，值得试试看。我是没有更好的办法了。”瑞文评价道。

于是亨利再次做了个飞碟，和塞拉一起跳了上去。刚开始，他们贴着地面飞，这样不会颠簸得太厉害。亨利在飞碟周围做了个防噪声屏障，狂风的怒吼在他耳边就变成了轻柔的低语。他们的配合也十分融洽，塞拉一发出指示，飞碟马上转向她说的方向。

凯尔认为他们还需要进一步接受挑战，于是在飞碟飞到低点、就算掉下来也不会有人伤到骨头的高度时，向他们发射了一枚火球。塞拉立刻指挥亨利避开。瑞文加入了凯尔的阵营，也对飞碟的展开攻击。过了不多久，亨利已经能完美配合塞拉躲开下面两人的一切攻击。

“我觉得差不多了。”塞拉说。

“我也是。”瑞文赞同道，“你怎么想的，凯尔？”

凯尔哼了一声，不知说了句什么。瑞文耸耸肩，说道：“那我就当你也同意了。”

“既然大家都同意了，那我们就开始吧。”凯尔感觉药效过了，脚开始剧痛，烦躁的感觉又来了。

塞拉和瑞文扶着凯尔蹦上了飞碟，她绷着脸坐在当中。

“起飞啦！”塞拉宣布。

亨利咧着嘴照办：“好嘞，船长！”

塞拉嘿嘿一笑，指挥着亨利操纵飞碟穿过洒满泥土的走廊，到了有蜮怪的房间门口，让他停在那里。亨利照办了，现在飞碟悬停在空中，轻微地上下摆动。

“我们来分工配合，你和瑞文尽量让蜮怪远离我们，我来全力指挥亨利操纵飞碟。可以吗？”矮人问凯尔。

凯尔绷紧嘴唇，点头表示明白了。她不敢开口说话，因为她现在疼得厉害，生怕一张口就会大叫起来。瑞文之前给她吃的草药已经完全失效了，凯尔甚至不能怪亨利飞得不够平稳，因为他现在的操纵简直是奇迹般稳定。

瑞文轻拍凯尔的后背，对塞拉竖起大拇指，矮人随即给亨利下达了出发的指令，亨利操纵飞碟缓缓进入房间。刚开始一切都很平静，伙伴们以为可以波澜不惊地通过房间。忽然，有二十多只蜮怪同时窜出了地面。

塞拉急忙向亨利发令，后者忠实地执行，他们一会儿向左冲，一会儿滑向右边，忽上忽下，紧紧挤作一团。瑞文用元素能量化作魔法绳索把自己绑在飞碟上免得滑下去。精灵的武器需要双手并用，因此无法用手固定自己。

凯尔忍着痛编织出一张又一张火网，只要蜮怪一靠近就立刻撒过去。她在战斗的间隙还不忘关注飞碟前行的进度：此时他们才到达了房间的中间，因为飞碟好几次必须后退来避免倾覆。

凯尔在迅速编织火网的当口，听到塞拉发布指令的声音越来越大，同时感到飞碟的高度和速度都在下降。她狠狠地瞪着亨利，可她无声的责备毫无效果，因为亨利正紧闭双眼，额头冒汗，全神贯注地控制飞碟的动作。

凯尔知道伙伴们都在全力以赴，于是把更多的魔法能量灌注在火网中，好让它们的温度更高，燃烧得更长久。当凯尔再次抬头确认进度的时候，发现飞碟几乎到达了出口。亨利终于操纵着飞碟避开了最后一只蜮怪，冲进了出口外的隧道。亨利让飞碟稳稳地停在地面，发出一声欢呼。塞拉和瑞文一边笑一边跳了起来。

三人正准备抬脚离开，却听到凯尔咳嗽一声。

“啊，对不住。”瑞文急忙道歉。她和塞拉同时抓住凯尔的一边肩膀，把她拉了起来。她们架着凯尔，沿着汉姆指引的走廊缓缓前行。

凯尔费力地召唤出一团火球给队伍指路。要是平时，点个火就像呼吸一样自然，可是现在凯尔必须搜刮体内剩余不多的魔力来维持火焰的燃烧。伴着明灭不定的火苗，大家发现走廊的墙壁是用黑色的大理石砌成，表面十分光滑，反射着火光。塞拉停顿了一下，伸手去抚摸大理石，感受它凉爽的温度。

塞拉摸墙壁的时候，听到了一声轻微的震动，她的一只尖耳朵转向来时的方向，背后顿时传来隆隆的轰响，走廊开始猛烈地摇晃，大理石碎片像雨点一样掉在他们头上。塞拉大喊：“想活命的就快跑啊！”

第六章

其他人根本不需要催促。瑞文和亨利一起动作，干脆把凯尔合力抬了起来，连跑带跳地扛着她奔向出口。然而，出口现在看起来仅仅是个透着亮光的小方框。他们一边跑，一边听着身后的轰隆声越来越响，塞拉开始担心，说不定他们可就要这么完蛋了。矮人大喊着让大家张开结界，心里却清楚如果隧道整个塌陷了，一万个结界也没有用。

忽然之间，他们就这么冲进了刺目的日光里，四人全部抱头趴在地上，任由岩石的碎片和尘土覆盖在他们身上。石头雨停歇之后，矮人谨慎地抬起头来，发现他们到达了沙漠的边缘，身后则是绵延的群山。天空万里无云，阳光毒辣辣地照射下来。

塞拉感受着体内的魔法涌动，欣喜地发现魔力更胜从前，仔细探查之下，她发现自己具有了新的技能。她张开眼睛发现伙伴们都盯着她看，“怎么了？”

凯尔无言地指向她的手。矮人低头看去，发现自己的手指不再是有血有肉，而是由岩石组成。“噢，这是我的新能力，你瞧。”

塞拉仅仅用意念就让全身也逐渐化为岩石，当她全部石化之后，又缩小成指甲盖大小的一块卵石，随后她解除魔法，恢复成平时的样子。

“不赖嘛，”凯尔咬着牙评价道，她还是疼得厉害，心情恶劣，想要给塞拉泼冷水，于是接下去说：“你有了新本事，能不能治好我的脚？”

“也不是不可以。”塞拉眼里闪着了然的光，回答道。

“真的？”凯尔震惊地问。

塞拉相信行动胜过言语，于是踱到凯尔身边，单膝跪下，把一只手盖在她受伤的脚上，向它传输能量。塞拉仔细治疗着凯尔的骨骼、肌肉和神经，很快让伤处恢复如初，好像根本没有受过伤。

塞拉施法完毕，凯尔一跃而起，在原地蹦跶了一番，证明自己完好如初了。"太棒了，多谢你。"塞拉微微一笑作为回应，很高兴自己能帮上她的忙。

塞拉给凯尔治疗的时候，瑞文却在研究他们面前布满沙砾的荒漠和脚下的小径。小路看不到头，她的心情十分沉重。精灵一族是冰雪和水的种族，不喜欢在炎热或干燥的地方逗留，特别是沙漠。有传言说如果晒了太多的阳光，精灵就会干瘪皱缩成一小团，像粒葡萄干一样。

瑞文四处寻找水源来灌满她的水壶。其实她的水囊才下去一小半，她只是下意识地寻求安全感。地表没有水源，于是精灵转而寻找地下水，并用魔力把地下水抽上地面。冰凉的地下水像间歇泉一样从地下喷涌而出，喷得众人浑身湿淋淋的。

不用说，喷泉的突然出现并没有让众人欢呼雀跃。凯尔对瑞文愤怒地喊叫："住手！我都湿透了！"

瑞文叹了口气，翻了个白眼，不过还是止住了喷涌的水流。她假模假式地向凯尔鞠了一躬，嘲讽地问："陛下，您满意了吗？""是的，我很满意。"凯尔抱着胸，下巴抬得高高的。

塞拉决定不去理会这两个人，她请亨利侦查一下四周的情况："你能不能飞上高空，看看这沙漠究竟有多大？"

"没问题。"亨利回答。他的翅膀有力地扇动了一下，就把仙子带上了十英尺的高度。翅膀带起的风无意中挥洒了塞拉一身的土，她只是不经意地用元素魔法命令尘土离开。塞拉抬头看着亨利越飞越高，与此同时她身上的尘土一波一波地自行往下掉。三个女孩都抬头仔细观察亨利的动作，于是他在天上转圈、翻筋斗。

“他有必要那么夸张么？会飞很了不起吗？你们注意过没有，他的翅膀和蝴蝶一样。”凯尔问其他两个女孩儿。

“是的，你说的没有错，不过他的翅膀是由骨骼支撑的，而且颜色是那么难看的棕色，像个蛾子似的。”瑞文说。

塞拉耸耸肩：“我也有点好奇，要不我们可以问他为什么他的翅膀是那样的……或者我们也可以笑话他长了一对大蛾子翅膀。”

“我选后一个。”凯尔和瑞文异口同声，她们对视一眼，连塞拉也和她们笑作一团。

“什么事这么好笑？”女孩儿们的头顶传来一个声音。

“那个……没什么，你的侦查任务怎么样了？”瑞文用提问岔开了话题。

亨利抬起一边眉毛打量着她们，考虑了片刻，终于开口回答：“沙漠从东到西差不多是一整天的路程，向南向北都望不到头。这片地绝大部分是沙子，也有零星的耐旱植物和几处清凉的水源散布在其间。这条路，”他指着众人脚下的小径，“从东边一直弯弯曲曲通到最西边。我在上面看到沙尘到处飞扬，可就是盖不住这条路，真是奇怪极了。还有，你们绝不会相信沙漠尽头有什么。”

三个女孩儿对此报以厌倦的眼神。“好吧我说，”亨利继续道，“这片沙漠的尽头有座巨大的火山，这条路一直通到火山内部。我从天上都能看见火山口里的熔岩浆在翻滚。”

“我猜下一关就是那里了。”塞拉沉重地说。

“妙极了，听起来这关是我的。”凯尔呻吟起来。

“嘿，想想好的一面，等你通过试炼就会掌握很棒的新技能，我们俩就能随意使唤亨利和瑞文了。”塞拉劝说道。

凯尔咧嘴一笑。瑞文冲她俩伸出舌头，并向塞拉投掷了一把冰飞刀。塞拉早有准备，石化了自己的手，在半空接住飞刀，并把它抛上抛下，叹息道："这难道不是很棒的能力吗？"

瑞文回应道："不如用你的新能力给我们造个宿营地吧，我们最好休息一夜，明天一早再出发。"

她的提议得到了几声哈欠的拥护，其他同伴也想起来他们的确累坏了。塞拉猛击地面，开始为同伴建造过夜的小屋。她首先在地下构筑房间的地面和围墙，接着把整个结构拉上地面，然后用岩石搭建屋顶，接着矮人开始处理细节问题，用石头铺成床。

凯尔决定也来帮忙，快步跑去拾柴，搜寻食物。他们即将身处的环境资源极其有限，因此在有食物来源的时候尽量收集积累起来非常重要。亨利冲瑞文点了点头，振翅而起，背着精灵的弓去打猎了。

瑞文打了个哈欠，席地而坐，开始搜寻更多的水源，她打算用这些水在营地里做个池塘，因为她不打算每次感到干渴的时候走十分钟才能到小溪边用水。她敢打赌，其他人也宁可营地里有现成的充足水源。

精灵用魔力搜寻水源的时候，心绪却飘到了很远的地方。她使用魔法的方式十分简单直接，精灵族的幼儿在很小的时候就接受训练做这些事情了，所以即使分心去想其他事也没关系。瑞文闭着双眼，听到左边岩石咯吱作响，那是塞拉在给他们盖小屋。

对于四个伙伴相处仅仅几天就能互相信任这件事，瑞文觉得不可思议。要是一周前有人告诉瑞文，她会和人类、矮人和仙子交朋友，她绝对会嗤之以鼻，当场笑话对方小时候挨打太多，变傻了。

伙伴们作为一个团队，配合得相当出色。瑞文是一个务实的姑娘，她承认在她以前参与过的绝大部分团队工作中，总会有人拈轻怕重不愿意受苦受累。跟那些人比起来，和这三个同伴搭伙真是太愉快了。尽管四个人经常互相嘲弄、开玩笑，但是每人都乐于承担自己那一份责任。

瑞文终于找到了地下的一处泉眼，嘴角勾了起来，用魔法操纵着泉水从地缝里向上涌出，形成一个不大不小的水池。抽出了足够多的水之后，她引导泉水回到原来的路线。

此时凯尔已经带着木柴回来，并且生好了篝火。她注意到了瑞文的目光，咧嘴一笑，用指头点了点塞拉的方向。矮人就要完工了，正在做带石头活页的门和窗子。

“谁能想到矮人这么能干？”她评论道。

“谁能想到人类居然有幽默感？”塞拉回击。她已经干完了活，走到篝火旁和大家坐在一起。

“我的确没想到。”瑞文一边说，一边龇牙一笑，“我只知道如果亨利不快点带着猎物回来，我就要大闹一场。”

凯尔从她膝盖旁地上的一堆收获中选了一个马铃薯：“我在那边的树林里找到了这个，试着吃了一下，味道相当不错。我给你烤一个。”她用魔力加热了掌心的马铃薯，马上就烤熟了。接下来她把滚烫的烤马铃薯抛向瑞文。精灵怕烫，用冰做了一个手套，轻易接住了它，轻轻咬了一口，向凯尔点点头，表示很满意，吃光了马铃薯。

“喂，我的那份在哪里？”塞拉抱怨道，为了强调自己的不满，还抬起了一边的眉毛。

凯尔对矮人报以相同的眼神。她拿起另一个马铃薯如法炮制，抛向矮人。塞拉一把接住，哎哟了一声，差点把它掉在地下。她不停地把马铃薯在两只手间抛来抛去，一边喊道：“好烫、好烫的马铃薯！”

“半点不假，你真是太聪明了，我刚刚把它烤熟，嘿。”

瑞文一挥手，马铃薯外面包了一层冰壳，水蒸气立刻腾腾直冒。

“太冷就不好吃了。”塞拉说。

“帮个忙都嫌这嫌那。”说着，精灵融化了冰，马铃薯的温度刚刚好。塞拉咬了一口，眼睛瞪大了，狼吞虎咽吃光了马铃薯。

“既然我们有了你，干吗还要生火呢？”亨利回来了，正在她们头顶上盘旋。

“有了火还可以这样。”凯尔敲了敲篝火旁的地面，火苗蹿得老高，差点把仙子烤熟。亨利急忙想要后退，不过他翅膀的构造不适合做这样的动作，全部纠缠在一起，结果亨利重重地掉在地上，摔成了很不雅观的样子。

亨利一时摔愣了神，竟没想出一句合适的话来反击，只能狠狠地瞪着凯尔看。随后他站了起来拍打身上的尘土，尽量做出一副高贵的样子，下巴抬得高高的，把弓还给瑞文。他在篝火上烤他猎到的两只兔子时，对凯尔理都不理。不过当太阳还没下山的时候，他已经忘了应该生凯尔的气，四个人又吃着东西有说有笑起来。

满天星斗出现的时候，四个人都一点一点地打起瞌睡，大家实在是太累了。这是极端漫长的一天，而第二天想来一点也不会短少些。他们需要好好休息，缓解疲惫，为应付明天的危险积攒足够的精力。

一分钟之内，几个人的哈欠打得下巴都要脱臼了似的。瑞文提议大家去休息：“我们去参观一下塞拉做的屋子怎么样？”

第七章

塞拉挥手解除了门闩，鞠躬请大家进屋。凯尔召唤了一团火球照明，接着和瑞文、亨利一起惊讶地倒抽一口气。从内部看，这屋子比想象中大得多。屋内有四张石头搭的床，右边各有一个床头柜。墙上有架子，好放他们的背包和武器，还有放火炬的地方。甚至有个梯子直通屋顶，给放哨人用。

看着塞拉的杰作，凯尔张大嘴，又闭上，干脆一直张着嘴。亨利已经从惊讶中恢复过来，伸手帮凯尔合上嘴。

“哇哦。”瑞文轻声道。

“好啦，别没完没了的。这是所有矮人的基本技能。我们经常需要迁徙，在哪里都不会住太久。这个屋子比较简陋，一般情况下，盖这么大的房子都是两个矮人合作的。反正我们就在这里过一夜，所以我只置备了必需的东西。”

“非常棒。”亨利回答，剩下两个女孩儿表示同意。

凯尔用力拍打了一下塞拉的后背以示赞许，对她咧嘴一笑。随后她把铺盖卷摊在床上，叫道：“我要值第一班岗！”

“那我值下一班，过几个小时叫醒我。”亨利的头蒙在毯子下，声音听起来闷闷的。

议定了四班岗后，凯尔爬上梯子，惊讶地发现屋顶竟然有个看起来很舒适的位子，显然是给放哨人坐的。矮人对细节的入微让凯尔很不以为意，她坐下来仰望星空。夜空澄澈，没有一丝云，天上一轮满月，稀松的星星悄悄眨着眼。凯尔试图搜寻熟悉的星座，却一个也找不到。

凯尔把她新得的宝剑拔出鞘，从口袋里掏出一块布，开始仔细地擦拭。其实这些都是没有必要的，因为剑身纤尘不染，也不需要抛光。毕竟它是一把魔法宝剑，大概能够自行去污防尘。不过凯尔紧张的时候习惯于擦拭武器，好在漫长的等待中不闲着。凯尔预感到明天会有了不得的挑战在等待她。

她守夜的时间结束了，于是下楼叫醒亨利，钻进了自己的铺盖，脑袋一沾床头就睡着了。

亨利只睡了几个小时，还是有点迷迷糊糊的，他揉着眼睛，无视梯子，直接飞上屋顶落在泥土堆成的座位上。屋里飘来此起彼伏的呼噜声，他暗自好笑，想起了自己的姐姐们。

他有两个姐姐，都非常好管事，习惯于把他当成小弟弟，处处护着他。现在她们可没办法护着他对抗敌人了。另外，亨利现在也不知道他的敌人究竟是谁，反正肯定不是楼下睡觉的三个女孩子。可是，亨利又想到，不只是仙子，矮人、人类和精灵从小受的教育，一定是敌视其他三个种族。

不过现在他和三个女孩儿混熟了，发觉她们一点也不可怕。没错，她们有的时候脾气的确有点坏。亨利想起早些时候凯尔把自己从空中打下来，不由得咧嘴笑了。他开始思考为什么所有的种族要相互仇视，想了半天也没有得出什么结论。他叹了口气，排空思绪，把精神集中在接下来要做的事情上。

亨利向远处的沙漠眺望，各种夜行的动物刚刚开始活动。每次一片黑影飘过，他都警惕地坐起身来，随后意识到那不过是一只蝙蝠。亨利强迫自己放松，靠坐在位子上，可是他又不想过于放松不小心睡着，于是决定练习一下魔法。亨利伸出手召唤了一阵风，把它团成球状，让它不停地旋转起来，接着他用意念把风球拉扯成各种不同的形状。

两个小时眨眼就过去了，亨利渴望回到床上继续睡，于是一头扎进小屋，把塞拉摇醒。

塞拉猛地坐起身，满头是汗，伸手去够战锤。她睁开眼看到亨利，眨巴了几下，努力把刚才做的噩梦忘掉。“轮到我守夜了？”她悄声问。

“不然我叫醒你干吗？”

“你还能更讨厌点吗？”

亨利爬回床上：“随你的便。我太累了，没精神跟你吵架。”塞拉踏上第一级台阶的时候，亨利已经睡着了。她摇着头悄无声息地上了屋顶。

塞拉在屋顶上观察着四周的地形。西面是广袤贫瘠的沙漠，东边是起伏的群山，几天前她和同伴们就是从那里启程的，然而感觉上已经有一个世纪那么长了。在月亮和星光的照耀下，一切都披上了一层淡淡的银色光芒。

照理，塞拉脚下的石头和泥土都会给她安全感，让她觉得平静和安心，可现在它们只能让她想起刚才的梦。在噩梦中她悬浮在半空中，在迷宫里那种没有了魔力的无力感又回来了。

在梦里，她与体内勃勃跃动的魔力的联系被斩断了。不管矮人怎么努力，她只能悬在半空无法逃脱。

在地上，瑞文、凯尔和亨利被夹在两堵逐渐靠拢的石墙中间。墙的两边都望不到头，足足有几英里长。同伴们站成三角形，对塞拉的叫喊充耳不闻。

忽然，塞拉的视野变得清晰，她急忙集中目力看向同伴，被他们的样子吓坏了。亨利的翅膀被撕扯得乱七八糟，肯定没法飞起来；瑞文浑身都是流血的伤口，因为疼痛而脸色死白；凯尔则被一层薄薄的冰覆盖了全身，冻得铁青，他们满身是伤。塞拉恐惧地俯视着下方，墙之间的距离已经缩短到两米了。

三个人交换了眼神，互相点了点头。瑞文闭上双眼，她上方的空气开始闪闪发亮，矮人看出她正在使用极其耗费魔力的法术。三人同时发出耀眼的白光，他们的身体看起来好像要融化，化为一个光球。这时亨利叫醒了她。

现在，塞拉在屋顶上深吸了一口新鲜空气，摇摇头，试图把噩梦带给她那种不愉快的无力感甩到脑后。她转而考虑第二天要面对的事情。活火山是一个明显的讯号，看来这次试炼轮到凯尔无法使用魔法了。自己平时脾气甚好，可是无法使用魔力的时候，也会因为失落和无力感到暴躁不安。塞拉想到平时就相当火爆的人类一旦失去魔力时可能会出现的反应，不由打了一个哆嗦。

矮人陷入了深思，两个小时没多久就过去了。瑞文爬上屋顶的时候，天已经蒙蒙亮了。精灵对于进入沙漠感到特别紧张不安，毕竟精灵的本源是冰与水，而这两者在沙漠中都是极端缺乏的。

瑞文叹了口气，告诉自己该面对的总是要去面对。身处沙漠总不会比失去魔力更加可怕。她迟早要接受试炼，不妨把这次沙漠中的旅行当作准备活动，锻炼自己的承受能力。此外，在沙漠里也不是没有绿洲的嘛。

瑞文一心想着这一天将要面对的挑战，不觉天色已经大亮。太阳从东面群山的顶峰探出头来，在所有物体的后面投下长长的影子。

过了一会儿，瑞文听见屋里有人起身。当塞拉再次出现在屋顶的时候，梯子完全没有震动。她向精灵微笑致意，环视周围的景色。她见屋顶的位子不够两个人坐，于是用魔力改变石头的形状，在原来那个座位的旁边又安置了一个。

“你知道你这样有点瘆人吧？”

塞拉耸耸肩：“对你来说可能是这样，不过矮人对石头和土地的操控不仅仅是用在战斗中的。你可能没有注意到，我们的城镇地上和地下一样四通八达。我们能操纵土元素，可以自由地建造城镇，塌陷是不会有的。”

瑞文静静思索了一分钟：“我猜从某种程度上精灵也是一样的。我们对冰和水的掌控能让我们生活在其他种族无法适应的严寒环境里，可以算是比较有效的天然屏障。”她想到和凯尔相遇的那次人类突袭，加上一句：“不过有的时候单单环境是不够的。”

塞拉沉默了半晌，说道：“你觉得各族为什么要打仗？”

对于矮人直截了当的问题，精灵一时有些不知所措，不过她回答前还是深思了一番：“老实说我也不晓得。我只知道从小时候起，大人就教导我们，其他种族都是野蛮的低等民族，不是说他们智力低下，而是道德上有缺陷，毫无原则。我像其他人一样，从小就接受了这种说法。别误会，我不是说你不开化。”

“没关系，我完全明白你的意思。我们也一样，父母和长辈也给我们灌输这种观念，错不在我们。”她苦笑了下，“我想我们几个以后都没法成为合格的战士了，对敌人同情太过什么的。”

瑞文重重叹了口气：“走到哪里算哪里吧。现在我们该把凯尔和亨利叫醒了。”

塞拉点了下头，两个人一起下了楼梯。亨利正在收拾行李，他向二人举手敬礼：“早啊，伙计们。”他朝凯尔熟睡的身影努了努嘴：“我试着叫醒她，不过她向我丢了个火球，所以这个艰巨的任务还是交给你们好了。那个火球擦着我飞过去了，差一寸就打中我，你们看那边墙上还有个印子。”亨利有点夸张地说。

瑞文耸耸肩，把两根手指塞进嘴里，吹了个能震破耳膜的口哨。

“啊——好了好了，我起床就是了。”凯尔大喊，“别吹了，我耳朵要聋了！”

精灵照办了，她咧嘴看着塞拉。矮人已经预料到了这个结果，事先掩住了耳朵。

“你不能给我个预警吗？”亨利愤愤道。

“你让我叫凯尔起床。你瞧，她现在起了，没有一个人被烧伤，皆大欢喜。我干得不赖吧，塞拉？”精灵骄傲地问。

塞拉这时才把手指从耳洞里抽出来，她勉强给了瑞文一个大拇指表示赞许。然后吃早饭的时间到了，大家都没空说话。半小时后，大家背上包，准备出发进入沙漠腹地。

“稍等，我还有件事要做。”塞拉宣布。

“什么事啊，你动作快点。”凯尔整个早上心情都欠佳，她紧紧皱着眉头。塞拉耸耸肩，对着自己昨天搭建的小屋举起了手，让它整个陷入地下。屋子原本矗立的地方被夷为平地。凯尔特意走过去检视了一遍，地面平整无痕，没有丝毫住过人的迹象。

终于到了出发的时间。他们一踏过沙漠和山区的分界线，气温陡然上升了华氏三十度。地面上真的有一根粗粗的黑线，分隔了一边粗糙的山石和另一边柔软的沙土。跨过这条黑线，他们感觉好像穿过了软绵绵的果冻。亨利好奇地用手拨开看不见的屏障。当越过分隔之后，他感觉无形的障壁又在他身后合上了。这里的温度高得让人难以忍受，大家觉得好像待在烤炉里一样。

瑞文尝试着在边界线上穿来穿去，而凯尔则在沙漠一边舒舒服服地享受着太阳："这还差不多。"人类女孩满意道。

塞拉和亨利交换了一个愤愤然的眼神，瑞文皱起眉头。精灵最后叹了一口气，鼓起勇气准备接受沙漠的挑战。

"快点，你们这群蜗牛，该上路了。"凯尔在前面喊。

"你要知道有的人不喜欢大热天！"瑞文也叫道。凯尔假装没听见，继续往前走，她想其他三个人习惯了就好了。

人类操纵的火焰本质是光，而自然界最大的光源就是太阳，他们能够从阳光中汲取能量。因此人类喜爱在温暖、阳光充足的环境中生活。

人类不一定非要住在沙漠这么热的地方，不过比起其他种族来，他们对于炎热的适应力让他们在沙漠中如鱼得水。此外，沙漠的炎热气候使他们用起魔法事半功倍，在这里人类的防御力也会有很大增加。这种情况和精灵喜欢在冰天雪地里生活是类似的。

塞拉庆幸自己只穿着衬衫和齐膝裤，她急忙顺着小路往前赶，后面跟着亨利和瑞文。没过多久，三人追上了凯尔，伙伴们沉默地一路向前。这里又干又热，不说话都口干舌燥。到了中午，阳光猛烈得连凯尔都有些吃不消。

第八章

汗水顺着额头往下淌，多亏了他们事先把水囊装满，不然大家都会因为中暑或脱水倒下。

“我们停下来吃点东西吧。”亨利提议。

“老天，我以为你们都不准备提这个事呢。”凯尔二话不说往地上一坐。

“那你自己干吗不说？”塞拉没好气。她也席地而坐，凯尔仅仅对她报以一声哼哼。

“给我们来阵凉风好吗？”瑞文满怀希望地问亨利。

亨利随即闭上双眼，用魔力鼓风，瑞文抬手给风送上一股冷气，让它变得凉爽。仙子让这阵风往他们的方向吹，吹过之后又用魔法把它拉回来，让它环绕四人流动。为了不让它被热浪冲散，亨利干脆把它连在自己的身上。

亨利睁开双眼时已经感到了凉风起了效果。他看到瑞文张开双臂站在风口尽情拥抱凉爽，开心地咧嘴笑了。塞拉还是坐在原地，不过面朝风吹来的方向了，她看着凯尔躺在地上，微笑不语。

看到同伴们愉快的样子，亨利心情也好了起来。他摇了摇头，谁能想到他们四个能交上朋友的呢？想到这里，他忽然明白了：三个女孩儿就是他的朋友，他们不仅仅是旅伴了。

其他人尽量放松休息的时候，亨利却观察着周围的情况，他注意到一片阴影。一开始，他以为那不过是火山口喷出来的烟云，可是当他仔细探查之后，发现那其实是一大群昆虫，铺天盖地。

“呃，伙计们，有一大群虫子往这里飞来了。”亨利说。

“一定是蝗虫，这种东西在沙漠非常常见。它们一般都待在远离人群的地方，我们应该是安全的。”凯尔连抬头看一眼都懒得做，躺在地上说。

“那像马一样大的蝗虫也常见吗？”亨利讥讽地问。

凯尔瞪圆了眼睛，一骨碌爬起来去，惊叹：“这是什么地方啊，怎么会有这么大的蝗虫啊！？”

“好吧，理论上说蜮怪不是昆虫。”瑞文插了一句。

凯尔转身恼怒地瞪了一眼精灵。

“你们换个时间再进行科学辩论行吗？”塞拉建议。

“我们得赶紧想个办法。不管这些东西是不是蝗虫，它们随时可能袭击我们。”亨利说着，拍着翅膀飞起来，看到蝗虫的队伍绵延几英里远，行进的速度非常惊人。有些一路跳跃，其他则振翅在低空飞行。它们的队伍并不是直线，而是蜿蜒前行，亨利心想运气好的话，它们的路线说不定能绕过大家待的地方。

仙子落地的时候，最近的大蝗虫离他们只有半英里远了，正在飞速前进。在他开口说话之前，瑞文抢先说：“我们已经试着挪地儿了，可是他们也改变了方向，就是冲着我们来的。”

“它们的数量太多了，正面迎击肯定不乐观，我们该怎么办？”塞拉问。

“我们钻到地下避一避怎么样？”瑞文建议。

“我觉得不太好。”凯尔说。

“那你想办法。”精灵不高兴地说。

“塞拉你别管这两个，该做啥做啥。”亨利说。

矮人抬眼紧张地看了蝗虫最后一次，随后集中精神施法。她在地上用力跺了一脚，脚边出现一个巨大的洞穴。

凯尔心惊胆战地在洞口瞧了一眼，挑起一边眉毛：“我们怎么下去？”塞拉期待地看着亨利，他却没有任何反应。沉默了几秒钟之后，瑞文伸手啪地给了亨利的后脑勺一巴掌。

“哎哟，你干吗？”仙子这才注意到了洞，“咦，这玩意儿什么时候出现的？”

“别操那个心了，赶紧带我们下去。”凯尔注意到吓人的大蝗虫离他们已经很近了，大喊。

亨利嘴里骂骂咧咧不知道在嘟囔什么，但手却不停地做了一个空气飞碟，踏了上去，姑娘们赶紧也踏上去。他操纵飞碟落到了洞穴的底部。

塞拉一挥手，封上了洞口，四人被黑暗吞没。就在此时，头顶响起了蝗虫大军过境的沉重脚步声。凯尔召唤火球点亮了避难所，大家看到洞穴的四壁光滑，地面铺着黑色的石头，墙壁大约有四十英尺（12米）高，通气孔规律地分布在上面。凯尔打量着四周，倒抽一口气，盯着塞拉说：“我觉得你越来越恐怖了。”

塞拉耸耸肩，用手给自己扇风，可是没什么效果：“这些通气孔现在根本没什么用。有人和我一样觉得这里热得让人很不舒服吗？”

“我可以解决这个问题，不过你们不能跟我说话，因为我得集中精神。”亨利说。

“听不到你充满智慧的发言我们万分遗憾，不过我们还是万分诚恳地请求你赶紧动手！”塞拉嘲讽着。

仙子叹了口气，背靠墙坐下，用魔力把洞外的空气从一半的通气孔扯进来，再把污浊的空气从另外一半气口排出。现在呼吸不成问题，但是洞里越来越热，大家还是汗流浃背。

最后瑞文终于忍耐不住了：“我快要热死了，现在我宁愿出去和蝗虫厮杀也不想待在这里，至少那样我能想点别的，而不是满脑子都是好热啊好热。”

“我倒有个办法。”凯尔说。

“此话怎讲？”塞拉脸色一亮。

“说不定我可以把这里的热气都吸收到体内。”凯尔犹犹豫豫地说。

“你干嘛不早说？”瑞文和塞拉异口同声地质问。

“因为，”凯尔慢吞吞地回答，“我也不知道能不能行。”她举起手阻止其他人继续提问，“你们知道，人类的本质是火焰和热量，所以我们可以操纵温度，在一定程度上。给身体降温和保暖都是可以的，因为我们要做的不过是把热量收拢体内或者散布到体外。要给房间加热很容易，只要散发热量就可以了；不过，要让房间变凉快，就必须吸收外部的热量。我以前接受这种训练的房间比这个坑小得多，而且这里是一个完全封闭的环境。如果我真要做，必须全力以赴才有可能成功。”

瑞文沉思了一会儿：“那你有可能成功吗？”

凯尔咧嘴一笑，点点头，脑海中已经盘算着操作的步骤了。她找了个舒服的姿势盘腿坐下，释放体内的能量，洞内的温度马上变得更高了，凯尔努力控制魔力让热量不要扩散，并把外部的热量一并收拢体内。

室温明显降低了，塞拉和瑞文如释重负地出了一口气。如果亨利对现在的环境有所知的话，一定也是同样的反应。塞拉伸手去轻拍凯尔的肩膀表示感谢，却赶紧缩回手：“她身上好烫。”

她和瑞文也坐了下来，听着头顶传来的蝗虫脚步声。矮人灵敏地感觉到蝗虫的行军造成了小小的地震，它们经过时，洞内的岩石都被震松了，头顶上的沙子一片片地撒下来。

矮人忽然意识到，他们现在所处的区域是方圆几英里内唯一地质构造足够稳固，可以建造避难所的地方，她不由得深深感谢这条小路的存在。如果当时他们脚下只有沙子，塞拉不确定自己能否能轻易造出安全的栖身之处，而不被很快震垮。沙子和尘土一样，作为建材都不够稳固，如果要维持一个完全由沙子构成的结构，也需要耗费全部心力才行。

不知道过了多久，两个女孩儿已经不再注意头顶的声音了。蝗虫有节奏的脚步声让她们昏昏欲睡，塞拉极度无聊之下，决定测量一下脚步的频率，却发现已经没有脚步声了。她急忙坐起身，踢醒了瑞文。

“怎么了？”瑞文迷迷糊糊地问。

塞拉用大拇指指指头顶，又去摇亨利。亨利从冥思中惊醒过来，揉揉胳膊，对塞拉恼怒地瞪着。忽然他笑了起来，说：“蝗虫走光了，我们终于可以出去了。”

“多谢你的提醒，万事通先生。”塞拉说，“谁去叫醒凯尔？”说着，塞拉扬起手，洞口的盖子滑向一边，瞬间，潮热的空气涌了进来，又因为魔法的作用瞬间消失。塞拉用魔法让大家脚下的地面升起，当大家终于回到地上时，凯尔浑身开始变得红热。

第九章

“她这样子正常吗？”亨利有点不放心。

“糟了，她还在拼命吸收热量，快点阻止她！”塞拉大喊。

亨利张开球形结界隔绝外部空气，阻止外面的热量继续进入凯尔体内。瑞文努力在地下探寻水源，终于找到了一小汪水，用全力把它抽到地面，泼在凯尔身上。

凯尔身上瞬间冒起滚烫的水蒸气，结界内一片白茫茫，所有的人都伸手不见五指，因为喘不过气来而用力咳嗽。亨利把结界开了个小口，引进一阵风把蒸汽带出去。水蒸气统统消除之后，凯尔疲惫的身影出现，身上倒是全干了。凯尔弱弱地微笑：“我现在没什么力气。”

“我们是不是该给她发个谦虚奖啊！？”塞拉嬉笑地挖苦道。

“我们差点被你吓死，你说要不要打你一顿。”瑞文严肃道。

亨利和塞拉点头同意，凯尔挠挠头，不好意思道：“对不起。”

看到平时容易冲动、自尊心极强的凯尔竟然低头认错，其他人不由得微笑起来。天色已经很晚，大家像前一天一样安营扎寨，一夜无事。

第二天大清早的时候，他们已经赶到了火山脚下。小路直通山体内部，入口的两边有两根巨大的柱子，头上的拱形则是用红色的火山岩堆成。大门的整个结构平淡无奇，除了一点：门上不时冒出火光。这一秒看着还是普通的岩石，下一秒却被熊熊的火焰掩盖。不过这一切都比不上拱门上方的文字让凯尔来得有兴趣。她并不太确定那字是什么意思，忽然她意识到那是古人类语。

“那上面说的是什么？”亨利问。

“我大致给你翻译一下：汝一入此地，既摒希望于脑后。”

“真有意思，”瑞文说，“现在谁还用‘汝’这样的字眼？”

“我只是照着念罢了。”凯尔耸耸肩。

亨利小心翼翼地跨进门，生怕被门上随时喷出的火焰点着：“抱歉啦，神秘的小门，有多少不祥之兆我也不会放弃希望的。”

三个女孩儿被他逗乐了，跟在仙子身后也进了门。

塞拉抬起一边眉毛：“我们竟然没有呼啦一下烧起来，接下来去哪里？”

瑞文指向半山腰的一个洞口：“入口大概在那边。”

凯尔呻吟起来：“我们一定要爬那么高吗？”

“我以为你们人类特别喜欢熔岩呢，听说你们有时候洗岩浆浴，是不是真的？”亨利半开玩笑地说。

“如果要爬那么高才能洗上，还是算了。我跟你讲啊，我们一般是找一个熔岩坑……”凯尔不说了，她看着同伴们脸上恐惧的表情，觉得再解释下去可能不是个明智的决定。

塞拉想了一想，说道：“也许我们不用爬那么高。”矮人微笑：“我早就想试试这一招了。”她用魔法让众人脚下变成一块平板，然后用皮带扣把同伴们固定住：“准备好了没有？”

“等一下，你要干什么——”瑞文一句话没说完，板子已经开始移动了。塞拉没有回答瑞文的问题，而是忙于用魔力控制板下的石头滚动，好让石板快速向坡上移动。瑞文心想：这跟滑雪板差不多，只不过没有雪，而且我们是在往上滑。

四人上行的速度越来越快，风迎面拍打着他们的头发和衣服。塞拉展开双臂感受风的吹拂，表情相当自豪。亨利本身已经习惯了在半空中滑翔飞行，不过在地面上做这样的事情还是有点担心。他很快注意到塞拉躲避障碍物的技术很熟练，于是放松了下来。

没过多久，滑石板停了下来。塞拉解除了魔法，石板解体，和他们脚下的泥土混在一起。

瑞文率先打破了沉默：“我承认这个很有意思，不过你事先应该提醒我们一下。”

塞拉惊讶地眨眨眼：“可我提醒过你们了呀。我清楚地记得出发前问过你们是不是都准备好了。”

“你是问了，可是如果你能明确告诉我们到底准备干什么，就更好了。”凯尔指出。对话中断了，因为他们脚下的火山危险地颤动着。

“我知道你可能不太会相信，我这样的人其实也没有特别期盼这种事。”亨利说。

“是啊，你是我们四个当中最勇敢、最爱冒险的人。连你也这么紧张，那我们肯定都吓傻了。”瑞文讽刺地说。

“一点也没错！”亨利断言道。塞拉愤愤地拍了一下自己的脑门。

凯尔嗤了一声，转身面对入口，紧张地吞着口水。她谨慎地打量着洞口，问道："谁要第一个进去？"人类女孩儿心知自己一旦进门，魔法就会被剥夺，她一想到黑暗里可能隐藏的东西，浑身直起鸡皮疙瘩。她永远不会向任何人承认自己怕黑，平素里这不是问题，因为她可以随时随地召唤火焰和光亮。她摇摇头，试图甩掉这些令人不快的想法，狠狠告诫自己，只要集中精神应付挑战就好了。

亨利向女孩儿们深鞠一躬："女士优先。"三个女孩依次小心走进山洞，一边说："多谢你的好意了。""你来殿后真是太英勇了，还会保护我们不被风吹死。""如果少了神勇无畏的你在身边，我们可怎么办啊。"

要是以前，仙子铁定会被这些讽刺的言语激得勃然大怒。现在他只是耸耸肩，回答："你们还不知道我嘛，就是有勇无谋那一型。"女孩儿们想要报以不屑一顾的冷哼，却怎么也没法生他的气。

凯尔深吸一口气，踏进了入口。一瞬间她满身的魔力化为乌有，和魔力一起消失的，还有本来就所剩无几的自信心。她觉得内心被抽空了，单单剩下一层空壳。凯尔浑身酸痛，通道中不知什么给她施加了无形的压力，让她觉得呼吸困难。凯尔开始冒冷汗，她不记得自己上一次出这么多汗是几时的事了。

她忽然明白了，她感受到的压力是热。凯尔皱着眉头，意识到因为自己失去了魔力，热浪才会影响到她。人类对自身体内热量的控制是十分敏感的，他们习惯于随时调整自己的体温来适应周边的环境。现在她没有了魔力，只能像其他三人一样任由高温肆虐。

凯尔学着其他人的样子用手去抹额头的汗，心想原来他们平常是这个感觉。原来如此，难怪他们这次都懒洋洋的。

她的右边火光一闪，亨利好不容易用火石打着了一个火把。仙子给每个女孩儿发了一根："第一支火把我点了十次才点着，干这个我可不熟。要能有个人类在旁边该多好。”

塞拉白了他一眼：“别逗她，你这个蠢货！过不了多久这事情就轮到你了，到时候她把你烧成地面上的一块焦痕，你再后悔现在说的这些鬼话也来不及了。你要真的心情这么好，干脆打头阵去啊。”说着，矮人推了他一把。

瑞文前后摇晃手中的火把。这个山洞很宽敞，十个人并排走也没问题。而且山洞很高，精灵优秀的视力能在半黑暗的环境中明察秋毫，可是连她也看不到洞顶。

瑞文回头去看同伴，发现他们已经走到前面去了，只有隧道深处三点明灭的火光指示他们的方位。精灵低声咒骂了一句，急忙跑步赶了上去，却撞上了忽然停下的凯尔。

人类全神贯注地注视着什么，完全没工夫转身去瞪精灵。瑞文注意到塞拉、亨利都和凯尔看着同一个方向，她半是好奇、半是害怕地也向那里看去，想知道是什么把三个同伴惊成这副样子。

他们正站在隧道的拐弯处，精灵的视线被挡住了，于是她挤到前面去一探究竟，吓得倒抽一口气。她面前的正是火山口，极其宽阔。山壁上有一条狭窄的凸起算作路，通向岩浆湖的另一端，那里还有一个入口。

岩浆在火山口缓缓地翻腾，不时冒出气泡。他们现在落足的凸缘下面几百尺就是滚滚熔岩，虽然隔了这段距离，热力仍然让精灵呼吸困难。她大声咽了口唾沫，刚想开口说话，可是一张嘴，热气涌了进来，她赶紧闭上嘴。瑞文叹了口气，重重坐在地上。

凯尔的眼光追随着凸缘一路过去，虽然它足足有三英尺（90厘米）宽，但是感觉上更像三英寸。通常情况下，她会干脆从岩浆上面直接过去，因为极端的高温能给她提供大量的能源，但是以她现在的状态，无法用魔力保护自己，所以这显然不可行。

凯尔环顾周围，看着同伴们大惊失色的脸，当初在入口前大家的豪言壮语现在看来跟说大话没什么两样。凯尔自己也不想在岩浆上方走过去，但是她认为既然这关试炼的是自己，她就该比其他人更有责任来鞭策大家前进。

“好了伙计们，咱们走。”凯尔挤出一句话。她小心地吸了一口滚烫的空气，开始谨慎地沿着凸缘缓缓绕过火山口，其他人带着阴郁的表情跟了上来。他们走过了一半的路程，刚想放松些，塞拉脚下的石头忽然塌陷，她吓了一跳，掉下去几英尺才想起施法让一块岩石从下方冒出来接住自己。瑞文伸出手，把她拽回了凸缘。

“你还好吧？”亨利关心地问。

“我没事，只是自尊心有点受挫。作为矮人，我本来能够看出哪里的岩石松掉了才对。如果刚才掉下去的不是我，我不知道能不能及时反应过来接住你们。真是非常抱歉。”塞拉低下了头。

凯尔安慰地拍了拍塞拉的后背：“别多想了。重要的是我们现在都安然无恙，你从现在开始提高警惕也不晚。”

他们沿着凸出的小径继续前行，为了避免发生意外，人人都提心吊胆。塞拉全力探测前方的路况，凯尔继续打头阵，时不时用佩剑试探前方的路面。万幸的是，他们终于平安无事地到达了对面的洞口。

四人在狭窄的凸缘上小心地挪动，进入洞口的时候长长地出了一口气。这个洞口和他们之前通过的那个看不出任何区别。之前用的火炬已经燃烧殆尽，塞拉刚要提议再做几个，忽然听到身后传来响亮的噼啪声。

第十章

亨利慢慢地转过头，看见岩浆湖里冒出几个会动的东西，正向他们这里移动。它们大约两英尺（60厘米）高，周身由岩浆组成，面目模糊，其黑色的牙齿倒是很明显，且锋利无比。它们摩擦牙齿，发出尖利刺耳的声音，像指甲刮玻璃。

“情况不妙啊。”仙子评论道。

瑞文拉弓瞄准一只怪物：“你觉得这些怪物性格温和的可能性大不大？”这时一只怪物呲着牙，向她喷了一团火。“当我没问过。”

精灵一秒钟也没有浪费，发射了一支冰箭，正中目标，怪物的一只胳膊冻住了，伤处发出嘶嘶的声音。受伤的怪物一边惨叫一边沉入了岩浆。瑞文不停地拉弓放箭，放倒了大约十来只怪物，可丝毫不起作用。每次精灵射中一只，就有更多的怪物从岩浆中蹿出来。

第一波怪物冲进隧道的时候，凯尔拔出了宝剑，大吼一声，向它们冲去。人类熟练地左砍右劈，杀起怪物好像砍瓜切菜一样。虽然这些东西口吐火焰，可凯尔总能在千钧一发的时候闪开，继续挥舞她的宝剑。

塞拉和亨利看得发呆，都忘了自己也应该上场厮杀。凯尔平时粗鲁至极，可是打斗起来却动作流畅优美，丝毫不拖泥带水。又一群怪物加入了混战，凯尔没好气地大喊：“你们要么来帮忙，要么快跑。傻站在那里发呆干什么？”

矮人忍不住笑了起来，剑术再华丽，杀伤力再恐怖，凯尔也还是凯尔。她和亨利加入了战团，脸上犹自带着笑容。

其他人挥舞着各自的武器，瑞文还在不停地放箭，可是不管他们打倒了多少，总是有更多的生力军加入。亨利想着该不是整个火山湖的岩浆都变成了怪物来袭击他们吧。他喃喃地念了几句咒语，长矛变得不可见，他用看不见的武器来敲怪物的头、绊怪物的脚时，它们可没法闪避了，说起来它们到死还不明白是怎么回事呢。

凯尔意识到再打下去不但徒劳无益，而且很可能让所有人都送命，她果断发出了撤退的命令。

“瞧好了。”亨利把长矛交到左手，右手则在半空中描画复杂的符文。画好的符文开始发光，仙子轻轻吹了口气，图案迅速扩大，把洞口都挡满了。他打了个响指，符文化作一道气浪，把大部分怪物都掀翻，掉回了岩浆湖。亨利冲着女孩儿们嘻嘻一笑，大家拔腿就跑，好像被怪物追赶似的，其实就是这么回事。

怪物们合力追赶着逃跑的猎物，渐渐越追越近。凯尔心知肚明自己跑不过怪物，故意落在后面，其他三人也停下了。

“你到底想干吗？”瑞文大喊，“快跑！”

“你疯了不成？这样你会送命的！你现在根本连魔力都没有！”塞拉一边说，一边紧张地不停看向快速逼近的熔岩人。

“别担心，我难道还会被它们活活烧死不成。”说着，凯尔把三个朋友向前一推，转头向怪物跑去。三人跑了几十米，回头想再叫她，却看到她被一大群熔岩人淹没。

“该死，”亨利说，“我们快回去。”

几个熔岩人从战团里分出来追向他们，逼得三人不得不继续顺着隧道往前跑。虽然凯尔说得很容易，可是三个伙伴怎么可能不担心。

与此同时，凯尔坚守阵地。她站的地方是隧道最狭窄的地方，怪物就算再多，也没法同时攻击她。招架、劈砍、格挡、切割，凯尔的动作一气呵成，心中却在苦苦思索脱困的良策。

凯尔自觉已经拖延了足够的时间，心想伙伴们差不多已经脱险了，就开始缓缓后退，手上一直没闲着。正当她为自己到现在还几乎毫发无损而有点得意的时候，熔岩人喷出的一条火舌正中她的胸口，凯尔向后倒飞了出去，不过并无大碍。

她一骨碌爬起来就跑，却发现怪物们好像惊讶地停住了，它们似乎在内部争论不休，凯尔趁机越跑越远。她退出山洞时，忽然感受到体内的魔力，内心的空洞被填得满满的。凯尔的魔力不但恢复了，还更胜从前。

她环顾四周，发现同伴们站在不远处，正震惊地盯着她看。她觉得有点奇怪，回头看了一眼，发现那些熔岩人已经不再内讧，而是一齐向他们冲杀过来。“呃……塞拉，你能把出口堵上么？”

没有人回答她，凯尔叹了口气，转身面对伙伴们：“怎么了？”

“你身上着火了。”瑞文结结巴巴地说。

凯尔低头一看，发现的确有几簇小小的火苗在身上游走：“噢，那可能是因为——算了，现在没时间解释这个。”

凯尔注意到身旁不到四英尺（1.2米）的地方有一块大小合适的圆形石头，伸手抓了起来，塞进了洞口，把它严严实实堵住了。现在她的力气极大，做这件事不费吹灰之力。她拍拍身上的尘土，走到同伴身边，发现他们的嘴比刚才张得更大了。

“怎么了？”凯尔很不高兴地大声问道。

“你刚才举起一块两吨重的石头，徒手啊！”塞拉震惊了。

凯尔不以为然地耸耸肩：“那又怎样？你不也行？”

“她用的是魔法。我想你获得的新能力是巨力。”瑞文下了结论。

凯尔沉思了一分钟：“不止是这个，你们瞧。”她咧嘴一笑，浑身蹿起了火焰，到处喷射，跳上了半空。凯尔的脚底也不停地冒出火焰，她用这个作推力越升越高，直到整个人都浮在了半空，好像一团大火球，忽然整个人都不见了，只留下原地的一缕轻烟。

精灵敏锐的目光捕捉到圆石影子中本不该存在的一个亮点，它稍纵即逝，不仔细看还以为自己眼花了。

几秒钟之后，有人从身后拍拍亨利和瑞文的肩膀，他俩吓得跳了起来，回头看见凯尔正在哈哈大笑，腰都直不起来。

塞拉站在一边嘿嘿直笑：“你们刚才的表情真是太精彩了。凯尔，这真是个好主意，我怎么没想到。”

“大概因为你没有三个成天想拿你当恶作剧试验品的哥哥。”凯尔说着又消失了。

塞拉向亨利和瑞文咧嘴一笑，也不见了。

“惨了，这下她也要拿我们俩开刀了。”亨利呻吟道。

“有什么招数尽管使出来吧，我们也不是好惹的。”瑞文笑着说。

他们决定继续沿着来时的小径走，离开火山。突然，瑞文感到有什么尖锐的东西捅了她的肋骨，急忙闪开。相同的一招再次使在她身上时，瑞文早有准备，抓住偷袭者的手，一个漂亮的过肩摔把对方掀翻在地。凯尔的集中力被打破，无法继续隐身，狼狈地现身了，浑身都是土。她皱眉看着精灵，后者对她钩钩手指。

凯尔抓住瑞文的脚踝一拖，精灵也摔倒在地，不过她立刻跳了起来。当凯尔爬起身时，精灵已经一头撞了过来。亨利在旁边看着两个女孩儿扭打成一团，觉得相当有趣。

既然凯尔选择的对象是瑞文，仙子知道塞拉多半在寻找合适的时机偷袭自己。他正想着这事，一块大致像矮人形状的石头人忽然出现在他面前，随即沉入了地底。他低声咒骂了一句，召唤出几阵风环绕在身边，搜索矮人的行迹。

塞拉正要伸手戳亨利，就被发现了，亨利跃上半空，展开翅膀，在塞拉够不到的地方盘旋。仙子总算有了点安全感，用空气做了个垫子，舒舒服服地躺在上面放松休息，忽然，矮人在他面前现身了。亨利吓得慌忙后退，刚才的悠闲气质荡然无存：“你是怎么上来的？”

塞拉坏笑着指着脚下。她的腿变成了岩石，足足有二十英尺（6米）长，从地面上为她提供稳固的支撑。矮人的上半身还是平常的样子，可是当亨利注意观察她的腰，想要看出肉体和岩石的分界点时，一点也看不出端倪：“你这样子有点吓人。”

“大概是，不过有了这个本事，你的优势可没有了。以前你拍拍翅膀就可以从天上俯视我们，现在可做不到了。”

“我敢跟你打赌，你的腿够不着的地方，我也飞得上去。”说着亨利拍打翅膀又上升了五英尺（1.5米）。塞拉吸收更多的土元素，好让腿变得更长，这次上升了10英尺（3米）。二人你超我赶，最后从地上看去，他们变成了天上的两个小点，才罢休。

凯尔和瑞文还在地面上嬉闹打架。忽然，瑞文感到脸颊上拂过一片柔软的东西：“等等，快抬头看天上是什么。”

凯尔照她说的做了，却倒抽一口气：“下雪了，这不可能啊。这里足足有90度（35摄氏度）。”她环顾四周，“我们到底在哪？”又向西看去，“瑞文快看那个！”

第十一章

瑞文顺着凯尔的目光望去，也吓了一跳。“这个地方越来越让我觉得可怕了。”西边100英尺（30米）左右的地方，贫瘠的沙漠和杂乱的石头消失了，取而代之的是白雪皑皑的群山。两块区域仍旧被之前看到的那种怪异的分界线分隔着，雪山的那边甚至在刮暴风雪。看起来，好像有一面巨大的玻璃墙把沙漠和雪山分在两边，不过另一边有几片雪花冲破屏障，飞到了沙漠这边，所以凯尔刚才以为下雪了。

瑞文走到分界线边上，伸手到另一边，收回来的时候上面覆盖了一层冰雪。“看来一点也不好玩啊。”

“连你都觉得不妙，那对我来说简直跟噩梦没什么区别。”她狐疑地望着飞雪，“在可怕的事情发生之前我可能就已经冻死了。我们连斗篷都没有。”

“我们把亨利和塞拉找回来。离太阳下山还有几个小时，我们可以再赶一段路再宿营。”

凯尔难以置信地看着精灵，指着另一边的暴风雪问她：“你要我们在那边赶路？”

“别太担心，我自有办法。”

凯尔挑起一边眉毛，正打算质问瑞文到底有什么打算，却耸了耸肩，放弃了。既然精灵说她有办法，自己多管那个闲事干吗。实际上，她对这个结果感到相当满意。两人掉头回去找亨利和塞拉，发现他们没有动地儿，在高空中争吵。当凯尔走近的时候，惊讶地睁大了双眼。

“那是她的腿？哇哦，我也想试试。”她微笑着向瑞文招了招手，运用魔力，把双腿变成了火焰，越伸越长，她像坐着火箭一样升上了半空。

瑞文咬紧牙关，把一缕掉进眼睛的头发吹开。她在一块巨大砂岩的影子里找了个凉爽的位置坐下，闭上了眼睛。精灵打算小睡一小会儿，她相信等他们三个在上面欣赏够了风景，自然会过来叫醒她继续走的。

凯尔等到自己和塞拉、亨利差不多高度的时候减慢了上升速度，停在他们俩旁边。仙子正在奋力拍打翅膀，以便停在半空中。

“你怎么上来的？”塞拉问。

凯尔指着矮人的腿说：“显然和你用的同一个方法。”

“没有错，不过你是站在火焰上。”亨利说。

“所以我不能坚持太久。快点下去，不然瑞文要杀掉我们了。你们两个先看看西边，我们四个待会儿要好好商议一下这事情怎么办。”她咧嘴一笑，迅速下降。凯尔一路下降，一路把腿上的火焰能量收归体内储存，直到咚的一声落到地上。

在半空里，亨利盯着白色的分界线轻声说：“刚才有这个东西吗？”

“我敢发誓我上一次看的时候周围都是沙漠，”塞拉说，“那是雪，那边居然在下雪，真不敢相信。”

“深有同感。”亨利叹了口气，“好吧，咱们把双脚降落到地面再合计，我的翅膀累得不行了。”

“我的脚一直在地面上。”

亨利瞪她一眼：“你的脚就是地。”

两人一路下降一路唇枪舌剑，凯尔和瑞文只能等着。

亨利决定不再和塞拉纠缠下去，直接问：“我们是不是要讨论下一步计划？”

“你话题转换得倒是挺快。”塞拉反驳道，不过她也没有继续深究刚才的话题。

“瑞文说我们扎营休息前还可以再走几个小时。”凯尔告诉他们。

“我们会不会冻死？那里在刮暴风雪，我们只穿着衬衫和短裤。”塞拉说。

亨利抓抓头，考虑了片刻：“我们走到边界线那里再说好么？”

其他三人表示同意，大家一起吃力地离开了火山的范围。他们到达无形的屏障前，亨利、凯尔和塞拉都停下脚步，只有瑞文继续前进，消失在暴风雪里。

穿越这道屏障和之前穿进沙漠的感觉差不多，虽然听不到声音，可身体能感到噗地一下，就好像穿破一层薄膜的感觉。寒风猛烈地刮在瑞文脸上，可她惊讶地发现自己一点也不觉得冷。

她低头检视自己，发现身上裹着厚厚的毛皮。重新穿回沙漠之后，她身上的衣物又变回原来米色的衬衣短裤。她反复穿越屏障试验，每次衣物都变成适应当地气候的样子。毛皮的颜色不变，她右臂上的蓝色带子也还在。

其他三个人看着瑞文穿来穿去，心中的疑惑越来越强烈。塞拉看向凯尔和亨利，两个人都耸耸肩。凯尔抓住瑞文的肩膀，后者把她拖进了雪地里。

“看看你身上的衣服。”精灵说。

凯尔低头看看：“这身衣服相当不错，不过我还是觉得冷，还是不愿意待在冰天雪地里。”

凯尔把一只手伸到沙漠那边，招呼塞拉和亨利过来。他们俩进来之后也对新衣服表示了惊讶和喜悦。

四人大致讨论了一下，决定按照瑞文先前的建议，走几个小时再休息。他们依旧沿着那条小路往前走。神奇的是，即使在暴风雪中，那条小路还是没有被雪覆盖，依旧清晰可见，就好像有魔法在阻止雪片飘上去一样。

在暴风雪中艰难行进了半小时后，凯尔的好心情半点也不剩了，她一边哆嗦一边紧紧抱住自己，目前唯一的好消息就是雪已经停了。

他们爬上一座小山头，瑞文下令大家停下：“你们玩过滑雪板没有？”

“容我打断一下，”凯尔说，“你不知道人类一点也不喜欢雪吗？你觉得我看起来像喜欢滑雪的样子？”

“我猜她的好心情用完了。”塞拉对亨利说。

“我就知道用不了多久。”亨利悄声回答。

凯尔为了维护自己的尊严，决定假装没听见。

“你那天袭击我们营地的时候看起来一点都不怕雪啊。”瑞文指出，眼中闪烁着恶作剧的光芒。凯尔脸红了，嘴里喃喃说着大家听不懂的话。

瑞文耸耸肩，表示过去的已经过去，现在没关系了，实际上在这里，过去的事情的确没关系了。

“就像我刚才说的，玩滑雪板真的很有意思，不过我不确定你们都试过。”瑞文挥一挥手，四个人的脚下都出现一块坚冰组成的滑雪板，牢牢固定在他们的靴子上。“一点也不难，诀窍就是想往哪去身体就向哪个方向倾斜。大家看我示范。”

瑞文率先冲了出去，驾轻就熟地滑下了山坡，在最后一段甚至还跳跃了一下。到了山脚下，精灵转过身来面对三名同伴，招手叫他们也下来。塞拉照着她的样子倾斜身体，有点左摇右晃，只好伸开双臂保持平衡，不过还是平安到达了山脚，一跤也没摔。

塞拉的成功让亨利信心大增，不过他出发的时候用力过猛了，一路翻滚着下了山坡，最后扑进一个深深的雪堆。他从雪里爬出来，浑身盖满了雪，活像一个胖胖的雪人。女孩儿们笑得站也站不稳，最后凯尔下山的时候是屁股着地滑下来的，因为她笑得肚子痛，以至于滑倒了。

亨利努力把雪从身上掸开，但成效不大，瑞文解除了大家脚下的滑雪板，她给亨利除了雪，顺手倾倒在塞拉头上。

瑞文正在忙碌的时候，凯尔瞄准她丢了一个雪球，正中前胸，把精灵打倒在地。瑞文从雪堆里爬起来，塞拉又丢了她一个，不过没瞄准，打中了亨利，这下引发了大混战。接下来的一个多小时里，每个人都向别人乱丢雪球。如果让一个毫不知情的路人来看，他们不过是四个无忧无虑的好朋友罢了。

战斗结束了，四个人仰面朝天倒在雪地里，看着天空，筋疲力尽地睡着了，即便是凯尔也没有力气起来弄晚餐。在睡着之前，瑞文为大家盖了个雪屋，接着也昏睡过去。大家太累了，没有人再提轮流守夜这件事。

第十二章

瑞文醒来的时候，发现雪屋里相当暖和。她抬起头打量四周，发现凯尔坐在屋子当中，两手都变成了火焰，给大家保暖。

精灵暗自微笑，把充当大门的冰块推开，走进刺目的阳光里。昨晚他们睡着以后暴风雪起了又停了，从雪屋旁的积雪来看，足足下了一英尺。

瑞文猜测现在大概是上午九到十点之间，她不记得上次起得这么晚是什么时候了。精灵一心想着心事，过了好一会儿才注意到砸门的声音。她从雪屋出来之后顺手关上了门，其他人都出不来了。

瑞文转过身刚想开门，门忽然飞起来从她身边呼啸而过。在本来曾经是门的地方出现了一个空缺，凯尔伸着一只脚站在那里，看着那一大块冰越飞越远。瑞文差一点就被冰门砸个正着，吓得目瞪口呆。

凯尔看到她脸上惊惧的表情，弱弱地说："对不起，刚才差点砸破了你的头。我发誓真的不是有意的。喊了半天你也没反应，我们怕你出事。我还不太能掌握自己的力道，那门本不该飞那么远的。"

"好了，她接受你的道歉，可以把脚放下了，赶紧往前走行不行？"塞拉没好气地说。

"你今天怎么回事？脾气比凯尔还臭。"亨利忍着哈欠说。

凯尔一声冷哼，对仙子不满地瞪了一眼。瑞文终于从刚才的惊吓中回过神来，觉得浑身发冷。这是一个很好的提醒：她能操控冰，并不说明冰就不会伤害她。

亨利举起双手，半是作为无辜的证明，半是防御可能到来的袭击："我说的是事实啊。你平时的脾气就像一只獠牙刺进柱子的野猪一样臭，嘿，这句话还押韵呢。"

凯尔哼了一声别过头，对着塞拉问："说真的，你今天到底怎么了？"

塞拉揉揉眼睛，脸上满是倦意："你真想知道？接触不到坚实的土地，我晚上睡不着觉。别笑，矮人都这样，我们依赖大地。平时的话，下雪也没关系，我们可以用意念碰触大地，可是这里积雪太深，下面又是非常厚的冰层，我的意念也探测不到尽头。半英里以内，包括地下，一点土星子都找不着。你满意了吗？”

瑞文想了想：“我听说矮人都随身带着家乡的一小包土。”

“是这样，可是我被神灵召唤到森林里去的时候，那包土给弄丢了。你竟然知道我们有这个传统。”

瑞文狡黠地咧嘴一笑：“要做精灵小队长，必须独自打倒三个士兵，还要通过笔试。我必须得精通你们三个蛮族的习俗。”

“怪不得你骂起人来那么刻薄。”凯尔说。

“没错，教官们逼着我们牢记各种骂人话，和敌人骂阵的时候要骂得对也要骂得好。你肯定不会相信我花了多少时间来背诵脏话，没事的时候自言自语就说这些，我妈妈听了把我的头按在肥皂水里洗了好久，她说在战场上才能说这些。”

“你通过军官考试的时候，他们让你说的最恶心的话是什么？”亨利好奇地问。

“我才不要说，又不是好听的话。相信我，你不会想知道的。”瑞文回答。

“虽然我非常不愿意打断你们这么有教育意义的讲座，不过我必须得插句嘴。谁有腌肉？我要饿死了，自从昨天午饭之后就没吃过东西。”塞拉不耐烦地说。

“我觉得我们应该马上吃饭，已经是上午了，如果我们今天还想多走点路，最好抓紧时间。”亨利建议。

“谁来回答我的问题！”塞拉嚷道。

“没人回答，这是一个蠢问题。腌肉在你自己包里。”凯尔说。她拄着剑站在那里，包已经甩到背后。矮人决定还是不要回应这句话比较好。

四个人一边吃一边走，沿着小路向西而去。

“你们说这条路是不是有点蹊跷？一直指引我们向前，暴风雪都盖不住，试炼不应该这么容易才是。”亨利问。

“它往西去，我们正好也要去那边，顺着走就能到达试炼的关卡。你还有什么可抱怨的？”瑞文反问。

“这也太直接了。在所有的英雄传说里，试炼都极端可怕，险象环生。到目前为止我们已经过了两关，还没有什么特别难的地方。这次任务看来很容易嘛。”亨利说。

“有些人未免过于自大了。”塞拉说着哼了一声。

“说你自己啊，亨利，我倒是记得几次你所谓险象环生、危及性命的事件。比如说昨天我独自迎击熔岩人，好让你脱险；还有那次塞拉几乎耗尽魔力，拼命阻止蜮怪把我们生吞了的战斗也算。”凯尔语无伦次地提醒他。

说完，凯尔和塞拉一起讥笑着看向亨利尴尬羞愧的脸。“我不是这个意思。不是说我不感激你们——”

凯尔举起手让他别说了，亨利闭上嘴。“说给相信你的人听吧。”说着，凯尔大步走到前面去。

塞拉和瑞文用手捂着嘴，咬着舌头免得笑出声来。亨利回头看着她们，她俩摆出一副严肃的样子，谴责地看着他。亨利翻着眼睛举手向天，然后追着凯尔走了。

她们俩这才放下伪装，吱吱咯咯笑作一团。

“凯尔的演技真不错，打击人很有一套。”塞拉说。

“可怜的孩子一点机会都没有，我们俩也当心点，免得也被她说。”

她俩注意到亨利站在远处招手。“我们去看看怎么回事。”瑞文说。两个人跌跌撞撞跑上陡坡，在山顶和另外两人会合。

亨利盯着眼前的景色直发愣，还没从惊讶中恢复过来。他们面前有一条大河，水流湍急，比十字弓发射的箭还要快。亨利用自己所处的高度大概估量了一下河流的宽度，至少有半英里（800米）。还有一件事也引起了他的兴趣：河岸边不到20英尺（6米）的地方，有一道冰门，门两旁的柱子和最粗的树干一样，拱顶像玻璃一般清澈透明。

凯尔用手肘顶了一下精灵的肋骨，冲她笑了："终于轮到你了。"

"对，"塞拉同意道，"一定是你的试炼。"她抓抓头，叹了口气："现在的问题是怎么过河。"

"我们先到门那里再说。"凯尔觉得搞不清楚状况就制订计划最要不得。在冻硬的雪地上跋涉了几分钟之后，他们来到了结冰的河岸上。

亨利朝门拱上看去，是一片清澈透明平整的冰。"怎么回事，这次没有警告了？唉，我还真想知道前面有什么等着我们。"

"设计关卡的人大概觉得我们已经适应这一套了。"凯尔说着穿过两根柱子之间，其他人快步跟上。"现在怎么办？"

瑞文向对岸极目眺望："我刚好能看见河那边，这条路在正对岸继续往西。伙计们，有什么好主意么？"

"我可以做一个空气飞碟把我们载到对岸。"亨利说着双手开始画圈。

忽然，他们身后无数冰块飞来，落在河面上，没多久水面上挤满了冰块，大大减缓了水流的速度。

"噢，不，我才不要这样做。"凯尔铿锵有力地宣布，"冰块不够厚，绝对不安全。"

"要是我能联系到地面，就可以搭座桥，可我之前也说过了，方圆几英里一撮土都找不到，包括地下。"塞拉叹了口气。

"大家觉得我的计划怎么样？"亨利积极地说。

"亨利，半英里的距离太长了，你的魔力不足以维持飞碟支撑四个人的体重飞那么远，还要加上我们的装备，而且这里气温也太低了。”凯尔尽量和善地说。

“只要支撑三个人就行，我可以背着包飞在你们身边。”亨利半是自我辩护地说。

凯尔无奈地举起了手讽刺地说：“也就是说，你要背着四十磅（超过18公斤）的背包飞，同时还要操纵一个足以支撑我们三个体重的飞碟，让它平稳飞行至少半英里，而飞行条件是冻死人的严寒和每秒三十英里的大风？我错了，你说的没错，真是个了不得的好主意。”

“那你怎么不想个主意出来？”亨利的怒火越来越旺。

“我需要时间考虑。”凯尔回嘴。

“你们俩迟些再吵好么？现在有更重要的事。”塞拉说。

“没错，你们两个回头再吵。那是什么东西？”瑞文忽然喊道。

积雪的河岸在颤动，大块的雪落到地上，两个长形的东西慢慢显现，动作缓慢，好像被冻僵了似的。那是两条白龙，漆黑的眼睛盯着四人。它们从鼻尖到尾巴都覆盖着像人一样大的鳞片，背上有尖刺，像无数倒着的冰锥。

两条巨龙不慌不忙伸展了半天，终于用后腿站立起来，细小的前肢悬空，它们一齐张开大口。

第十三章

四人都吓呆了，站在那里一动不动。突然瑞文大喊着：“快走。”他们跑到湍急的水流旁，毫不犹豫地跳上漂浮的冰块。瑞文双脚刚离地，身上的魔力忽然消失了。她差点停了下来，可是身后冰块碎裂的声音敦促她快快行动。

与此同时，其他三人也遇上了各种问题。凯尔回头一看，发现巨龙也要跨入河流，心想它们这么笨重，肯定直接沉底冻硬了，心情有点儿好转。可是巨龙踏足的地方，水流瞬间化为坚冰。该死，凯尔一边跳一边想，跌跌撞撞，留心不要掉进水里。她同时分心留意其他三个人的情况。

亨利跳到中途，不打算继续逃跑了，展开翅膀飞到空中，打算回头对抗巨龙。

可他升空不到五英尺就摔回了冰面，两个翅膀都因为遭到冰息的攻击而撕裂，皱成了一团，他掉到地上惨哼了一声就昏了过去。凯尔仅仅落后亨利一步，赶紧上前把他抬起来往肩膀上一甩，背着亨利毫不停留地大踏步向前。

然而水面上的冰块似乎开始融化，塞拉感到每跳一步都需要耗费更多的力气。她快速向后面瞥了一眼，发现冰龙越追越近。它们看起来一点也不着急，像是在悠闲地散步。

塞拉绝望地意识到它们的确不用着急，就算到了对岸，四个人一样处于危险之中。这个地方没有土，她不能起丝毫作用。亨利已经昏了过去，也不顶事了。塞拉基本可以确定，就算瑞文的魔力回来，也无法对抗冰龙，一切就只能靠凯尔了。可是就算人类再有本事，塞拉也无法想象她独自对抗两条会吐息的冰龙，而冰龙可以从环境中汲取无穷的能量，严寒却在削弱凯尔的魔力。

忽然，瑞文惨叫一声。凯尔和塞拉抬头看去，发现她全身大大小小的伤口都流出鲜血，一大块冰在她身边爆裂，她受了不轻的伤。精灵摇晃了一下，跪倒在地，痛苦地站不起身来。凯尔跳上前去把她也一把扛了起来，塞拉则震惊得一动不动。

这和她在梦里看到的情景一样：亨利撕裂的翅膀，瑞文浑身的伤，现在就只差……

凯尔回头看了塞拉一眼，矮人发现人类女孩和她梦里的样子一样，冻得脸色发青，身上覆盖着冰雪，止不住地哆嗦，可是全身上下闪耀着不屈的斗志。

“快点，我可不想把你也扛上。”她俩勉力向前，终于到了离对岸十五英尺（4.5米）的地方。塞拉的肩膀由于沮丧而垂了下来。

凯尔回头看着冰龙愈发逼近，脑子转得飞快，终于打定主意。她自己可能没什么机会了，不过至少伙伴们还有希望。就算还剩一个人，也有可能完成任务。

凯尔现在力气极大，把瑞文、亨利和他们的装备抛上对岸厚厚的雪堆里。她感到火焰的能量流遍了全身，令她充满狂喜的力量。可是自己马上就要死去，这真是太不合理了。

她把令人烦恼的想法丢在一边，看向塞拉。

塞拉迎着凯尔尖锐的目光，后退一步，猛烈地摇头：“不行，我知道你在想什么，可我们要并肩战斗。”

凯尔抓住矮人，把她举到和自己同样的高度：“对不住了塞拉，这事儿你说了不算。”

“可是……”

“你仔细听我说。我把你扔过去之后，会努力游到岸边。你不要管我，反正你也帮不上我的忙。你要做的是全力治愈瑞文。别为亨利挂心，你晚点再照顾他也可以。他没什么大碍，只是落地时受到震动一时昏过去了。如果你能治好瑞文，我们大家就应该有救。你还记得我们过关后获得的新能力能派大用场吗？好不好？说定了？”

塞拉犹豫地点头。她们的目光相遇，矮人在凯尔的蓝眼睛里看到没说出口的千言万语。她在人类的目光中看到她对伙伴的关心，她对大家完成任务给予的厚望，还有对通力合作达到共同目标的真正理解。

突然，塞拉感到自己飞上半空，落到一堆雪里。她环顾四周，发现瑞文半埋在雪堆中一动不动，赶紧把她拖了出来。矮人闭上双眼，对精灵施治愈魔法，她毫不吝惜地把魔力输入瑞文的体内，感受着对方伤口在慢慢愈合。由于没有土元素补充能量，同时还担心着凯尔，塞拉的魔力大不如前，造成治愈速度缓慢。

凯尔没有时间去关心河岸上发生的事，而是专心于对付眼前的两条冰龙，释放了好几个巨大的火球。她希望至少可以拖住它们一会儿。

人类举手在空中描绘一个复杂的图形，向其中灌输魔力。当符文充满魔力开始发光时，凯尔大声念咒，图形扩张为一张巨大的火网。凯尔迅速打了个响指，火网飞向敌人。

火网盖住了冰龙，使它们一时动弹不了。此时，冰龙脚下的冰面开始破裂。凯尔还没来得及高兴，冰面又再次冻硬，冰龙厌烦地把火网从肩膀上抖下来。凯尔嘴里念念有词，双手各射出一道火光，但瞬间就熄灭了。她知道必须用新招，停下来想了一会儿。

她伸出双手，再一次向巨龙的方向输送魔力，这一次她用火焰做成栅栏困住了冰龙。

有那么一会儿，巨龙困在烈焰组成的笼子里，无法前行。它们一次次地攻击牢笼，火焰终于熄灭了。凯尔的魔力全部用完，累得筋疲力尽。

凯尔转过头，跳进了冰冷的河水里，挣扎着游向对岸。冰冷的河水像千万根针一样扎遍了她的全身，疼痛万分，不一会，她就变得麻木起来。凯尔精力已竭，心想这一次恐怕顶不住了。但是她没有放弃，虽然似乎感觉不到双腿，但还是奋力游动。奇迹般地，凯尔在冰水里挣扎了似乎一个世纪之久，终于碰到了河岸。她拼上最后一丝气力爬出了水，倒在雪地上。

塞拉把最后一点魔力输给瑞文，精灵终于睁开了双眼。矮人拍了拍她的肩膀，赶紧爬过去看凯尔的情况。她把人类拖离水边，坐在她身边，开始拍打凯尔的全身，搜刮自己体内所剩无几的魔力来维持她的生命。

瑞文慢慢地站起身来，感到浑身僵硬。但当她一站直，魔力如潮水般回到了体内，比以前足足强了一倍。当她看到伙伴们的状况，表情变得坚毅。他们已经尽了自己的一份力，现在轮到她了。精灵稳稳地站在雪地上，面对着巨龙。

冰龙又开始往前走了，瑞文没有浪费一秒钟。她掌心向上，两条巨大的冰锥出现在面前，她怒吼着把手向前推，好让冰锥直接射向巨龙，冰锥在巨龙面前粉碎，没有起到丝毫作用，瑞文咬紧牙关狠狠咒骂。巨龙的本源也是冰和雪，她的魔法对其他生物有效，可是在它们面前只算小巫见大巫。

她试着操纵整条河流对抗冰龙，可是就算能力有了增长，也无法控制如此巨大的自然能量。她又试着把冰龙脚下的冰面再化为水，可是对方的魔力更强，她的法术无效。瑞文绝望地试着用冰雪冻住冰龙，可是像她预料的一样，跟挠痒痒差不多。

冰龙已经近在咫尺了，瑞文知道必须改变方法。既然蛮力没效果，也许她该动动脑筋。她强迫自己忘记巨龙的存在，努力思考。

忽然瑞文感受到一股迫切的欲望要冻住冰龙，可是精灵知道这是不可能的，她刚才已经试过，冰雪对它们不起作用。

她恍然大悟，又向冰龙发出一股更纯粹的魔力。就这样，冰龙真的被冻住了，不是被冰雪，而是被时间魔法定住——它们的时间静止了。

瑞文睁开紧闭的双眼，惊讶地往后一跳。一根冰刺离她的脸仅两英尺远。她抬头看向冰龙，还是像刚才一样，只不过不再动弹了。其中一只张开大口，无数的冰凌正从口中激射而出，却被冻在了半空。

她离开冰凌的发射范围，想到可能发生的事情，不由得哆嗦了一下。如果自己晚了一秒，现在已经被冰凌射成了刺猬。瑞文暗暗告诫自己从今往后的战斗中一定要随时睁大双眼，或者至少张开结界保护自己。精灵一边哆嗦一边把尖锐的冰片丢到河里，让它们顺水飘走，逐渐融化。

瑞文转过身，看到凯尔还是蜷成一团在发抖，塞拉耗尽了魔力，看起来半死不活，却还在勉力救治凯尔。瑞文在包里摸索一番，找出了火石。她钻进附近的森林，抱着一大捧柴火回来，一挥手，清出一块空地，过了一会儿就生了旺旺的一堆火。精灵把略有知觉的人类拖了过来，直接扔进了火里。

塞拉呻吟着低声说：“还好她的衣服防火。”因为声音太小，精灵几乎没听见。矮人又吃力地说：“亨利在哪里？我记得凯尔把你和亨利抛进了同一堆雪。”

瑞文用魔力在雪地里寻找亨利的踪迹，很快就找到了。他依旧昏迷不醒，除了撕裂的翅膀外并没有受伤。

“你能治好他吗？”瑞文问塞拉。她看着矮人疲惫的样子：“也许等到明天再说吧。”

“不用，我没事，可以的。”瑞文把亨利背朝上放平，塞拉把手放在他身上。虽然矮人不承认自己已经筋疲力尽，可是魔力的确所剩无几。她用最后一丝魔力治愈了仙子的翅膀，它们自行愈合，恢复如初，一点疤痕都没有留下。矮人费力地挪到火边，极度的疲劳使她闭上眼睛昏睡过去。

这个时候，凯尔已经在火里坐了起来，睁开一只眼睛看着精灵，仍然虚弱地说：“真是够劲的一天，对不对？”

“完全同意。”精灵叹了口气，“不管怎么说，感谢你之前做的一切，你明白的。”

凯尔的脸居然有一点微微发红，低头小声说：“没什么大不了。如果是你处在相同的情况下，肯定也会这么做的。”

瑞文点头接受她的说法，两个人就这么沉默着，有些事情不一定非要说出口。精灵忽然担忧起自己的未来，她知道自己再不能成为一名合格的战士了。也许我可以当个木匠或者是别的什么，爸爸以前老是说我木工活做得不错，他反正从来没有支持过我上战场。一直以来支持自己参军的只有妈妈。我本以为他是个懦夫，也许他只是不希望看到自己的独生女受伤而已，也许他有权这么希望。

瑞文试想着自己失踪以后长官们是怎样跟父母说的，大概说我为了大伙牺牲了，或者其他别的一些什么能够激励后人的说法。说不定我还被追授了一枚勋章，不知道我回家以后他们拿勋章怎么办。忽然她想万一不能活着回到家，这枚勋章倒是恰得其所，因为她的确是为了拯救自己的国家献身了。瑞文坐在篝火边，头脑中充满杂乱无章的思绪，竟然渐渐睡着了。

因为有篝火提供能量，凯尔保持了几分钟的清醒。她自身的魔力耗费得七七八八，连眼睛也睁不开。心里想着，冰龙也对付过了，如果今晚因为没人值夜而大伙被狼群吃掉，这事儿该有多荒唐。凯尔暗自希望就算森林里有狼群，它们看到篝火也不敢过来，胡思乱想着，她也睡着了。

第二天一早，亨利第一个醒过来，他的翅膀疼痛无比。他来不及等眼睛睁开，就忙着去摸索自己的一对翅膀以确保它们还在，一摸之下大吃一惊，它们居然完全康复了。仙子暗自提醒自己等会儿一定要向塞拉致谢，这才睁开双眼。他一睁眼就看到两条冰龙近在咫尺，离他们还不到二十英尺远。亨利张嘴发出一串含混不清的大喊声，算作报警。

凯尔从睡梦中被惊醒，一蹦三尺高。她搞清楚亨利报警的原因后，狠狠皱起了眉头。瑞文呻吟了一声，翻身继续睡。塞拉则喃喃道："现在还早，回去睡吧。我更喜欢你不声不响的那段时候，虽然很短暂可是很美好。谁知道你的肺活量有这么大呢？"

凯尔最后向亨利低吼了一声，还是起了身，活动筋骨，为崭新的一天做准备。瑞文又翻了个身，发现还是睡不着，干脆坐起身来，在背包里不知翻找什么。

塞拉听到三个人的动静，用手捂住了耳朵，依旧无法入睡，郁闷地爬了起来，揉着眼睛：“亨利，多亏了你，现在我也睡不着了。”

亨利张大嘴看着她们面对冰龙若无其事，他走近冰龙仔细观察。“它们被定住了，不能动。”仙子胜利地宣布。

“能够恭聆您的教诲，真是不胜荣幸。您的才智好比滔滔江水绵绵不绝，果然是不世出的天才一枚。”凯尔嘲讽地说。

“到底发生了什么事？”仙子有点垂头丧气地问。

塞拉决定不再跟亨利置气，原原本本地把从亨利昏过去开始发生的一系列事情始末讲给他听。说到凯尔的英雄事迹时，凯尔的脸又红了。仙子看着她觉得很好玩。塞拉讲完之后，亨利仰躺着思索了一会儿：“我建议休整一天，昨天我们都累得够呛。”他听见有人嗤了一声，大概是凯尔，假装没注意。

瑞文仔细想了想：“你说的也有几分道理。我也希望能好好休息一下。愚者千虑必有一得，真是千古名言。”

“谢谢你的夸——喂！”亨利说到一半才发觉瑞文在骂他。

塞拉、凯尔和瑞文互相看了一眼，又看看亨利，同时出手，动作快如闪电，从雪地里捞起一把雪就砸向亨利，全部命中。“呜呼。”他只能这么回答，仰面倒下。

亨利倒下后没有了动静，三个女孩儿担心起来。凯尔摸摸后脑勺：“你们别看着我，我没用多大力。说不定他被打中头了。”

塞拉耸耸肩，建议道：“我们过去看看他怎么样了。”

她们刚走近，亨利一跃而起，指挥风卷起雪花砸在她们震惊的脸上。

“正式宣战了啊。”凯尔说。

“没错。”塞拉和瑞文异口同声。

第十四章

这一天剩下的时间，伙伴们都在雪地里尽情戏耍。他们又去玩滑雪板，这次凯尔也滑得相当不赖，也就是说她能够安然无恙地滑下山坡，不给自己或其他人造成生命危险。她甚至在滑雪比赛中赢了瑞文，当然是依靠作弊，她事先把精灵的滑雪板的下面部分融化了。等到瑞文好不容易赶上来，她已经滑到山脚，自行宣布胜利。

亨利在这段时间里到处闲逛，发现了一个漂亮的圆形小湖。如果他在空中侦察，自然早就能发现，不过他决定在地面上多待一阵，让翅膀好好恢复。当然，他这么老实还有一个原因，塞拉警告过，如果他在空中乱翻筋斗，再把翅膀弄伤的话，她会把他溺毙在河里。

亨利瞄着湖面，忽然想起六岁那年，冬季天气极端寒冷。镇子北边的湖面冻得严严实实，在居民的记忆中不曾有过。所有的小孩都对滑溜溜的冰面好奇得不得了，想出了各种各样的玩法，玩得不亦乐乎。最开始，他们试着在冰上迈大步，后来干脆直接从岸上跳进去，能够从这头一直滑到另一头。

亨利的邻居乔治带来了一双溜冰鞋，所有人都问这是什么东西。乔治好好享受了一番大家的关注，然后吹嘘自己的曾祖怎样在很久以前去北方看亲戚的时候得到了这样东西。那时候四族间的冲突还不怎么激烈，械斗很少，独自旅行还相对安全。

乔治不得不向他们解释，没错，四族曾经是和睦相处的，不过那是很久以前的事情了，大约一千年前——反正是曾曾祖父的时代。孩子们聚在一起窃窃私语，亨利当时十分好奇，觉得四族怎么可能和平相处，如果和平当真存在过，一千年前又是怎么结束的？

乔治最终讲完了他的故事，这时一个小姑娘叫着让他把冰鞋穿上试试，他不太情愿。不过在大家的鼓动下他伸手去拿冰鞋要穿上脚时，他的曾祖父从他手里拿走了冰鞋。

“我来给你们这群小鬼正确示范一下。”老头儿快七百岁了，不过身手还是相当矫健，在冰面上滑来滑去，像年轻人一样灵活。最后，他把冰鞋丢给曾孙：“我还是可以的嘛，你也试试，孩子。”

在老人的指导下，乔治很快就掌握了窍门，之后，所有的小孩就吵着要父母做冰鞋。

亨利回去闹着父母马上给他做一双。没几天他的确发现衣柜里藏着一双，那是他儿时最快乐的一天。虽然大部分时间冰鞋是他的两个姐姐在用，不过她们允许溜冰的时候让他骑在肩膀上，所以他可以整天都在冰面上滑来滑去。

他看到塞拉走近，赶紧招手让她过来，骄傲地把湖指给她看。

塞拉无动于衷：“好，我看见了，就是一个结冰的湖面，好在哪里了？”

亨利深深叹了口气：“算了，瑞文会欣赏我的伟大发现的。”

塞拉耸耸肩，回去继续用雪建造她的堡垒，好对抗凯尔的攻击。她离作品还有五步远的时候，一颗雪球正砸在她身边。

凯尔充分利用矮人离开堡垒的这段时间，砸中了好几颗雪球。塞拉一头扎进堡垒，缩在后面。

她从城堡顶上偷偷探望，发现凯尔的手保持着预备投掷的姿势，随时可能发弹，赶紧缩回头，检视着自己巨大的一堆雪球。她挑了两颗几乎浑圆的。

矮人又看了凯尔一眼，精确地计算时间。她猛然站起，把两颗雪球丢向凯尔，然后迅速回到掩体里。她听到其中一颗咯吱一声砸到雪上，不过另一颗打中了，凯尔低声咒骂，塞拉兴奋得直挥手。

塞拉还没来得及夸耀自己的胜利，忽然一颗接一颗的雪球砸到她的堡垒上。她耐心地坐在雪球砸不到的地方，等着凯尔耗尽弹药。

凯尔的运气不错，她投掷的一颗雪球把塞拉堡垒的一个角砸松了，一大块雪落了下来，塞拉的堡垒在持续不断的打击下开始解体。矮人看到情况不妙，弯腰捧起一大堆雪倾在墙上。

“怎么回事，塞拉，你的堡垒已经撑不住了吗？我说的劣等工艺就是这么回事啊。”凯尔嘲弄道。

“我的城堡很好，多谢你的关心，另外我有最新消息告诉你，不许用‘劣等’这个词！”塞拉说着拿起一颗雪球向凯尔的大致方向扔过去。

亨利看她们俩打雪仗终于看烦了，走去找瑞文。他发现精灵正盘腿坐在雪地里，专心做冰雕。那是一只巨大的雄鹿，用最纯粹的蓝冰雕就，两条后腿支撑着直立而起。

“哇，真不错。”亨利评价道。

精灵睁开双眼，冰立刻融化了，雄鹿哗啦一声倒下粉碎。“多谢。”

“你为什么要毁掉它？”仙子问。

瑞文耸耸肩：“没什么特别的，我随时都可以再做一个。”

亨利眨了好几下眼睛，才从刚才的懊丧中恢复过来：“来看看我发现了什么。”

瑞文看到湖的时候几乎兴奋得尖叫起来，她把凯尔和塞拉从堡垒后面拉出来，拖到湖边。

“抱歉，可我们正在那边进行一场激烈的捉对厮杀呢。”凯尔说。

“没错，而且我马上要赢了。”塞拉道。

“才没有，你撒谎，如果你那个可怜的堡垒当中有士兵的话，他们要么会当逃兵，要么一定会哗变。”凯尔嘲笑道。

“你要不是输得好惨，衣服上怎么会有那么多雪？”塞拉问。

“什么雪？”凯尔低头看，她的米色外套上一点雪也没有。她疑惑地说：“我身上哪里有——”

塞拉忽然把雪踢了凯尔一脸：“这个雪。”

“你这个该死的——”凯尔吼叫起来。

“你们俩安静点，”瑞文打断了她们，“我在想事情。”

凯尔一边擦干净脸，一边转身面对着塞拉，把她的头扭向瑞文那一边。矮人耸耸肩，好像在问我怎么知道瑞文在想什么。

“我想到了，所有人举起脚。”瑞文扫视同伴们诧异的脸，“照我说的做就是了。”

三人躺倒，把脚举了起来。“老天，我感觉像刺猬。”亨利说。

“你看着也像。”凯尔回答。

“我让你提意见了吗？”亨利说。

“你不需要。你的意见太傻了，不说也知道。”凯尔回击。

“你们俩闭嘴，我需要集中注意力。”瑞文宣布。她闭上眼睛，从身边抽出冰块，做了八把冰刀，然后用更多的冰把冰刀黏在所有人的靴子上。她知道冰的质地很脆，就用魔法加固了它们。这样就不会破裂了。

凯尔一跃站了起来，她检视着冰刀：“看着不赖，这是啥？哦，完了完了，要化了。”

“糟了，我忘记你的体温比别人高。没问题，我可以解决。”瑞文再次使用魔力重新塑造了凯尔鞋底的冰，并附加了抗热的属性。“我来演示一下你们应该怎么做。”她上了冰面，在他们面前来回滑行，脚下的冰刀画了一个完美的“8”字。

“我早就会了。”亨利宣布。他站起身滑了两圈，冰刀绊到湖面上的什么东西，亨利摔得飞了出去。

瑞文大笑起来："我刚才还想赞扬你呢。"

亨利爬了起来，脸上有点不好意思，不过接下来做了几个复杂的动作，完成得相当完美，塞拉和凯尔不得不承认他滑得的确不赖。

塞拉小心翼翼地踏上冰面，滑了两尺远，摔倒了，仰面朝天滑到了湖中央，凯尔赶紧咬住胳膊，免得笑出声来。塞拉怒视她："你来试试看啊。"

凯尔耸耸肩也踏上冰面，她滑了约莫几尺远，也失去平衡，挥舞着手臂摔倒了。她的冲力带着她滑向亨利和瑞文那边，两个人都急忙要避开，可是闪躲不及，凯尔像保龄球一样把他们俩都击倒了，三人巨大的冲量使得他们像皮球一样在湖面上弹来弹去。

最后大家好不容易停下来，也笑够了，凯尔宣布："滑冰的确好玩多了，至少我是这么想的。"

"在这点上我不得不同意你，虽然与你意见一致很痛苦。"塞拉说道，"我们到底要不要学溜冰？"

作为回答，瑞文站起身，把其他人拉了起来。她先向凯尔和塞拉演示如何起滑，推进。凯尔不等她教完，就开始往前滑，做得相当不错，她快到湖的另一头的时候高声问："怎么停？快点，喂，谁来帮帮忙？"

"等等，让我想想。"瑞文说着用冰刀轻轻磕打冰面。

"这可不好玩。"凯尔大喊。

瑞文大笑，高声说出指令，凯尔循着瑞文的指示滑回到了她面前。精灵把剩下的诀窍教完，没多久，塞拉和凯尔就掌握了窍门。

滑着滑着，凯尔和亨利碰头了，他们看着眼前开阔的冰面，慢慢往前滑，忽然同时发力，比赛就此开始。凯尔一路领先，让亨利十分恼火，他抓住一阵清风，用魔法把它变成狂风，给自己加速。凯尔看到亨利在作弊，伸出手，把亨利前方的冰面融出一个洞。仙子的速度太快，避不开也停不下来，扑通一声掉进水里。

凯尔从亨利身边滑过的时候，冷漠地挥挥手，到了终点，又慢悠悠地折返，等她回到亨利身边的时候，塞拉和瑞文也赶到了，她们站在洞边齐齐盯着正在踩水的仙子。亨利气得要命：“你作弊。”

凯尔重重一哼：“作弊也是你在先。”

“需要帮忙吗？”塞拉问。

“多谢，不用了。我自己可以的。”亨利告诉她。塞拉举起手，翻着白眼，低声嘟囔着好心当作驴肝肺一类的话。

亨利费力地爬出了冰洞，他回到冰面上以后，瑞文重新把湖面冻硬，于是洞口消失了。她抬头看天色，惊讶地发现已过了正午，快四点了，而他们连午饭都没吃。“你们饿不饿？”

凯尔的肚子又轰隆作响，大家一齐笑了。“你既然提起这事，我的确快饿死了。我们连午饭都没吃，大家还剩下多少余粮？”

塞拉重重叹气：“剩下的食物不多了，如果我们不搜集更多的食物，恐怕只够再吃几天的了。”

“噢，老天，”亨利嘟囔着，“嘿，我们可以打猎。”

“我们走出这一片冰原之后，的确可以打猎。这里完全找不到猎物。”凯尔说，话音刚落，一只雪兔从她身后跳了出来。亨利张大嘴看着兔子一路跳远。

凯尔用手在亨利面前晃动：“呃，你看什么呢？”

“你们可能不会相信，不过你们身后有一只兔子。”亨利手一指，女孩儿们齐齐回头，发现了野兔。

瑞文拍拍凯尔的后背：“你真是个预言家。现在赶紧许愿多要几只兔子，我们永远感谢你。”

“说的倒是轻巧，”凯尔叹着气说，“眼前的这一只还没抓到手呢，难道你生堆火它就会自己跳进去不成？”

“好啦，不就是一只兔子，很难抓吗？”塞拉问。

“让我猜猜看，你们以前从来没猎过兔子，对吧？”亨利问，塞拉和瑞文对视一眼，耸肩，同时摇头。

“好吧，我很愿意和你们继续闲聊，可是我得指出，兔子越蹦越远了。”瑞文说。

他们呈扇形包围了兔子，兔子不知为什么正用右后腿敲击地面，塞拉往前一扑，兔子灵活地闪开，跑向瑞文，忽然拐了个弯，从瑞文和亨利之间冲了出去。瑞文和亨利同时扑向兔子，头撞在了一起。兔子毫发无伤地逃脱了，坐在不远处看着他们。

瑞文揉着额头很不高兴：“兔子受死吧。”她跑去拿弓，瞄准兔子射了一枚冰箭，却射偏了好几英尺。瑞文张大嘴看着一动不动的兔子，又看看插在雪里的箭：“亨利，你吹歪我的箭做什么？”

“你胡说什么呢？准头不好别赖我。”亨利回答。

“我能命中两百步外树桩上的一只苍蝇，永远不许说我准头不好。”瑞文深吸一口气，集中精神，“咱们再来一次。”第二支箭命中了兔子另一边的地面，兔子还是没有动。“怎么回事，这讨厌的兔子还幸灾乐祸起来了。”

塞拉注视着野兔，她敢发誓，这只兔子正在嘲笑他们，挑战他们的权威。矮人抽出战锤，站到瑞文身前，用巨大的力量敲击雪地，她用魔力引导冲击波袭向兔子，忽然，冲击波在兔子身前散开，从它两边经过，兔子待的雪地毫发无损，而它周边的冰块都碎了，大家都目瞪口呆。凯尔揉揉眼，重新张开，一切还是那样。“我简直不能相信刚才发生的事。”凯尔难以置信地惊呼，“是不是只有我觉得这事儿很吓人啊？”

“我提议我们在这只看起来纯真无害、本来应该成为我们晚餐的小毛团变身成一只大怪物反过来把我们吃掉之前，赶紧离开这里。”亨利悄声说。

“我赞同。”塞拉赶紧说。四人慢慢退出这片雪地，跑回了宿营地。

第十五章

大家狂奔回到营地，累得倒在雪地上直喘粗气。

“你们说刚才是怎么一回事儿？”凯尔问道。

“真心不知道。”瑞文回答道。她爬起身来，拿出食物，发给大家，重又坐下。

“有没有人想要等会儿回去，看看那兔子还在不在那里？”亨利问。

“多谢你的好意，我今天已经玩得足够刺激了。”塞拉说。

“要我说，我们这一路过来都非常刺激，没错。”瑞文评价。

“怪物出现的频率已经够高了，我可不想马上再碰到一个。”亨利同意道。

“我连神灵都不想马上再见到，我们摸爬滚打了一路，还不是因他们才摊上这烂摊子。”凯尔说。

瑞文叹了口气：“没错，这实在是个大烂摊子。”大家都不说话了，各自想着心事。

凯尔是第一个忍受不了这沉默的人，她一跃而起，捡起一块冰在手里抛上抛下：“我讨厌这样，我们完成了任务各自回去以后会怎么样？到时候就又是敌人了。”

其他三人还是默不作声，凯尔说的也是他们心里想的，不过只有她才敢把事实诉诸舌口。

“火烧眉毛，暂顾眼前吧。这事等到我们分开的时候再说。现在我只明白你们三个永远都是我的好朋友，不管风把我们带去何方，我心里永远有你们三个的位置。”亨利轻声说。

三个女孩儿都点头同意。瑞文又盖了个圆顶小冰屋，大家带着重重的心事睡下了。

第二天天气极好，阳光普照，晒到凯尔的脸上，她醒了过来。人类的第一个想法是今天至少天气不错，接下来她意识到冰原的天气应该没这么暖和。她赶紧跳起来，发现不但小冰屋不见了，冰原也无影无踪。他们现在身处山区，和出发地的地貌十分类似。

一阵暖风拂过，凯尔发现自己身着衬衫和齐膝裤，装备又回到了进入冰原前的样子，包括右臂的红色带子。让她最惊讶的不是这个，而是她居然是四人中第一个醒来的。其他三个伙伴正蜷成一团，打着呼噜做美梦呢。凯尔现在十分清醒，毫无睡意，于是慢慢踱开，探查周围的情况。等她回来的时候，伙伴们也醒了。凯尔十分开心地咧嘴一笑：“瞧瞧，你们这群瞌睡虫可算醒了。”

亨利也对她报以开心的笑容，丢给她一块夹着肉和干酪的面包：“我们就剩这点肉了。”凯尔狼吞虎咽把早饭吃下肚，并没抱怨吃不饱，至少口头上没有。不管怎么说，以前她和战友一起潜伏准备突袭的时候，连着几天只吃发霉变质的饼干也是有的。

“生平第一次早起散步，可有什么发现？”塞拉装出一副严肃的样子。

“我看见……喂，我以前也不是没早起过！”凯尔立即反驳。

塞拉鼻子里哼了一下，瑞文不觉嗤出声来，亨利仅耸耸肩。凯尔皱眉看着他们，不过还是接着说：“我在那块大石头后面发现了路，就我所看到的情形来说，小路在山谷里穿行。噢，今天可能有暴雨。”

“你几时变成气象专家了？”亨利问道。

“我深藏不露，会的技能可多了。”凯尔回答。

“对对对，我们现在就差一个只会消耗氧气和给养的废物了。”塞拉讥讽道。

大家又开了几句友好的玩笑，准备收拾上路。四人把行李背在肩上，再一次顺着那条似乎永远没有尽头的小路前行，没多久走进了一片浓雾之中。水汽十分充沛，他们觉得行李似乎都变重了。这次是瑞文终于说出了大家的想法：

“这里太压抑了，浓雾好像要努力变成活物一样，当然如果真是这样就可怕了。”

“我也觉得这里的氛围不寻常。”凯尔说道。

“氛围，现在还有人用这个词么？”塞拉说。

“为啥不用？挺好的词，而且辞能达意不是么？就像灵气，唔，灵气这个词很好听。”亨利接茬。

“好吧，我们来不着痕迹地转变话题，不然亨利就要发表一篇关于词汇的冗长演讲，或者是旁的什么无聊至极的题目了。”凯尔露骨地建议道。

亨利毫不在意地耸耸肩，话题转向了武器和战术。说着说着，塞拉察觉到大家都在透露本族的机密信息，但是更重要的是，她完全不在乎。

伙伴们讨论战斗时的最佳武器，凯尔当然宣称剑的用途最广泛，塞拉声言战锤在对付战甲方面最有效，瑞文则认为弓箭可以在敌人近身之前就解决对方，因此优于其他武器。

亨利对三个女孩儿的争论嗤之以鼻，举起手中的长矛：“得了吧，伙计们，长矛才是最棒的武器。可以远程投掷，也可以用在近战，有啥能比得上？”

“你说的一点也没错。你先把长矛投掷出去，然后怎么办？用你的厚脑壳和敌人近身搏斗？”凯尔毫不客气。

争论了一会儿，四人决定保留各自的意见，让讨论告一段落。小路逐渐向下延伸入山谷，四人顺着前行。瑞文走进山谷的时候觉得浑身发痒，她看向伙伴们，发现他们也默不作声、烦躁不安。

行至峡谷中央，塞拉忽然听到一阵低沉的声音，像是呻吟，她急忙停下，身后的亨利差点和她撞在一起。矮人举起手：“刚才有谁也听到了？”

“听到什么？”凯尔问。声音再次响起，人类吞了吞口水：“那个声音，是吧？”四人不声不响，抽出武器严阵以待，等了半晌，什么动静也没有，于是继续前进，依旧保持全神戒备的状态。

忽然，半空中一团透明的东西飘向了他们。它直径大约两英尺（60厘米），透明中带着淡淡的紫色，晃晃悠悠看起来十分富有弹性，大家好奇地看着它在面前上上下下地飘动。

第十六章

“这到底是啥玩意儿？”瑞文问。

这团透明东西正中，一簇小小的电火花正在越变越大。电流射中了凯尔，凯尔一个趔趄，捂住胳膊咒骂起来。“好痛！”在源源不绝的脏话中大家听到这一句。

“你还没死，说明电压不算强。这些东西不会太危险。”亨利刚说完，另一团东西从浓雾中出现，和先前那团并在了一起，变成了之前的两倍大，这次它内部的电火花也比先前亮了一倍。

“你们说它们的攻击会不会越来越强？”塞拉问。透明团子这回发射的电流嘶嘶作响，直奔她而来，幸好瑞文及时定住了它。不幸的是，瑞文的举动似乎惹恼了这群团子，它们毫无预兆地从浓雾中现身，朝着四人的方向围拢过来。瑞文赶忙用她的新能力定住怪物，但它们的数量太庞大。在他们左边，四个透明团子合而为一，向瑞文放出一道刺眼的电流，而她对此一无所知。

凯尔拾起一块卵石投去，刚好在半途截住了它，顿时电火花和石屑四处飞溅。塞拉和亨利也赶紧找石块作梭镖，解决了一些团子。

突然，一团直径十来英尺的放电团子颤颤巍巍出现在他们面前，正中央的一朵电火花逐渐变大。

“快快定住它！”亨利喊道。

瑞文尽了全力，可是电火花还在变大。“该死，我搞不定，大家快跑！”四人全力跑开，可是团子以惊人的速度跟在后面，放出的闪电击中他们脚后跟的地面，留下一个大坑。塞拉一边跑一边用岩石在身后造出一层层结界，好挡住无法避免的第二击，不过她知道这样没有用，自己的魔力不足以抵挡这样的攻击。

四人玩命地跑，凯尔抬头一看，峡谷的尽头就在眼前，身后就是那个怪物团子，随时都可以发动袭击。凯尔知道他们不可能及时逃生，她抓住亨利，全力向空中一抛，后者刷地展开翅膀，借助凯尔的巨力，飞得比以往任何时候都快。凯尔顾不上抬头确认仙子已经脱离危险，看向跑在身边的塞拉和瑞文。

三个女孩儿会意地点点头。塞拉沉入地面，在地底像水波一样迅速前行。凯尔化身为一道光，瞬间就射到了岩壁顶上。瑞文变成无数个水分子，和空气中充沛的水汽融为一体，她用意识操纵着水分子带着自己前进。

亨利站在悬崖顶上目睹三个女孩儿消失，闪电攻击穿透了她们之前所在的位置。他不确定女孩儿们是否平安无事，只能焦躁地左顾右盼，搜寻她们的踪迹。

他感到身后传来一股热浪，赶忙回头，看到凯尔变回人形。她走到亨利身边。没过多久，二人听到滴水声，瑞文也平安到达。她向亨利和凯尔一笑，问："塞拉呢？"

"迟了。"凯尔简短地回答。

三人静待了几分钟，开始担心起来。瑞文发现团子们从视野中消失了。"她也许被团子击中了？我看到她沉入地面，但不确定她是不是及时躲开了。"

"我们下去看看吧。"亨利说着纵身跃下悬崖，朝着峡谷里飞去。

"别，你傻了吗？"凯尔大喊，"那些东西会回来的！"话音刚落，那个巨大的团子从浓雾中出现，就停在亨利面前，仙子赶忙转身往回飞。怪物释放出一股强大的电流，差点没把亨利烤熟，幸好凯尔手指放出一股火柱，在半空截住了电流。

凯尔想用火焰把攻击送回团子体内，她全力以赴，额头开始冒汗。可是她的努力并没有奏效，闪电越来越逼近她。

亨利降落在她身边，凯尔大喊着让他和瑞文来帮忙。精灵借助一股冰柱加入了战斗，亨利则为她们加了旋风作助力。三人齐心协力把电流逼回怪物体内，它呆滞了一秒，忽然全身窜起电火花，炸裂开来，啫喱状的残骸泼洒得到处都是。

亨利用空气在三人身前设了结界，团子的残液没有溅到身上，却顺着结界的形状往下滑，和啫喱看起来没什么两样。"好恶心哦。"瑞文说。

三人终于听见地面震动的声音，齐齐松了一口气。看到点点尘土飞聚在一起，组成了一个粗略的矮人形象，很快变成塞拉的样子。

"我错过了什么？"她扫视了一下满地液体的峡谷，"唉，讨厌，我老是赶不上好玩的事情。"

"快说你究竟上哪儿去了？"瑞文质问她。

"我只能绕远路过来，那一团团的东西把我追得到处跑。可能是它们看得到我经过的地方地面凸起，我只好左躲右闪才不被电流击中。我跟你们讲，这一点也不好玩。顺便说，我又找到路了，就在那丛奇形怪状的树林后头。”

凯尔走过去检视了一下：“这树是什么种类？”它们看起来像松树，只不过叶子不是针形而是哨子形的。树皮的颜色也很怪，不是常见的深棕色，而是漆黑，带着一层蓝色的光泽。

“不可能。如果我猜得没错，这是传说中的布莱肯森树，在我们的古语中，就是‘哨子叶’的意思。”亨利说。

“你们仙子真是太有创意了。”凯尔嘲讽道。

亨利没有理睬凯尔，继续说：“据说这种树入药非常有效，而且叶子应该能做很棒的乐器。”他摘下一片叶子放到唇边，叶子发出奇怪的哽咽声，仙子把它举到阳光下仔细查看：“奇怪，也许传说是错的。”

塞拉和瑞文翻了翻眼镜，精灵说道：“是你不会吹啦，给我试试。”她接过沾满口水的叶子，“我还是自己拿一片好了。”说着，瑞文摘下一片叶子，吹了一首欢乐的曲子。

“真不错，我要摘些种子拿回家种，说不定能种活。”亨利伸手去摘了一些松塔状的果实，分发给大家，每人背包里都放了几个。

塞拉扯下一片叶子，吹了一首舒缓的曲子，然后把哨子在手里翻来覆去地检视：“我不明白。我只是直接往里送气，并没有改换调子。这哨子好像知道你在想什么一样。”

“真的假的，我也试试。”凯尔也把一片叶子举到嘴边。

亨利急忙把手指塞进耳朵眼，发现凯尔对他怒目而视，他笑着解释道：“有备无患嘛，天知道你能吹出什么调子来。”

凯尔不以为然地对着仙子哼了一声，并没有马上吹，而是想了一想，随后她微微一笑，开始吹奏叶子。她吹出的调子让所有人大吃一惊，那是一首篇幅很长、气势恢弘、激动人心的乐曲，令人惊奇的不止这个，它听起来好像有一整个交响乐团在演奏一样。

亨利吃惊得下巴都差点掉了，他从没想到人可以用意念同时演奏这么多曲子。凯尔给曲子来了个华丽的结尾，其他三个人目瞪口呆。亨利第一个恢复过来："没想到你还挺内秀的，相当不错。"

凯尔冲着亨利咧嘴笑了，他又吃了一惊，亨利本以为她会反唇相讥。他惊讶的表情逗得三个女孩儿哈哈大笑，大家重新上路的时候情绪都十分高昂。

接下来的一整天，他们在一个个峡谷间穿行，有时候缓步直行，有时候不得不全力狂奔，一转眼白天就过去了，又到了安营扎寨的时候。

凯尔生了一堆熊熊的篝火，然后看着塞拉："帮忙搭个让我们休息的地方好吗？"

塞拉对她报以微笑，立刻着手用魔力盖起了房子。与此同时，瑞文不安地走来走去，亨利终于受不了她在眼前晃来晃去，抓住了精灵的肩膀："你怎么回事？"

她甩甩头，似乎要让自己好好清醒一下："我也不知道。我感觉体内有团魔力需要被整理释放出来，也许是新能力。"

"你坐下冥想一会儿，我保证你很快会领悟到的，"凯尔建议道，"真不敢相信我居然叫别人这么做。"

瑞文耸耸肩，盘腿坐在一截倒下的树干上。她屏息内视，找到了体内那团混乱的蓝色魔力，用意念仔细梳理整齐。接下来，她在自己的意识之海内继续待了一会儿，任思绪带着她飘来飘去。

精灵醒来的时候已经知道自己的新能力是什么了。她发现自己左边有两只老鼠忙碌地跑来跑去，用魔法之水做了个钩子，把它们拉到眼前。

凯尔和亨利饶有兴致地看着。两只老鼠中一只体型巨大，有黑色毛皮；另一只是娇小的小白鼠，双眼闪闪发亮，显得十分有头脑。

瑞文伸出一只手，两只老鼠开始发光，然后融合在一起，变成了一只体型中等的灰老鼠，看起来挺聪明。塞拉也过来围观。瑞文最后让两只老鼠恢复原状，它们立即跑进了附近的灌木丛，弄得叶子窸窣作响。塞拉倒吸了一口气：“我做过这样的梦，只不过是你们三个合为一体，不是老鼠。”

凯尔站起身来：“如果我们四个合为一体，那变成的人会不会能操纵四种元素？”

塞拉耸耸肩不置可否。亨利回答：“我们试试吧，让瑞文把我们合体一下。”凯尔挑起眉毛，想了一分钟，点头同意。

“你们确定吗？我都不知道会发生什么。”瑞文不太有信心。

“你不试，我们永远都不知道结果是什么，对吧？”凯尔回答。她和亨利肩并肩站到瑞文对面，在精灵眼中，他们的意识是红光和白光为轮廓的人形，浑身充斥着魔法波动。瑞文集中精力，缓慢地把亨利的意识加载到凯尔的意识上面。精灵的白光一碰到人类的红光，凯尔呻吟着倒下了。瑞文立即中止魔法，两人分开了。

塞拉快速跑到凯尔身边：“她没事，只是疼痛过度昏厥了。这是不是试验造成的？”矮人疑惑地盯着仙子：“你怎么啥事没有？”

“不知道，我只是感觉酥酥麻麻的。”亨利回答。

“也许是因为我刚才是想用亨利的意识覆盖凯尔的。”瑞文说道。

凯尔呻吟着坐起身来：“亨利的手和我的手一交叉，我就感到剧痛。不是胳膊折断的痛，而是接上脱臼手臂的痛。我骨折和关节脱臼的经验比较丰富，所以能区分开来。说实话并不是痛得要命，我只是没有心理准备罢了。”

“无论如何，我不要继续试验了。直到我搞清楚这个魔法运作的原理为止，我不会胡乱使用它。”

这又是漫长多事的一天，大家晚饭后就睡下了。天蒙蒙亮的时候是塞拉在屋顶当值，她听到屋内窸窸窣窣的声音，低头看去，发现瑞文正朝门口走去。她跃下房顶，在门口把精灵堵了个正着。

瑞文看见矮人站在门口，对她微微一笑："饿了吗？"她没有等对方回答，因为早已知道答案是什么，所以径直把食物抛给塞拉。两人一言不发坐在火边开始吃早饭，随后听见身后小屋的门打开的声音。

凯尔和亨利一边睡眼惺忪地揉着眼，一边拖着所有人的背包从屋内走了出来。饭后是惯例的拆除营地活动，塞拉把小屋所在的地面恢复成原来的样子，凯尔则消除了篝火的痕迹。她把木柴踢乱，让亨利解决柴灰，后者招来一阵风吹走了它们。而瑞文则忙着给大家打包，好让每个人的行李都一样重。

第十七章

太阳跃出地平线的时候，旅伴们已经做好了出发的准备。

大家沿着着峡谷的边缘谨慎绕行了一段，凯尔抱怨道："这些山谷到底有没有尽头？我要是个不懂事的，准以为我们一直在兜圈子。走过的每个倒霉的山谷都跟上一个该死的一模一样。我真希望亨利的试炼快点到来，早死早超生。"

"是啊，谁会想住在这种地方？用不了两分钟就要迷路。要不是跟着小路走，我们说不定要一辈子都在迷雾中摸索了。"

"呃……这条路以前分岔过吗？"塞拉问。

"没有，怎么了？"亨利反问。

"那个，路在前面分成了三岔。"塞拉回答。

其他三人看着岔路，凯尔骂了一句。"你说的没错，现在我们可怎么办？"

“我们应该往西走，很可能是走当中这条，”亨利建议，“我本来可以飞到高处看看，可是这地狱般的雾这么浓，我什么也看不清。我召唤过风来吹散它，可是一点也不顶用。”

“地狱般的。嗯，不错的词，相信我超凡的智力已经在你身上产生影响了。”

“我认识你之前就知道这个词什么意思了，谢谢你全家。我还知道很多复杂的词，你可能都认不到一半。”亨利回答。

“好啊，说几个来听听。”瑞文嘲弄他。

“你们两个歇歇吧。”塞拉说着沿着当中的小路走去。

凯尔一直盯着浓雾发呆，塞拉走过她身边的时候照着她后脑来了一下。“你什么意思？喂，快回来！”塞拉头也不回直直朝前走去，凯尔追逐着她消失在浓雾中。亨利和瑞文翻着眼睛对看了一下，也跟在后面。

没过多久，伙伴们再一次遇到了岔路口，这回是十字路口，四条道没一条是向正西方向的。

“我们应该走这条。”四人同时肯定地说，每人各指一条路。大家立刻明白了接下来要面对的是怎样的争斗。但他们脸上都露出不可争辩的表情。最后决定手划长剑、弓箭和战马（类似剪刀石头布）来抉择，瑞文胜出，她选了最右边的路。

大家走着走着，头顶忽然聚起了不祥的乌云，冰冷的倾盆大雨毫不留情地砸在伙伴们身上。四人在泥泞的小道上艰难跋涉着，凯尔受不了了，用胳膊肘捅了捅瑞文的肋骨：“想想办法，我讨厌淋雨。”

“我试试。”在瑞文能做任何动作之前，他们脚下的土地消失了，四人从一个流沙坑掉了下去。亨利第一个着地，塞拉、瑞文和凯尔一个接一个摔倒他身上。

凯尔呻吟着，亨利没好气地说：“你哼什么哼？我是垫底的，你听到我抱怨了吗？”女孩儿们无视了他，他只好接着说：“你们从我身上下来行不行？”

坑底一片漆黑，凯尔随手召唤了一团火焰，照亮了他们身处的空间：天花板由旋转的流沙组成。凯尔盯着屋顶：“沙子怎么停留在上面的？”其他三人各自爬起身，耸耸肩表示对此一无所知。

“这是不是表示我们选错路了？”瑞文问。

“我们？帮帮忙，明明是你选的这条路好吧？”塞拉指出。

“当初可没有人反对啊。”

“还不是因为你猜拳赢了嘛。”亨利说。

“少拌几句嘴，先想办法出去再说。虽然我觉得待在这里其实也挺好，外面雨那么大。”凯尔说。

瑞文是四人当中个子最高的，她伸直胳膊，把手伸进头顶的流沙里，立刻被排斥了出来。“我们肯定不能从这里回去了。墙是什么做的？”

凯尔往右边走去。“就是一般的石头。”她远远地嚷着，在大厅里引起阵阵回声，令人直起鸡皮疙瘩。塞拉听到以后，走到一堵墙前，把手掌平贴在墙面上，沉吟了半晌，面前的墙壁开始移动，出现一条隧道。矮人走进隧道，向其他人示意跟上。隧道一路缓缓向上，没多久他们回到了地面。雨已经小了，塞拉打量四周，谨慎地绕过流沙坑，长长出了口气：“我们怎么会连这么大的坑都没看见。”

凯尔注意到沙坑的另一边没有路了，叹了口气：“还不是这倒霉的雾，害得我们什么也看不见。重要的是现在我们已经知道这条路不通。天可怜见，众神好心地及时给了我们提示。当然，我更喜欢用无害的指路牌这种方式。”

大家回到四岔口，盯着剩下的三条路看。

“现在选哪条？”塞拉问。

“不如依次试一下算了。”凯尔说。

“我赞同，谁有意见？”瑞文问。

没有人有异议，最右边那条路已经走过了，于是大家沿着右边第二条路走，这一次走不多远就刮起了风。塞拉是四人中体重最轻的，差点被一阵特别大的风吹得双脚离地。“也许我们该往回走。风这么大，雾一点都不见散开，有点吓人。我觉得这是个足够明显的提示，让我们赶紧回到岔路口。”

“我吃不准，”亨利把翅膀紧紧收拢在背后，免得被风刮到他不想去的方向，“路还没走到头就折返，不太好吧。”

塞拉叹了口气，弓着背继续艰难地往前挣扎，凯尔最后不得不用绳子把塞拉绑在自己身上。她这样做的时候，塞拉出于自尊心极力反对，不过当凯尔指出矮人拖慢了大家的速度时，她也只好让步；而且如果她被风吹走，其他人可没办法把她找回来。塞拉明白人类说的是对的，不过还是高兴不起来。

一路上，大家都没怎么开口，一方面是风声太大，另一方面浓雾让声音的传播变得十分诡异，就算有人说了什么，其他人也不一定能听清楚。他们继续走了大约一个小时。

忽然，走在前面的亨利和瑞文消失了，好像他们被浓雾吞噬了。凯尔急急往前跑，却被一块石头绊倒，这块石头救了她一命。在她面前，小路以戏剧性的方式中断了，如果她继续向前，就会直接掉下悬崖。

凯尔和塞拉都吓得不轻，她俩一齐向悬崖下看去，可是目光所及之处只有乳白色的浓雾。凯尔把双手卷成喇叭形，朝着下方大声呼号，没有应答。她俩商量了一会儿，正准备想办法爬下悬崖，亨利飞了上来，瑞文也在旁边现形。所有人都舒了口气。

“该死，我们还得回去。”凯尔咒骂道。

瑞文耸耸肩：“至少风停了。”

“太好了，我不用被绑在别人身上了，”塞拉抱怨道，“我一生都忘不了这种对我尊严的伤害。”

亨利打了个哈欠，伸伸懒腰。“要走就赶紧走，如果我们动作够快，能在天黑前赶到那个岔路口。不知道你们怎么想，我是肯定不愿意在悬崖边露营的。”其他人纷纷点头同意，于是四个人一起朝着来时的方向走去。

第十八章

亨利仔细审视着剩下的两条路：“选对的几率是一半一半。”现在是早上，四个人昨晚几乎一夜都没合眼，都在想剩下的两条路上会遇到什么情况。亨利作为最后的被试炼者，倒没有特别担心。不管怎么说，他们这一路上虽然诸多波折，但至今人人都平安无事。接下来要遇到的困难没理由避开。

可塞拉却是忧心忡忡：“万一我们在三岔口就选错了路呢？如果当时本该选左边或者右边的路可怎么办？”

凯尔呻吟一声：“现在担心这个还太早，等这两条路都走不通再说吧。”

“也是，我有种感觉，剩下的两条路里有一条是正确的。”瑞文说。

“我们都知道你的直觉一向最准了。”凯尔恶毒地加了一句。

“你的直觉也没准到哪里去。”精灵反唇相讥。

“我可没有领着大家掉进流沙坑。”凯尔反驳道。

塞拉揉揉脸，把手指塞进耳朵眼。她挑了一条没试验过的路走了进去，亨利拖着另外两个姑娘跟在后面。

四个人都进入小路之后，下起了沙粒大小的霰雪。瑞文抬头看了看迅速变黑的天空。

他们继续走着，霰雪逐渐变成了核桃大小的冰雹，其中一个击中了亨利的头顶。“哎哟，咱们回去吧。”

“我觉得几粒雹子算不了什么。”塞拉话音刚落，一枚足足有她头部大小的冰雹砸在她眼前，碎冰屑溅了她一身。就像接到什么讯号一般，巨大的冰雹向着四人倾泻下来。“快跑！”矮人尖叫。

大家朝着来路飞奔，一颗冰雹差点砸得凯尔脑壳开花，幸好瑞文及时定住了它，不然她就要变成人肉馅饼了。随后凯尔用火焰在大家头顶铺设了结界，这样砸向他们的冰雹就会在造成任何伤害之前化成水。

他们刚跑回岔路口，冰雹就像之前莫名其妙地开始一样，毫无预兆地停了。每个人都多多少少受了点皮肉伤，筋疲力尽地瘫倒在地上，一时间只听见四人喘粗气的声音。渐渐地，他们的呼吸恢复了正常。

“我们的运气啊。”塞拉评论道。

“是啊，四分之一的机会可以选中正确的，我们错了三次。”

“我一向不擅长分数。”亨利咧嘴笑了。

“这边也是，数学太让人头痛了。”凯尔同意道。

接下来他们稍稍休整，以便从平生最卖力的一次奔命中恢复过来。为了打发时间，大家决定交流一下上学的经历。显然，在数学和理科方面，四族学习的内容都差不多，最大的分歧在于历史。每一族在描述四族的传统方面都有所不同，不过四族的版本都提到，族间激烈的纷争始于两百年前，虽然一千年前就已经有敌对的情形，不过武力冲突极少发生，四族还会通商，领地之间的旅行也很常见。

在战争的起因上，四族则说法不一。人类的版本是某一年，仙子因为粮食歉收而食物短缺，他们随后发现农田的下方有矮人的地道，于是责怪矮人偷盗他们的庄稼，或者因为挖掘地道而破坏庄稼根系造成歉收。矮人当然否认了这种说法，提出他们可以卖给仙子一些粮食，让他们度过荒年。

矮人的出价十分离谱，把仙子的腰包都掏空了。很多仙子十分愤怒，打砸了矮人开的粮店，暴乱很快被平息，可是矮人也开始缺粮。

精灵十分邪恶，他们把下过毒的食物卖给了仙子和矮人。阴谋暴露后，各族间的劫掠就开始了。

高贵的人类当然尽力去制止混战，甚至提议无偿和他们分享食物。在暴乱开始之前，四族还能相互共处，混居在同一个镇子上，那以后就各自占据一块领土，把异族的人都驱逐出境。

几个无辜的人类被屠杀，当时的人类领袖里欧耐得斯国王做了一个艰难的决定，向其他族宣战。就这样，扫荡和边境冲突持续了两百年。当然，以上只是人类版本的历史。其他三个版本都把挑起争端的责任归咎于他族。

四个人争论了一会儿，谁都无法说服其他人自己的版本是完全正确的。他们最后得出结论，既然谁都没有亲眼目睹过当年的事端，一味怪责别人是不可取的。

塞拉下结论说，四族在挑起纷争方面都负有责任，其他三人同意她的观点，关于历史的讨论告一段落。他们接下来吃了午饭，等到再次准备出发时，已经到中午了。他们多日来第一次见到太阳，遮蔽视线的浓雾终于消散了。

凯尔惬意地晒着太阳，感到全身暖洋洋的。他们一起踏上了最后一条，也就是最左边的小路。“目前还没有极端天气，我相信这条路是正确的。”瑞文说。

“但愿如此，要是我们还要再回去一趟，我都要气炸了。”亨利抱怨道。

“话说回来，如果我们再次见到四神，我可要好好和他们说道说道。”塞拉没好气地说。

“你真的会斥责神灵吗？”瑞文问。

塞拉挠挠头：“一般情况下不会。不过他们让我们遭了这么多罪，也该有人臭骂他们一顿。”

“一点也没错。”凯尔同意道。

“那可真是创造历史的一天，如果我们真的要去责骂众神。”亨利笑着说。

太阳继续照耀着，浓雾踪迹全无。总的来说，这是几日来最美好的一天。一路上都没有遇见怪物，太阳下山时，四人已经走了很长一段路。有的时候他们坐在塞拉造的岩石板上滑行，速度极快，山谷的景色都只剩模模糊糊的虚影。不过塞拉的魔力是有限的，她休息的时候，亨利用空气飞碟载着大家往前飞。

亨利为了向女孩儿们炫耀自己操纵飞碟的技术，飞到极高的地方。忽然，他们撞上了一股上升气流，飞碟倾覆了，所有人都变成了自由落体。

第十九章

亨利当然平安无事，他可是长着翅膀的。凯尔变身成一道光，平安落地。塞拉在半空中翻了个身，大头朝下，向地面发射石块，最后成功倒立在两根石柱上，保持这个奇特的姿势，让石柱慢慢没入地面。瑞文则化为一片雪花，轻盈地飘落在地上。

亨利最后一个回到地面，迎接他的是一道道愤怒的目光。他不好意思地揉着后脖颈，连声道歉。

女孩儿们交换了一下目光。“我说，咱们给他一个终身难忘的教训吧。”凯尔建议。

“我举双手赞成，瑞文？”矮人看着精灵。

“还用问吗？”瑞文偷笑，“我当然要参与。”

亨利急急往后退：“呃，我们先谈谈好不好？等等，你们要做什么？”

凯尔抓住他翻了个个儿，把他大头朝下，用坚冰的锁链绑在一根长长的泥柱上。亨利头下脚上吊在半空，脚上绑着链子。凯尔扛着猛烈抗议的仙子，和另外两个女孩儿继续朝前走。

“赶紧把我放下来。”亨利命令。

“你保证不要每两秒钟就胡闹一次，我马上放你下来。”

“你保证不再做蠢事把我们都害死也可以。”塞拉补充。

“那他可要吊上一会儿了，是吧？”瑞文说。

接下来的几分钟，三个女孩儿尽情戏弄亨利，教育他责任的重要性。亨利脸红得和煮熟的螃蟹一样。

“可真想不到，我居然在教导别人要有责任心。通常都是别人这么教育我。”凯尔笑着说。

“这一点都不好玩！”亨利冲着下面的三人大喊。

“那是你的看法。我可觉得非常好玩啊，而且我们是在合理报复的范围。”瑞文反驳。

塞拉伸掌和凯尔、瑞文互击。“我想这下他该记牢了。”

“差不多该放他下来了吧？我觉得他在上面吊得够久了。”凯尔说。

“同意。如果他这次都学不乖，恐怕一辈子也只能这样了。”塞拉回答。瑞文打了个响指，冰链消失了。仙子扑通一声掉到地上。

凯尔把柱子扔到一边，伸出手，拉亨利起身。亨利怒火未消，抓住凯尔的手给她一个背摔。他召唤了数个元素弹托在手心，恶狠狠地朝着三人走去。凯尔爬起来，看了一眼亨利的脸，大喊："快逃命！"

女孩儿们一哄而散，一边跑一边躲闪亨利投掷的元素弹。她们每次都能在被打中前及时闪开，还笑着继续挑衅亨利。

"怎么了亨利？打不中我？"凯尔逗弄他。亨利怒吼着冲向凯尔，却被她轻巧地闪开，塞拉趁机在亨利眼前做了个侧手翻。仙子忙活了半天，谁也捉不住，他自己也笑开了。他喘着粗气坐下，不知从哪里翻出一条白手帕，举到空中摇晃，表示认输。

瑞文走上前来："我们接受你的投降。"

"可是投降条款还没协商呢。"塞拉指出。

"太累了，"凯尔也喘着粗气，"而且也饿了。"

"你永远都是饿的。"亨利抱怨。

"我知道，这是我比较惹人爱的特色之一。喂，我看得到你翻白眼。"凯尔说。

瑞文翻翻背包，拿出少得可怜的几片面包和干酪："只有这些了。"

"打猎的时候到了！"塞拉宣布。

女孩儿们带上武器钻进了路旁的林子里。瑞文发现一只兔子从藏身的灌木丛里蹿出来，向兔窝飞奔。瑞文弯弓搭箭，顺着兔子奔跑的方向一路瞄准，手指一松，正中目标。她把猎物捡起来："这回准头真是太好了。上次在冰原碰到的那只兔子真够吓人的。"

"谁说不是呢。"塞拉同意道。她听到左边有窸窸窣窣的声音，打手势让其他人保持安静，慢慢弯下身，拾了几块卵石。矮人悄无声息地绕过灌木，发现两只松鸡，两颗卵石在她手里滚了滚，激射而出。

瑞文和塞拉把猎获物开膛剥皮，凯尔则继续寻找猎物。她找了一会儿，意兴阑珊地准备打道回去，突然发现右边树丛里有棕色的皮毛一闪，是头母鹿。

凯尔不擅长弓箭，掷卵石的准头也有限。实际上凯尔的箭术差得可怜，有一次她一箭射中自己的脚趾，另一次，箭朝她身后飞去，射中了一棵树。不过凯尔抛飞刀的技术十分了得。她抽出几把短剑，瞄准了母鹿。

这头鹿不大，六十磅上下。凯尔把它扛在肩膀上走了回去。她到营地的时候，兔子和松鸡已经在火上烤了。其他人对她的打猎成果目瞪口呆。

“凯尔怎么老是这么夸张？”亨利问。

她冲亨利吐吐舌头，把死鹿放到地上。“你们觉得如何，够吃几天吧？”她开始剥鹿皮，把最好的部分切下来烤熟。塞拉帮忙造了个炉子，把鹿肉熏熟便于保存。处理完之后，平分成四份，装在大家的背包里。

剩下的鹿肉成了当天的晚美餐，伙伴们吃了个饱。更棒的是，瑞文在营地附近发现一条小溪，大家吃完后都洗了个久违的澡。

凯尔洗澡回来，坐在篝火边：“水简直能洁净灵魂。”

“所以我们才爱它。”瑞文说。

“话说回来，轮到我洗了。”塞拉走向水边，“我们有肥皂吗？”

“就算有也会被我用完的，”亨利回答，“我不了解爱玩泥巴的矮人，不过我们仙子特别爱干净。”

“是啊，你还喜欢闻起来像薰衣草一样芬芳扑鼻。”凯尔喃喃道。

“你刚才说什么？”亨利质问。

“没说什么。”凯尔说。

亨利耸耸肩，仰靠在背包上，注视着灿烂的星空：“你说星星是什么做的？”

“你思维也太跳跃了。”凯尔说。

亨利没有理睬凯尔，继续说下去：“我十二岁的时候，最爱的叔叔去世了。妈妈说所有的好仙子死后都会飞上天空，他们住在天堂里，从那里俯视人间的亲朋好友。她说，我叔叔就在天堂里，等着我们有朝一日和他团聚。”

沉默被凯尔打破了：“人类相信，死后，族人架起柴堆火化尸体，我们就会回到最初的状态：光，然后飞上天。你看不到代表灵魂的火焰，因为它被浓烟遮蔽了。灵魂在高高的天空上燃烧，在漆黑的夜里给我们提供些许光亮。”

瑞文沉思了一会儿：“我的一个朋友给我讲过世界上第一个精灵的故事。她被神灵创造出来之后，在世界上到处游荡，很快就寂寞起来，于是她创造了和自己一样的生灵来陪伴自己。白昼的时候，他们快乐地生活在一起，可是到了伸手不见五指的晚上，就东碰西撞的。有一天，精灵女王最好的朋友在夜晚掉下了悬崖，女王悲伤欲绝，她的眼泪让世界都发了大水。她意识到自己的悲痛造成的破坏之后，将大部分泪水送到天上，凝结成冰，反射光亮，在夜里闪闪发光。她对剩下的眼泪施了魔法，分别赠予每一个精灵，这样我们就有了夜视的能力。”

这时塞拉洗澡回来了，在她的请求下，瑞文又讲了一遍故事。矮人叹了口气：“这个故事真美。我们矮人也有很多关于星星的传说。根据讲故事的人的说法，每颗星星都属于不同的星座，这些星座有的代表著名的矮人，有些代表动物。比如说这个星座就是公牛形状的，传说这头公牛不是被母牛养育，而是一块岩石中蹦出来的。它极其巨大，所到之处都引起地震。人们难以忍受这种破坏，于是请了一群雇佣兵去杀死它。可是，公牛把所有来犯者都杀掉，它觉得这个世界没什么可留恋的，于是长出翅膀飞到了天上。不过它还是对人们怀恨在心，时不时回到地面，引起地震作为报复，好让我们不要忘记教训。”

“可是谁又真的知道星星到底是什么做的呢？”凯尔说，“说不定它们只是个非常非常遥远的大火球。”

“你的这个想法从何而来？”瑞文好奇。

“不知道，忽然蹦出来的念头罢了。”凯尔回答。

大家又聊了几句才睡下。塞拉第二天清早一睁开眼睛就哀叹了一声：“好嘛，雾又来了。”她看着刚起身的瑞文。

精灵干巴巴地笑了：“我就知道好天气不会持续，幸好我不用住在这种地方。”

塞拉把脑袋靠回当做枕头的一块石头上，后脑勺不小心碰到一块突起，矮人痛得皱了皱眉。她坐起身，伸着懒腰：“你觉得到最后一次试炼还有多久？”

“希望不要太久。”凯尔也醒了。

“如果今天还是雾天，那我真要受不了了。”瑞文呻吟。

“完全同意。”亨利打了个大哈欠。

大家吃了一顿富含蛋白质的早餐，打包出发了。

“我听说吃肉的人肌肉发达。”塞拉上下打量着亨利，“看来你需要多吃肉，也许我们应该让你吃双份的。”

在亨利想出合适的话来反驳之前，凯尔就哼了一声：“你喂他吃再多的肉，他也不会有力气的。”

“你胡说什么呢？”瑞文问。

“多谢！”亨利说。

瑞文严肃地瞪了亨利一眼：“我还没说完呢。在我被粗鲁地打断前，我本来要说，只要吃足够的肉，任何人都会长出肌肉。不幸的是，把世界上所有的肉都给他吃，他也长不出多少肌肉。”

亨利一巴掌拍在自己脸上：“我为什么要忍受你们这种人。”

“因为我们救了你太多次，可不想让你忘恩负义地混过去。”塞拉反击。

“我上辈子一定做了很多坏事，今生才会碰上你们三个。”亨利叹着气说。

“没想到仙子还相信轮回转世啊。”瑞文略微惊讶地说。

“我们没有这种说法，我只是夸张了一下。”

“好吧。”

“我还是无法相信精灵居然专门上课，研究其他种族的信仰和行为。”凯尔说。

“俗话说得好：知己知彼，百战不殆。”瑞文微笑。

“这话是人类说的。”凯尔宣称。

“你又胡说，肯定是矮人先说的这话。”塞拉反驳。

四人随即就一些著名的谚语和名言的出处争论起来，凯尔坚持宣称所有经典名言都是人类原创的，瑞文喃喃地说人类只是盗用了所有的名句。没有人真正关心这些俗语的典故，这些友好的拌嘴不过是为了打发时间罢了。

“是我心理作用，还是雾的确越来越浓了？”亨利问。

“你的感觉是对的，我连面前五英尺有什么都看不到。”塞拉回答。

小路在前面向下延伸，凯尔郁闷地唉声叹气：“不要又是倒霉的峡谷，这已经是第五十个了吧？”

“这才是第十二个。”瑞文澄清。

“谁问你了？如果我想知道确切数字，不会自己数吗？另外，你干吗老这么较真？我偶尔夸张一下都不行吗？讨厌。”凯尔说。

毫无预兆地，亨利跪倒在地，其他人赶快围了上来。“我没有魔力了，”他喘息着，“我感觉内脏都被掏空了。”

“那这一定是你的试炼。”瑞文扫视着浓雾，“奇怪，没有门啊。”精灵继续仔细打量四周，没多久就找到了门。因为它是由打转的空气形成的，所以大家都没有察觉。它与浓雾浑然一体，即使站在它正下方也很容易忽略。瑞文把门的位置指给伙伴们看。

凯尔盯着头顶的拱门，发现几个符文形状的字样："喂，亨利，那上面说的是什么？"

"唔……你等一下，我看不大清楚。我想它的意思是：我敌人的敌人并不是朋友。"

"好吧，真古怪。"塞拉评价。

"别管它，我们往前走就是了。"亨利提议。

大家走了十分钟，忽然听到幽幽的号叫声。"你们听见了吗？"瑞文问，"大家小心点。"

凯尔忽然感觉到强烈的怒气和愤恨。她觉得很困惑：这些负面感情是哪里来的？当她意识到这一定是环境对她产生的影响时，已经来不及了。她的一部分意识保持着清醒，可是只能在自己的身体里袖手旁观。凯尔怒吼："你以为你是谁，叫我小心点？你应该小心我！"她说着拔剑出鞘。

第二十章

瑞文先是目瞪口呆地看着凯尔，可是马上，她和塞拉也像凯尔一样，身体的控制权被不知名的东西夺走了。亨利恐惧地看着三个女孩儿打作一团，好像鬼怪附体一般。

他忽然醒悟，她们的确被附体了。亨利企图使用魔法把三人分开，可是体内毫无魔力的波动，只好一边诅咒自己的没用，一边闪开一枚火弹。

亨利在这头苦苦思索制止争斗的对策，那头，三个女孩儿打得不可开交。凯尔一手握住火弹，一手持剑冲向瑞文，利剑以惊人的力量向着精灵的脑壳劈下去，精灵则冷静地用冰把长剑打歪到了一边。

接着，瑞文对着凯尔的肋骨发射了一支冰锥，后者在冰锥近身之前就把它融化掉了。忽然，二人同时跌倒在地，原来塞拉用战锤重重地敲击了一下地面，这下精灵和人类的注意力都集中到了矮人身上。她们齐齐向塞拉发动不同的元素攻击，后者迅速旋转手掌，身前出现了巨大的土元素盾牌，轻易抵挡了冰箭和火球。塞拉冷不丁地把飞速旋转的盾牌推向另两个女孩儿，凯尔和瑞文则向左右两边跳开。

没多久，三人形成了一个闪耀着不同元素魔法光芒的三角形。她们毫无顾忌地向另外两人倾泻着魔法攻击，而体内神志清醒的一部分意识则只能痛苦地观望，心知迟早有人要受重伤。凯尔好不容易夺回了对声带的控制权："亨利，做点什么！我们没法控制自己，全靠你了！"

亨利明白她是对的，现在也只有靠自己来控制局面了。他沉思了一下，从任务开始到现在，仙子第一次感到没有把握。他知道自己必须站出来，阻止事态进一步恶化，可是怎么做呢？他的魔力都消失了，完完全全没有力量制止朋友们互相屠杀的行为。他深深吸了口气，决定相信自己的直觉。

亨利跑上前去，扼住离他最近的凯尔的脖子，把她拖离了战场，塞拉和瑞文则专心致志地应付对方。凯尔却把怒火转向了亨利，她先前已经收剑回鞘，现在则愤愤地拔了出来，亨利轻巧地躲开她的左戳右刺。

亨利把凯尔引向一个湖边，他希望湖水足够冰冷，这样他等会儿把凯尔推进去的时候，她应该就可以恢复清醒了。可是他才走了一半，就被一块石头绊倒，急忙爬起身，可是已经晚了。

凯尔的剑尖就抵在他的喉咙口。亨利咽了下口水，看着凯尔的脸，看看利剑，又把目光移回凯尔的脸上，她正在恶毒地冷笑。凯尔的意识此时正在和占据身体的未知物拼命抗争，不让剑落下去。

慢慢地，凯尔控制住了自己的手，把利剑扔到了一边，随后竭尽全力用魔法把体内的恶灵燃烧殆尽。她累得跪倒在地，好不容易才说出：“我没事，就是需要休息几分钟。去帮助塞拉和瑞文吧。”

亨利点点头，匆匆走开。他冲到瑞文和塞拉两人中间，大声喊着住手，她们的动作果然停止了一下，这就够了。瑞文定住了自己的动作，她费尽全力才没有把亨利崩成碎片。塞拉那边也是同样的情况。她们成功地停下了几分钟，可是渐渐身体又脱离了自己的控制。精灵的手又开始不由自主地挥舞起来。

幸运的是，凯尔及时赶到瑞文背后，用火焰的笼子把她禁锢起来，瑞文平生第一次因为行动受限而心存感激。“我来确保笼子的稳固，你集中精神夺回自我控制权。”凯尔说。

瑞文屏息凝神，让体内充斥魔力，把最后一点残余的恶灵驱逐后，她睁开眼睛：“我没事了，但是塞拉看起来撑不了多久。”

凯尔深深凝视精灵的双眼：“欢迎回来。”接着她赶忙去给亨利帮忙。她还没跑到仙子身边，塞拉就坚持不住了，手中激射出一根土元素柱，砸向亨利。

凯尔一边咒骂着一边飞身挡在亨利身前，挥手变出一面盾牌，因为她仓促来不及准备，结界的强度有限，被泥柱击中的地方凹了进去。

魔法相互碰撞的威力把亨利和凯尔震得退后好几英尺，和瑞文撞成了一团。他们抬起头，发现一块巨大的岩石正要把自己压成齑粉。凯尔站起身扛住了巨石，她竭尽全力，岩石还是摇摇欲坠，她急得对瑞文大喊：“把她用冰封起来，怎么都行！”

凯尔低吼一声，把巨石抛向一边，又及时接住砸向他们的第二块岩石。可是，她看到塞拉又接连砸了三块巨石过来，哀叹一声，勉力把手中这块抛向其中之一，累得满头是汗。随即她张开结界，保护大家不被撞击后四处乱飞的碎石击伤。凯尔除掉了三分之二的威胁，可是仍有一块巨大的顽石向三人呼啸而来。

凯尔此时已经筋疲力尽，气喘吁吁，心知自己无力解决最后的危机。她举起手，用魔法把岩石爆成相对小的碎块，然后把体内剩余的所有魔力灌输进结界，静静等待最后的时刻。

奇迹般地，结界没有崩塌，可是凯尔的魔力已经耗尽。她看着塞拉改变战术，召唤无数颗卵石，向他们倾泻过来，可是她连动都没法动一下。

亨利抬眼看到石弹雨，立即出声向瑞文示警。

瑞文这时已经恢复，她把魔力输向半空，定住了石头雨。她发现背后有个大湖，于是从那里召唤了许多水，往塞拉的方向倾倒下去。

精灵集中精神，让水保持立方体的形状，包裹住了矮人，然后她向水立方输送了一股冷气，使它在矮人周围凝结成冰，这样塞拉就被牢牢地禁锢在冰块中。瑞文想到塞拉也许可以破坏普通的冰块，用魔法加固了牢笼。

与此同时，塞拉在自己体内搜寻并驱逐恶灵的影响，当她重新夺回控制权，睁开眼睛时，凯尔已经休息完毕，和其他两个同伴一起担忧地观察着矮人的情况。不过严格来讲，塞拉还是无法自由移动，因为瑞文的冰块十分牢固。“放我出来，我的脚趾都要冻掉了。”

瑞文偷笑：“伙计们，你们觉得如何，要不要放她出来？”

“我说不准，”亨利回答，“她这样我看挺好。”

“行了行了，赶紧解除魔法，我们好早点上路，这地方让我毛骨悚然。而且我觉得我之前驱逐的东西好像又要上我身了。”凯尔说。

瑞文把冻住塞拉的冰块化成水，解放了矮人。三个女孩儿都面色苍白，气喘吁吁，极力抗拒恶灵的骚扰。亨利环顾四周，发现雾气在无风的情况下自行旋转移动，他意识到那一定是企图附上同伴们身体的恶灵。为什么它们不攻击自己呢？亨利认为这可能跟自己魔力被剥夺有关。无论如何，他很高兴自己不是恶灵的目标，至少这样他能保持头脑的清醒。“行了伙计们，咱们离开这儿。快跑！”

这话不用跟她们说第二遍，一声令下，大家撒腿就跑。他们觉得跑起来就没个完，精神上饱受骚扰，只能挨打还不了手，女孩儿们窝了一肚子火。凯尔跑着跑着，肋骨那里还剧痛起来。

她漫无目的发着火弹试图攻击漂浮的恶灵。塞拉和瑞文也加入了她，用魔法攻击浓雾中一切看起来在移动的物体。如果亨利的魔力还在，无疑他一定会给同伴们搭把手。现在他只是暗暗发誓，永远不能把魔法能力当做理所应当的所有物。他们不知道自己的攻击是否真的击退了恶灵，不过渐渐地，女孩儿们感到施加在自己精神上的压力减弱了。然而，他们并没有高兴多久，所有人都觉得自己的双腿火烧火燎，除了凯尔，她觉得腿都要冻成冰块儿了。

他们本能地感觉到停下来休息不是个好主意，不管这听起来多么诱人。四个人跑得上气不接下气，双脚以奇异的节奏敲击着地面。没有人说话，因为肺活量都用在奔跑上了。每个人都作为战士接受过严酷的训练，可以长时间奔跑而不疲倦。然而，起伏崎岖的山道、沉重的行李，加之体内恶灵的骚扰，都迅速消耗着他们的体力。

一般情况下，塞拉会用土元素做成滑板载着大家前进，可是现在没有人敢过分动用魔力，她们生怕恶灵会乘虚而入。

跑了好半晌，大家都累垮了，特别是凯尔，之前她在和塞拉的巨石大战中消耗了极大的体力。雾气比刚才稍微淡了一点儿，面前的山路向上蜿蜒，预示着这个峡谷的尽头快到了。亨利在一条露出地面的树根上绊了一下，摔倒在路旁的沟里。塞拉和瑞文各伸出一只手，把他拉了起来。又走了没多久，他们爬上了山头。站在山顶上俯视山谷中的浓雾，每个人都打了个哆嗦。

“咱们继续走一会儿，我想离这个地方越远越好。”凯尔建议。

其他人纷纷表示同意，于是继续前进，不过现在可以走而不是跑了。忽然，亨利大呼：“回来了！回来了！”

“什么回来了？”凯尔疑惑地问，她还是十分疲倦。

“当然是魔力，”瑞文回答，“还能是什么？”

“你的新能力是什么？”塞拉好奇地问。

“我不太肯定。”亨利凝神内视，搜到了自己魔力的核心，发现平素闪着白光的魔力覆盖着一层银色的光泽。他用意念探查了一番，搞清了自己的新能力。“我会瞬移了。”

“不赖啊。”塞拉回应。

“你能瞬移自己以外的东西吗？”凯尔问。

亨利咧嘴一笑，消失了，随后出现在前方很远的地方。他向女孩儿们招招手，悠悠地等她们赶上来。“快点，你们这群蜗牛。”

“你说话小心点。别以为你有了个把新把式，我们就没办法收拾你。”塞拉回击。

“我们的确没办法了，他瞬移一下就能逃走。”瑞文悄声说。

塞拉挠挠头：“别让他知道就行，我们总能想出别的招儿嘛。”她对精灵说。

“你们知道我在想什么吗？”亨利问大家。

“不想。”凯尔闷声说。

“太糟了，我反正也会告诉你们。我想现在轮到我了。”

“轮到你干什么？”瑞文问。

作为回答，亨利把她们的武器都传送到自己手中，随后他瞬移到路的前方，冲着她们做鬼脸。女孩儿们奋起直追，他转过头撒腿就跑。

每次她们三个好不容易要追上的时候，亨利就把自己送到更远一点儿的地方，让她们看得见却抓不着。追了一会儿，三人自觉毫无希望，干脆一屁股坐下，不再接受亨利的挑衅。

“不理他了，要么让他自己过来。”塞拉无力地宣布。

“要不是我们为了他的试炼耗尽了体力，怎么可能抓不住他。我在他反应过来之前就能一把逮住他。”凯尔愤愤道。

“没错，要是我们魔力还在，他根本不是我们的对手。该死，现在我们如果能抓住他，他还是打不过我们中的任何一个。”瑞文同意道。

“如果他今晚不打算风餐露宿，最好马上回来。”塞拉说。

“说到吃……”凯尔轻咳一声，饶有深意地对着瑞文看了一眼。他们在以前就任命瑞文为后勤总管了。

瑞文叹口气：“你成天就想着吃。”

“那又怎样？我老是肚子饿，而且现在天都黑了，说明该吃晚饭了。”凯尔回答。

“她说得有道理，”塞拉评论道，“其实我也有几分饿了。”

说着，女孩儿们强忍着腰酸背疼，开始做晚饭。瑞文收集了柴火，凯尔生了火，然后精灵做主，拿了些之前熏制的鹿肉放在火上烤着。

塞拉和凯尔坐在火边取暖，一边紧紧盯着瑞文烹调食物，看得口水都要流下来了。瑞文看着她们叹了口气：“你们有点出息行不行？给，我觉得你们快像狗抢骨头那样打起来了。”

塞拉抽抽鼻子：“我们才没那么幼稚呢，至少我不会。”

凯尔狼吞虎咽，忙得连瞪她们一眼的时间都没有。塞拉等不到凯尔的反击，耸耸肩，也有滋有味地吃起了她那一份。瑞文则斯文地细嚼慢咽，所以她吃完之后，没有像凯尔和塞拉那样满身油腻。

瑞文上下打量她俩：“哟，你们俩真恶心。”

“来点水洗洗就好了。”凯尔说。

瑞文一挥手，从附近的小溪里召唤了一道水流，从身边流过。塞拉赞许地唔了一声。三人把脸和双手浸没在半空流动的冰冷水流中，好好洗了洗。完毕之后，她们再一次满脸滴滴答答的，只不过这次流的是清洁的水而不是汗。温暖的篝火很快烤干了她们身上的水，女孩儿们默然不语坐了半晌。

“亨利始终没有回来。”瑞文说。

“我差点儿忘了我们应该还在生他的气。他怎么了？我们要不要去找他？”塞拉问。

三人站起身来，凯尔喃喃道：“怪不得这么安静。”女孩儿们相视而笑，随后四处找寻亨利的踪迹。凯尔右手握住一团火焰，照亮了很大一片空间。她们轮流呼喊亨利的名字，可是喊了好一会也没有回应，嗓子倒是又干又痛。

“好吧，要么他是故意躲起来不让我们找到，那我找到他以后就直接弄死；要么……”凯尔没有说下去。

“要么他受伤了，我们必须马上找到他。”瑞文把这句话说完。

“你能向半空发射火焰吗？这样整片区域都照亮了，我和瑞文找起来也方便。”塞拉建议。

“可以，但是如果方圆五英里之内有任何人或者东西想要对我们不利，那他们能马上找到我们。”凯尔回答。

“我是这样想的。如果亨利没事，只是不理我们，那找到他以后，就罚他整夜站岗。如果他真的受伤无法行动，那冒险是值得的。毕竟能同时打得倒我们三个的人或者物体并不常见。”瑞文说。

凯尔点头同意，另外两个女孩隐入树林。凯尔集中法力，举双手向天，放出一大束辉煌的焰火，它像太阳一般照亮了大地。

在离凯尔站的地方不到两百英尺的地方，塞拉瞥见了几束像头发一样的东西。她眯起眼，暗自希望有瑞文那样优秀的夜视能力，一边朝那个方向走去。她走到近处才发现，那些头发其实是亨利的头顶。

第二十一章

塞拉吓呆了，急忙呼叫同伴。两个女孩儿狂奔过来，看到地面上亨利的头，都惊得倒抽一口冷气，后退几步。凯尔第一个回过神来，仔细观察了一下眼前的情景，恍然大悟，放心地松了口气。“瞧，他只是身子埋在土里。”

塞拉探出身来，跺一跺脚，亨利软绵绵的身体从土里拔了出来。瑞文检查了他的生命体征：“应该没有大碍。他的呼吸和心跳都还在。”

“我们先带他回营地吧。”凯尔建议。她轻轻把仙子扛在肩膀上，唯恐他进一步受伤。众人走回营地，凯尔把亨利平放在火旁。

“他怎么了？不可能只是在睡觉吧。他睡觉的时候也不会埋在土里，这种事只有塞拉才会做。我们刚才喊得可够响。”虽然凯尔惯于虚张声势，可是说话的语调足以显示她的担心。

瑞文半背半拖着所有人的武器蹒跚向前。她把武器还给大家，疲倦地把自己的箭筒和长弓背在肩上。

塞拉跪在亨利身边，把手放在他额头上。她想要动用治愈能力，可是白天的经历几乎耗尽了她的魔力。“我的魔力所剩无几了，你们能不能输点魔力给我，如果可能的话？”

“说不定我可以用新能力来试试看。”瑞文沉吟。

“好，咱们试试。”塞拉对精灵说。

“等、等一下，这个会不会像上次那样好痛？”凯尔有点紧张地问。

“我没法打保票。”瑞文实话实说。凯尔叹了口气，精灵把一只手搭在她左肩，另一手搭在塞拉右肩，集中精力，把凯尔身上残余的魔力统统抽出来，和自己的合并，然后把这点魔力全部输入塞拉体内。

随后，塞拉觉得精力充沛，而瑞文和凯尔则累得瘫倒在地，眼睛都睁不开。塞拉转向亨利，把刚刚获得的魔力转化成治愈力量，倾注到他的体内，完成之后，她觉得比瑞文施法前还要累一倍。

一开始，亨利毫无反应，塞拉不禁担心起来。过了不久，仙子开始扭动呻吟，女孩儿们不知不觉屏住的呼吸才放松了下来。

亨利睁开双眼，看见女孩儿们都探着头，担忧地看着他，面上写满疲倦。他大声呻吟，揉揉脑袋："发生什么了？"

凯尔哼了一声："你还好意思问我们？也不知道是谁一个人跑掉了，被发现时头部以下都埋在土里。"

"啊？我？"亨利犹犹疑疑地问。

"先别管这个，直接告诉我们经过，你失踪这么久干什么去了，我们都已经吃过晚饭了。"塞拉告诉他。

亨利挣扎着坐起身来："什么？你们是骗人的吧？"

"明明是你自己跑掉的，还带着我们的武器。顺便说，我们救了你一命，再一次。"瑞文补充道。

亨利愧疚地揉着后脖颈，假装咳嗽："呃，谢谢，我欠大家一个人情。我跑掉以后，只记得头上被打了一下，然后你们就围在这里看我了，我头疼得厉害。"

"很好，没事就行，我现在一秒钟之内就要睡着了，如果还有什么重要的事情要跟我讲，马上说。"像是为了证明她的困意，凯尔打了个哈欠。

"正好提醒我了，今天你守前半夜。"瑞文对亨利说。

"可是我的头好痛。"亨利抗议。

"对，但这一切都得怪你自己。"塞拉一边爬进被窝一边指出。凯尔和瑞文有样学样，很快，三人都睡死了。亨利叹了口气，开始守夜。

他看到火势越来越小，丢了几根木柴进去。好吧，他想，这一夜可长了。等到守夜结束，轮到他休息的时候，他一定会满心欢喜。

为了消磨时间，亨利决定数一数他知道的所有星座，可是用不了多久就放弃了，因为他一个也认不出，无聊得几乎流泪。他心想不知家里人在干什么，两个姐姐有没有想他。

对这次小小的冒险，亨利的想法是好坏参半。一方面，这个地方很危险，更别说无聊到让人心生厌倦。可从另一方面想，女孩儿们都相当不错，他很高兴能跟她们做伴。毕竟，要不是这次的任务，他们四个是不可能成为朋友的。各族之间的偏见，加上聚居地之间相隔遥远，异族之间根本不可能交友，他们之间唯一的相会接触恐怕就是通过侵掠和战争，那可不是交朋友的好机会。

仙子的头开始一点一点地，虽然他很不想，可是眼皮都要黏在一起了。亨利甩甩头，站起身，来回踱步，免得被睡意压倒。他忙着不让自己睡着，顾不上专心致志守夜，以至于那只巨大的鼹鼠从树林中冲出来的时候，他才注意到。

“伙计们，醒醒！”亨利大喊，可是三个女孩儿一动也不动。亨利只得把两指放入口中，用力吹哨。

塞拉腿一踢，愤怒地低吼着醒了过来，但是她瞬间站起身来，手持战锤蓄势待发。凯尔在肾上腺素的帮助下也一跃而起。瑞文习惯于在睡眠中被惊醒，冷静地抬起头，看见了巨型鼹鼠。“山胡桃脑儿啊。”她骂道。

“这地方难道是巨型动物天堂啊。”凯尔没好气。

“还特别不喜欢让我们睡好觉。”塞拉烦闷地补充。“他们不知道如果我睡眠不足，就会心情很差，特别喜欢把人头撞在一起么？”

“我们稍后再讨论这个，”亨利建议，“第一步干什么？”

鼹鼠怪可不会等他们制订完计划，而是首先发动了进攻。它举起一只前爪，地面耸起，呈波浪状直指四人的方向而来。

“这我可真没想到。”亨利说。

“塞拉，你要不要解决了这个？”凯尔问。

矮人不需要回答，而是直接站到了伙伴们身前，双手画圈，用魔法作出屏障的形状，聚起魔力，用右掌猛推魔法墙的结界。

结界飞也似的向着攻击波冲去，使冲击波倒冲回鼹鼠的方向。瑞文想要召唤魔法定住鼹鼠，可是她魔力不足，无法做到，因为她和凯尔之前把仅剩的魔力都传给塞拉治疗亨利了。出于同样的原因，虽然塞拉还可以勉强使用魔法，凯尔的魔力却也一点不剩。

亨利一直期盼地看着瑞文，等她冻结鼹鼠的动作。后者注意到仙子的目光：“我的魔力都在你体内了，你应该可以用魔法。”

“我应该干什么？”亨利问。

塞拉此时正忙于应付袭击，可是她的情况也越来越勉强。凯尔发现了矮人的窘境，转向亨利说道：“我来用你能理解的语言跟你说明一下。如果你不用魔法解决了这只怪物，我们只能跟它肉搏了。没有魔力助阵，要打败它会很困难，如果我不幸阵亡了，那我保证做鬼也一定要缠着你。”

“行了行了，”亨利无奈地高喊，“冷静一下好不好？我正在努力作战。”他凝神内视，发现平时银白色的魔法内核外包裹着红色、蓝色和绿色的光芒。他首先使用绿色的魔力，把鼹鼠脚下的硬地变成泥浆，鼹鼠挣扎着沉了下去；接着，他用蓝色的魔力小心地在鼹鼠上方织出一张网，等他张开双眼，鼹鼠已经冻硬了。“你们是怎么操控这些魔力的？”

塞拉咧嘴一笑：“熟能生巧。”三个女孩儿检视着亨利的作战成果。

瑞文点头评论：“还不赖。”

“就只有这样？我拼命努力的成果就是还不赖？”亨利质问。

“没错，就这样。”精灵回答。

“那么……山胡桃脑，真有这种骂人话吗？”凯尔问。

“我瞎编的，我一直都这样。”瑞文回答。

“真的假的，山胡桃脑儿也太扯了。”塞拉说。

“我承认，不过我刚睡醒，脑子糊涂也是有的。你们到底要怎样，我也有头脑一片空白的时候啊。”瑞文笑着回答。矮人哼了一声，不过也笑了。

“随便啦，我要去睡了。”凯尔宣布。

“我也要睡了，”瑞文附和，“等你那班岗结束了叫我。”她对亨利说，后者点点头，她们又睡下了。

第二十二章

亨利坐定之后，再次进入冥想，仔细检视着同伴们和自己纠缠在一起的魔力。可是，他发现塞拉的绿色魔力和瑞文的蓝色魔力已然消失不见，只剩下一层红色魔力覆盖自己的魔法内核。心想矮人和精灵的魔力一定是被他用完了，于是仙子决定试试凯尔的魔力。

仙子在树林里漫无目的地闲逛，发现了一块直径四英尺（1米2）左右的圆石。他抬起巨石，轻松地扔到半空，巨石带着惊人的力量砸回地面，却被他用一道火焰烤得酥脆。亨利心想这个本事以后倒是能管用，可此时体内的红色魔法光芒闪烁了一下，熄灭了。他心想，反正这力量也不该属于自己。

亨利回到营地，坐在篝火旁，决定把整夜都守完。他本来打算等月亮升到顶点的时候就叫醒同伴接替自己，可是不久前的鼹鼠事件明明白白地显示三个女孩儿都极端需要休息。此外，既然大家已经决定了明天休整一天，那今晚自己守整夜，等到明早有人醒来的时候，自己再睡也无妨。

就像过了一个世纪那么久，天空终于泛出淡淡的粉红色，太阳从远处的山后探出头来。第一束阳光照射到身上的时候，瑞文就自动醒来，她眨了几下眼睛，想起昨晚发生的事。精灵看向巨型鼹鼠，发现它仍旧保持原来的动作，感到十分满意。

“你终于醒了，那我总算可以去睡了。”亨利说，“早饭时叫醒我好吗？”

“好的，没问题。你昨晚为什么没有叫醒我？”瑞文问，仙子没有回答，因为他已经睡着了，而且美美地打着呼噜。瑞文往篝火里丢了几根柴火，然后走到鼹鼠身旁，仔细观察起来。

她发觉自己的魔力几乎已经完全恢复，再休息一天应该能达到最佳状态。再说，四个人都需要好好休整。毕竟，为了迎接最后的挑战，他们也需要调整到最完美的状态。

在四人冲破迷雾之谷的时候，瑞文本以为元素之神会立即接见他们，不过她想起，神灵们说过，四人的试炼之后还有最后一关要过。显然，众神对他们的折磨还远远没有结束。精灵想着神灵们接下来的安排，不禁打了个哆嗦。如果以之前通过的四关为标准，那最后一关必定相当可怖。

精灵强迫自己把思路转回到眼前的怪物身上。昨晚精灵凭借印象猜测是鼹鼠，现在她认出那的确是鼹鼠，只不过体型巨大，而且能操纵土元素。

因为他们不得不封印它，精灵感到一丝歉意。虽然昨晚是它先发动了攻击，但是精灵觉得它并不是邪恶的生灵，她想这家伙说不定只是在捍卫自己的领地。也许在大家离开之前，她可以解除魔法，然后伙伴们赶快跑开就行。

除了爪子和面部，鼹鼠全身覆盖着光滑的棕色皮毛，好像没有长眼睛，至少瑞文看不出来。瑞文看完的时候，天色已经大亮，塞拉和凯尔也醒了。

精灵一路小跑着回营地，并挥手向她们道早安，后者高兴地回应，然后三个人一起开始做早餐。

“那东西到底怎样？”凯尔用拇指比划了一下鼹鼠的方向。

“应该就是巨大的鼹鼠。”塞拉告诉她。

“我不是这个意思，我是问我们要拿它怎样？作为食物来讲体型过大了，而且，即使是我也不想吃鼹鼠肉，说真的。”凯尔不得不解释自己真的是在开玩笑，有点恼羞成怒。

另外两个女孩儿作出一副恶心的表情。“我想在出发前把它放了。”瑞文说。

“我没有异议。”凯尔回答。

“我们是不是该叫醒亨利了？”塞拉问。

“他天刚亮时才睡下，”瑞文回答，我们把他那份早饭留下，让他再睡一会儿。顺便问下，你们现在感觉如何？”

“我感觉相当不错，”凯尔迅速补充，“不过我不赶着今天一定要出发。”

“我也差不多，”塞拉说，“我觉得昨天的辛苦，足够弥补今天休整一天失去的工作量了。”

接下来的几个小时，三个朋友仅仅是坐在那里聊天，然后把亨利摇醒。仙子一闻到食物的气味立刻警觉起来，塞拉不得不提醒他，如果他吃得太快太急，迟早会噎死。

亨利从善如流，进食的速度稍微放慢了一点点。之后，四个伙伴一起出发探查四周。瑞文发现了一棵极高的树，走上前去，纵身跳上一根横枝，然后以此为落脚点一路往高处去，就这样一直到达了树梢。她四下张望，可是都只能看到茫茫树海，这说明一夜之间地貌又发生了改变。东边的高山已经不见，取而代之的是平缓的小山丘。极目所见之处，只有一望无际的森林。瑞文跨坐在一根横枝上，对着下面喊："你们也上来，景色相当不错！"

亨利展开翅膀，落在瑞文旁边的一根树枝上。凯尔跃起，抓住一根枝条，双脚用力前后摇晃，利用冲量跃上更高的枝条，她像花豹一样，利用无数的树枝作为着力点或落足点，没过多久，她也坐在了树顶，双脚在微风中轻轻摇晃着。

塞拉站在树下，看着树顶上的三人，估摸离地面有一百英尺高，咽了咽口水。大树最低的枝条离她头顶也有三英尺高，所以矮人完全没有像瑞文或凯尔那样徒手攀登的打算。她用土元素在脚下垒成高柱，把自己一路送到和同伴们差不多的高度，停下了魔法，低头看了看，立刻觉得有点晕乎。

可是当塞拉打量四周的时，马上忘记了自己的恐高症。就像瑞文说的那样，景色棒极了。这里显然刚下过雨，树叶上的无数个水滴还没有蒸发，反射着阳光，仿佛几百万颗钻石一般，发出迷人的光芒。

四个伙伴在树顶整整待了好一会儿，仅仅看着风景，晒着太阳。瑞文用魔力探测了一下周围，发现不远处有条小溪，水里有很多鱼。"要不要去抓鱼？"

凯尔耸耸肩："行啊，没问题。"

"好，那我们去吧。"塞拉说。

"我能第一个到。"亨利喊着，纵身跃下树枝，展开翅膀。

"你知道地点在哪儿吗？"瑞文在他身后叫道。亨利没有回答，于是她摇身化为水汽，消失了。

“有我在你就不能。”凯尔这是回答亨利刚才那句话的，说着她变作一道光，追着瑞文而去。塞拉叹了口气，沉入地下化作一股能量，也向着同一个方向去了。她用魔力探查土元素，就能通过感知水流运动的踪迹来寻找水体的方位。

瑞文第一个到达溪边，凯尔紧随其后，塞拉不多时也到了。三个女孩儿相视而笑，高举手掌相击，等着亨利出现。瑞文找到的小溪水流非常缓慢，不过比较深，中央差不多有三英尺深。她们旁边不远处有个小水潭，旁边有一块大约五英尺高的岩石凸出地面，水流扑打着岩石绕了个弯。在岩石的左边，地面缓缓下降，延伸到水流的边缘。

“是我过度敏感了，还是亨利太爱表现？”等了很久，塞拉忍不住说。

“绝对不是你敏感。”瑞文翻着白眼回答。

“他随时会出现，然后说——”凯尔没有说下去，因为亨利正要降落。

“要是你刚才给我指路，我肯定是第一个到的。”亨利发牢骚。凯尔挑起眉毛，向另外两个女孩儿一笑，大家马上笑作一团。好不容易止住了笑，他们开始着手寻找捕鱼的工具。塞拉和瑞文砍了几根竹竿，末梢绑上线，凯尔从包里摸出铁丝，给她们做钩子。她用魔力把铁丝烧红，弯曲成合适的形状，做了几个漂亮的渔钩。

接着，凯尔决定做根渔叉。她四下搜寻，找到一根结实的树枝，用匕首削出三个分叉，并把手握的地方打磨光滑。她掂了掂渔叉，对成果很是满意，把匕首纳回鞘中。

瑞文和塞拉坐在池塘边的凸起上，手握钓竿静静等待。凯尔则涉到水中央，腰部以下浸在水里，不过水流十分缓慢，她并不担心被水冲走。她把渔叉高举过头，一动也不动。鱼群一开始因为她的动作而四散逃开，现在则又游了回来，几条胆子大的已经离她很近了。

过了一会儿，一条鱼游过凯尔腿边，又游了回来。凯尔强迫自己无视它，继续保持静止，甚至连目光都没有移动。她等到鱼群绕着她转圈子，发现它们还是战战兢兢，随时可能一哄而散，知道自己还要再等一会儿。

“喂，你到底要不要动手啊？”亨利质问道，他还站在平地上。

凯尔没有回答，当他不存在。

“你站在那里动也不动怎么能抓到鱼啊？”亨利声音更大了，凯尔还是无视，于是他开始大声叫骂，挑衅凯尔对他的无视。“你一条鱼也抓不到。”他最后宣称。

说时迟那时快，凯尔猛地把渔叉扎进水里，再拿出水面时，上面串着三条挣扎扭动的鱼。亨利张开口刚想继续吵嚷，现在一声不吭闭上了嘴。凯尔趟着水回到岸边，对着亨利眨眨眼，后者的嘴继续一张一合，可是没有声音出来。

瑞文咯咯一笑，说亨利看起来真傻得可以。

“我觉得你应该用渔叉也叉他一下，现在他活像上了岸的鱼，只不过更难看些。”

亨利对精灵怒目而视，反倒让她大笑起来，止也止不住。

“哼，我也能行。给我渔叉。”说着，亨利向凯尔伸出手。塞拉和瑞文也顾不上钓鱼了，只管围观这边。她们把渔竿斜插在岩石边，这样理论上一旦有鱼来上钩，她们还是有可能抓住的。三个女孩儿并排坐在岸边，看着亨利拿着渔叉，哗啦哗啦地趟水走到小溪中央。

鱼群又逃开了，亨利只得等待它们再度聚拢。他无法保持静止不动，总是有小动作，所以没有鱼肯靠近他。他用侧光瞄到一条鱼游过，扑过去一叉子扎到水里，满怀希望地拿起来一看，发现一个分叉上扎着一片树叶。亨利愤怒地扯掉叶子，开始在水里四下追逐鱼群，鱼儿则左右闪避，轻巧得好像鬼魂一样到处飘荡。

女孩儿们不得不咬住舌头，免得笑出声来，她们知道如果现在笑话亨利，他准会恼羞成怒，矛头说不定就对准她们。瑞文甚至拿了一个竹笋放到嘴里咬住，才没有大笑出来。她咬穿了竹笋薄薄的外皮，尝到笋肉的味道。

竹笋的味道充斥瑞文的口腔，她惊讶地发现尝起来相当不错。她觉得有几分奇怪，把竹笋从口中拿出来，用匕首剥掉外皮，发现中心的部分相当柔软有弹性，还可以随着自身的重量前后左右扭动。她掰下一块，丢进嘴里。不赖啊，她心想。瑞文刚想宣布这个新发现，忽然发现自己钓竿的线在猛烈摆动，赶紧一跃而起，跑到钓渔竿边上，用力一拽，一条鱼扭动着被拉出水面。

“瞧瞧我抓住了什么。”她对塞拉和凯尔说。此时亨利已经追着鬼影一般的鱼群跑过了小溪转弯的地方。女孩儿们爬上岩石，检视瑞文的战果。

“好大的鱼。”凯尔评价。

“老天，你运气真好。你甚至都不用坐等，这条鱼差不多是自己把自己钓上来的。”塞拉说。

这时，塞拉的渔线也开始绷紧，渔竿的末梢被拉得贴近水面。塞拉盯着它发呆，瑞文赶紧推了她一把，后者顺势向渔竿冲了过去，在滑下岩石前的一瞬及时抓住。

又一条大鱼跃出水面，落到塞拉怀里，最后扭了一下，然后不动了。“滑腻腻的。”塞拉说道，脸上的表情显得有点作呕。凯尔抬头看天，发现快到中午了。

“我想该吃午饭了。”她宣布道。接下来，她生好了火，找了几根树枝，把两根“Y”形的树杈分别插在篝火的两头，然后选了一根特别长的，把一头削尖，放到一边。接着，她把先前抓住的五条鱼开膛破肚，拿到水边仔细清洗，最后，把洗净的鱼统统穿起来，架到篝火上。

瑞文和塞拉默不作声看着凯尔忙活。

“为什么要搞得这么复杂？”瑞文好奇，“你可以用空手烧烤啊。”

“是这样，没错，不过以我多年来的经验，食物在火上烤味道最好，而不是放到火里烧。如果有点蔬菜配鱼吃，就完美了。”凯尔半是自言自语地说。

“竹笋怎么样？”瑞文想起先前的发现，建议道。

凯尔皱起眉头，想了一会儿才回答：“我可以试试。”

“好，我去摘几个。”精灵宣布。

“瞧，亨利回来了。”塞拉指着小溪下游说。仙子满面怒容走了回来，渔叉则无影无踪。

“我猜他失败了。”瑞文说。

塞拉冷哼：“你是怎么猜出来的？”

亨利走到能听见她们声音的地方。凯尔对着他喊：“发生了什么事？”

他揉着脸回答道：“我追着那些该死的鱼，它们把我引到一个足有七英尺深的水潭边，我看不到水底，直接掉了进去，浑身湿透了，渔叉也丢了。”

“我保证你下次的运气会更好。”瑞文说。

“不可能，我干不来这个。”亨利愤怒地踢水，令他非常惊讶的是居然踢中了一条鱼。那鱼估计也吓了一大跳，直接跃出水面，向着凯尔的方向飞来，后者抓住一根削尖的树枝，直接把鱼捅了个对穿。凯尔十分满意，刚想说什么，亨利第二脚踢的水就溅了她满脸。

第二十三章

凯尔把嘴里的水吐出来，用力咳嗽。她把鱼放下，擦干净脸，然后撩开脸上的头发，低头看看湿透的衣服，叹了口气，摇身变成一团火，过了一会儿恢复原状，身上都干了。

“对不住。”亨利道歉，可是马上和其他两人一起大笑起来。凯尔恼火地盯住他们。

“你得承认这太好笑了。”塞拉好不容易在大笑的空隙间挤出这句话。

凯尔继续瞪着塞拉看了很长时间，以至于矮人都觉得有点不舒服了，不过最后她自己也笑了。大家坐定之后，塞拉从凯尔手里接过鱼，开膛去鳃，洗净之后和它的难兄难弟一起串上，架在火上烤。瑞文则跑去附近的竹林找了几根竹笋，也架在火上。

几分钟之后，每个人都埋头大啖烤鱼，间或啃啃竹笋，吃得不亦乐乎。凯尔研究着竹笋，道：“谁能想到这玩意儿也能吃呢。”

“我是没想到过。”亨利回答。

“加点盐就好了。”塞拉评论道。

“我也想要点盐。”瑞文附和。

“我知道事实很难接受，不过我们现在没有盐了。其实我们从来没有过盐。”凯尔告诉他们。

“你终于说出了真相。”瑞文开玩笑。凯尔对她报以灿烂的笑容。

亨利瞟着剩下的鱼：“那这些鱼怎么办？”

凯尔把烤鱼丢给他：“拿去吃吧，你口水都流下来了。”

亨利抹了一把下巴："我才没有。"

"随便啦。"凯尔说。

"何况，你刚才抓了那么大一条鱼，也该有额外奖励。"塞拉说。

"你踢了一脚水，然后哗，大鱼！"瑞文说。仙子微微一笑，又有点飘飘然起来，这时瑞文大声打了个饱嗝。

"干得好。"凯尔说。

"多谢你的称赞。"

"你们太没格调了。"塞拉评价。

"别跟我说你以前从来没打过嗝，我死也不信。"凯尔反驳。

"打完嗝我会说不好意思的。"矮人回嘴。

"就我看，打嗝是自然反应，不应该受到鄙视。实际上，我们精灵吃饱饭打嗝是表示对事物的赞赏。"

"那是不是说我现在应该感谢你赞赏我做的饭好吃啊？"凯尔好奇。

瑞文微微一愣，不过立刻反应过来："我想这么做应该是得体的，不过你不是精灵，所以不遵守我们的礼节也无可厚非。"

凯尔对瑞文眨了几下眼睛，探身去问塞拉："刚才她说那么长一段是什么意思？"

"我觉得中心思想就是，'是的'意思。"她悄声回答。

"那她为什么不直接这么说？"说着，凯尔坐直身子。

矮人耸耸肩，表示对精灵奇特的习俗一无所知。

"我还坐在这儿呢。"瑞文指出。

"没错，那么……感谢你发自内心的赞赏。"凯尔严肃地宣布。

"你不用客气。"瑞文咧嘴笑了。

"好了好了，你们讨论够了精灵习俗没有？我们接下来干什么？"亨利问。

塞拉想了一会儿，建议道：“睡个午觉如何？我觉得我们好多年没有睡过午觉了。”

“可是我不困。”仙子抱怨。

“那你说我们干什么。”瑞文说。

亨利环顾四周，用手指点点下巴：“赛跑如何？”

“用跑的吗？”凯尔问，“一点也不好玩，我们都知道谁会赢。”她听到有人不屑地冷哼，咧嘴一笑。

“我说的不是这个，”亨利回答，“我想的是脚不沾地，在树枝间穿行。这里，”他指指身后的树林，“是完美的场地，我以前在家乡经常和朋友们一起玩，我有经验看得出来。”

“你说像猴子那样？你觉得我看起来像猴子吗？”塞拉问。

“我能不回答吗？”亨利装出一副紧张不安的样子。

“我想试试。”瑞文说。

“你个子最高，当然占优势啦。”凯尔说。

“出主意的人是我，我还没她高呢。”亨利指出。

“得了吧，你就比她矮一英寸，还好意思说。你还长翅膀了呢。”凯尔反驳。

“有道理。”塞拉说。

“好吧，我绝不用翅膀飞的，除非我要摔死了……或者必须救你们谁的命。”亨利保证。

“多谢你的关心，我们自己能照顾好自己。”精灵站起身来，“终点线在哪儿？”

“管它呢，跑就是了。”仙子宣布。四人渡过小溪，在对岸散开。“预备——跑！”他喊道。众人分头跃起，抓住一根树枝，两腿前后晃悠着，向下一棵树荡去。

这比赛的确好玩，特别是身体没有任何支撑、飞在半空、不受重力约束的刺激感，让人十分过瘾。当然，其实对谁来说都没有真正的危险，因为每个人都打起了十分精神，随时准备在手滑的时候用魔法，保护自己免于狠狠摔上一跤。

凯尔跃上了她所在那棵树的顶端，然后接连在大树顶上跳跃，活像个超大的松鼠，一边跳一边兴奋地呼号。亨利和瑞文的方法比较传统，放开一根树枝，荡向下一根。塞拉之前从没有玩过类似的游戏，在开始的时候落到了最后，不过她很快抓住了窍门，逐渐赶上了前面三个。

凯尔在树顶跳来跳去的时候，没有忘记留心观察四周的情况，所以她是第一个看到湖的，离她只有几百英尺远。她想知道自己能不能一跳就到达那里。也许，她想，用上新的超级巨力说不定可以。她把魔力集中在腿部，奋力一跃，向着湖的方向飞驰而去。在她身后，被用作借力点的树因为承受不住她的力气而轰然倒下。

凯尔在半空中看着一棵棵大树从身边飞速后退，心想，原来这就是飞行的感觉。她伸出双臂，头发被风吹得向后飘起。在她身下，绿树消失了，取而代之的是蓝色的湖水。当凯尔降落的时候发现自己冲向水面的速度过快了。

凯尔目测了一下湖面的距离，觉得自己还是不要冒险的好，于是化身为火球，紧紧缩成一小团。几秒钟之后，她撞上了水面，大团大团的水汽升腾而起，她的身体还处在火焰的状态下，也在巨大的冲击力作用下四分五裂漂浮在湖水表面。最后凯尔化作人形，在湖中心慢悠悠踩着水，水蒸气凝聚不散，连太阳都遮住了。

其他三个伙伴落后一段距离，目睹了整个过程，直到水蒸气挡住了他们的视线。

“凯尔不会有事吧？”塞拉问。她终于赶上了亨利和瑞文，他们三个一起站在湖边。

“你开玩笑吗？她一定不会有事的，不过现在可能正在抱怨又被弄湿了。”亨利口中在说笑，心中的担忧却一点不少。

瑞文嘿嘿一笑：“无论如何，找到她确认一下好了。”

“没问题，我来召唤风把水汽都吹散。”亨利回答。他聚起魔力，召唤了一阵不小的风，吹向雾气弥漫的湖岸。没多久，水汽散尽，露出美丽的湖面。这个湖占地十分广阔，与其说是湖，不如说有点汪洋大海的感觉。

瑞文只能勉强看见湖对岸白雪皑皑的山顶。湖水波光粼粼，反射着阳光，好似掺杂了无数颗细小的星星。可是凯尔的踪迹却一丝也无，即使依靠瑞文极佳的目力，也没法透过湖面刺眼的阳光找到任何线索。

“你们俩看到凯尔降落在哪儿了吗？”塞拉问。

“她跳得可真够远的，你们看到她起跳的高度了吗？”亨利啧啧称羡，却发现两个女孩儿对自己怒目而视，急忙换上一副公事公办的表情，回答道：“我只看见她掉落到离岸边很远的地方去了。”

“我们要不要干脆等她自己游回来？”瑞文问。

“不知道，我们最好找找她。万一她受伤了怎么办？”塞拉回答。

“最好留一个人守在这里，万一她真的自己回来了呢。”亨利提议。

“好，你们觉得这个主意如何：水面上行动你们俩比较方便，那么我就留守在这里，你们去找她。”塞拉说。

瑞文点头，亨利则耸耸肩，二人立即动身。仙子展开翅膀飞上半空，在湖面上来回飞行，越飞越远。

“好吧，我也该走了。”瑞文说，“如果凯尔回到这里，给我们发个信号，省得我们白费工夫。”

“没问题。”

瑞文纵身跳进湖里，却没有落入水中，而是稳稳地踩在自己用冰做成的滑水板上。她用魔法操纵着滑水板迅速掠过水面，溅起的水珠飞向四面八方。

雾气散去，天空完全澄澈之后，凯尔懒洋洋地仰面漂在水里，随波逐流。她头枕在胳膊上，感到十分惬意。瑞文用意识搜索水面，探查到一团特别炽热的能量。她感知到凯尔在很远的地方，驾驶着滑水板飞驰而去，却停在离她几英尺的地方，水花泼洒得凯尔满身都是。

凯尔睁开一只眼睛，把灌了满嘴的水吐了出来：“你们今天怎么了，就知道泼我冷水？老天。”

“我找你累得半死，就因为担心你的安全，现在你还嫌我烦了？”

“好吧，要是你这么说的话。我没想到……喂，哇哇哇，你在干什么？”瑞文抓住凯尔的右脚，开足马力，滑水板拖着凯尔飞驰着向岸边开去。因为速度极快，凯尔上下颠簸，头部时不时浸到水里，虽然她一时咒骂，一时哀求，可瑞文就是不理她。两个女孩儿很快到了岸边，这时凯尔已经失去了知觉，浑身湿透，无意识地躺在沙滩上，只有胸口在起伏。

凯尔最后爬起身来的时候，身体已经释放了足够的热量，衣服都烘干了。“好痛！刚才你到底要干吗？我已经准备道歉了啊！”

瑞文咧嘴笑：“就是好玩嘛！我一直想找人试试这个。”

凯尔目瞪口呆地看着她，眼皮直抽抽：“你这个奇葩。”

“你倒是说得对。”塞拉好脾气地附和。

“我可以继续说下去，不过我们今天恐怕就要耗在这儿了。”凯尔重新坐到沙滩上，下巴搁在膝盖上。

瑞文翻了翻白眼，忽然想起她们要给亨利发信号：“顺便，发个信号弹之类的。亨利还在找你。”

凯尔举起一只手，食指和中指向天，射出一大蓬火光：“他能注意到这个吗？”

“还不如问他怎么会注意不到吧。”矮人偷笑着说。

“除非他瞎了。”精灵回答。

“刚才这句是反问句，用不着回答的。”塞拉告诉她。

凯尔清了清嗓子，引起了其他两个女孩儿的注意，接着她指指天上一个小点。小点越来越大，亨利在高空向她们挥手致意，接着猛地俯冲下来，免不了让人觉得他要摔下来，不过他在离地两英尺的地方稳稳地停住了。

仙子轻巧地落地，向女孩儿们走了过来：“你没事真是太好了，我们三个刚才担心死了。”

“如你所见，我一切安好，不过，”凯尔鬼鬼祟祟地往瑞文的方向看了一眼，“你这么关心我很高兴。刚才瑞文硬生生把我拉上岸的时候，我正在游泳，确切地说是漂在水面上，你懂的。水温刚刚好。”凯尔站起身来，慢慢走到沙滩上，沙子被压得又紧又硬。

其他人也加入了她，湖水的微澜在他们脚边轻轻拍打，非常温暖，和湖面上吹来微凉的风形成了奇异的对比。

凯尔直接走进水里，浑身湿淋淋的，舀起一捧捧水泼向同伴们。她笑着扎进水下，游到很远的地方才露出头来，向他们戏谑地招招手，扭头继续朝远处游去。

瑞文哼了一声：“她该知道这是我的势力范围。如果我真想和她斗，她就死无葬身之地了。”

“她可能仗着你做不出这种事吧。”塞拉评价。

“我也觉得是这样，”亨利说，“回头再说，现在我要好好打击报复一下。”说着他也扎进水中，塞拉和瑞文身上更湿了。

“你死定了！”矮人在他身后喊。

“你去抓住他，我来干掉凯尔。”

“就这么愉快地决定了。”

“那我们还等什么？”

“走喽！”两个女孩儿直直跑进水里，向着另两个同伴冲杀而去。

第二十四章

几个小时之后，大家都躺在沙滩上，等着衣服慢慢晾干。

“太好玩了，我现在总算明白你们精灵为什么那么爱水了。”凯尔说。

“我本以为人类既然是火属性，到了水里应该变弱才对。”塞拉说。

“我们就希望你们这样想。”凯尔说，“实际上水元素对我们、矮人和仙子是一样的，没有影响，我们畏惧的其实是严寒和冰雪。”

亨利的肚子咕噜作响，他叹了口气：“什么时候吃晚饭？”

“天色还不太晚，”塞拉反对，“你怎么又饿了？四点还没到吧？”

“不知道，我新陈代谢很快。”亨利耸耸肩。

“要不你今晚做饭算了，”瑞文提议，“如果你会做饭的话。”

“我要让你们好好见识一下，我是多么棒的厨师。”他反击。

“如果你做饭的技术和捕鱼一样好，我们得需要个备用方案。”凯尔开玩笑。

“等着瞧，”亨利笑笑，“劳您大驾。”

“什么？”凯尔有点疑惑。

“他要你生堆火。”瑞文和塞拉同时喊道，她们相视大笑起来。

“我才不用你们告诉呢。”凯尔喃喃道，很快一堆熊熊的篝火燃烧起来，亨利开始有条有理地准备晚饭的材料，女孩儿们散步去了。他做好之后，召唤一阵旋风，让它绕着同伴们旋转，他现在还可以在风元素中加入声波，所以女孩儿们能从旋风中听到他叫她们吃饭，就和他本人站在面前讲话一样清楚。她们闻到饭菜香，立刻变得饥肠辘辘。

亨利不知从什么地方找了四块同样大小的平整石头做盘子，在上面整齐地码上一块鹿肉排、野菜，还有蘸着烤奶酪的面包。

大家立刻狼吞虎咽起来，吃饱喝足之后，满意地靠坐着。

“我得承认，”塞拉说，“相当有水平。”

“我也不相信我居然会说出这种话，不过这顿饭真是太好吃了。”凯尔同意道，摇摇头。

“也许我们应该从今天起让你负责做饭。”瑞文提议。

“这是不是说你们要把刚才对我厨艺的嘲笑统统收回去？”亨利问。

瑞文叹了口气，翻着眼睛，凯尔迟疑地点点头。“你现在满意了？”凯尔问。

“是的。”仙子回答。

“好好享受吧。”凯尔咕哝。

“我还打算一直享受下去呢，”亨利要她保证，“每次我做饭都要说这事。”

“我不知道你还能这么干多久，你察觉不到气氛的变化吗？马上就要发生变故了，可能不是什么好事。”塞拉说道，可是没有人接她的话茬。

凯尔甩甩头：“我们说点别的、别的，不那么让人郁闷的事。”

亨利挠挠脑袋：“比如说？”

“呃，我也不知道。”凯尔回答，耸耸肩。

“大家在做这个需要在不同世界里东跑西颠，还得跟怪物、噩梦搏斗的任务之前，平时都玩些什么啊？”瑞文笑着问。

那晚剩下的时间，他们都在讨论不同的运动和游戏。四个人一起走回去，重新找到了那条小路，坐在旁边。很快，他们一个个都进入了梦乡，只剩下塞拉守夜。塞拉向后靠坐，合上双眼，想着很快就要到来的结局，叹了口气。如果他们四个注定最终要分离，她知道自己会想念他们几个的。

换岗的时间到了，塞拉叫醒凯尔，四个人轮流守夜。到了早上，亨利把其他三人叫醒。伸开双臂，大家发现地面上又漂浮着一片片浓雾，他们现在身处沼泽之中，宿营地正好扎在仅存的几块坚实地面上，周围到处都是泥潭和积水。

“该死。”凯尔骂道。

“喂，说话文明点。”塞拉提醒她。

“你又不是我爸爸。”

塞拉用令人生畏的目光盯着凯尔，后者倒退一步：“好好，我收回这句话。”

“这事儿怎么发生的？”瑞文问亨利。

“呃，其实我也不知道。”他有点羞愧地说。

“可别说你守夜的时候竟然睡着了。”瑞文瞪了他一眼。

“那时候起雾了，一沾到我，我就失去了意识。等我醒来已经是早上了。”

瑞文又翻了个白眼，不过没有深究。

凯尔叹气：“我真想念太阳。”

“说的极是，”亨利道，“你来生堆火，我好做早饭，怎么样？”

“好的。”凯尔凝神聚集魔力，可是体内毫无反应，她为了确认重新搜寻了一次，“怎么回事？真不敢相信，我没有魔力了。之前怎么没注意到？”

“什么？真的？”塞拉惊呼，她也急忙探查体内的魔力，发现一样空荡荡的。“该死，我的魔力也没有了。可这是怎么回事，我之前怎么也毫无感觉？”瑞文和亨利也觉察到自己身上出现了同样的情况，四个人面面相觑了几分钟，毫无头绪。凯尔忽然咧嘴笑了。

“你笑什么呢？”塞拉没头没脑地问。

“你刚才骂人了。”凯尔得意地说。

矮人嘴里嘟囔着关于五马分尸的什么话，然后说道：“现在说这个合适吗？”

“我就是想趁机把你之前教训我的场子找回来么。”凯尔说。

瑞文也笑了：“好了，塞拉，你得承认，这次你活该。”矮人对她俩龇牙咧嘴作为回答，惹得她们发出阵阵银铃般的笑声。塞拉努力压抑心中的欢乐，嘴角阵阵抽搐，最后她放弃了严肃的表情，也大笑起来。

亨利惊讶地盯着三个女孩儿：“在这种时候，你们怎么还笑得出来？”

“有人没有幽默感哦。”瑞文跟另外两个女孩儿咬起耳朵来。

“不管有没有魔力，我们四个搭档也算所向披靡了，不管想来进犯的是人还是怪物，都要好好掂量掂量。”凯尔充满自信。

“毕竟，我们都有神灵赐予的史诗级武器和聪明的头脑，这就够了。”塞拉让他安心。

“没错，不过我现在的确需要补充热量，谁有火石？”凯尔故意做出一副东张西望的架势。

瑞文在裤兜里左翻右找，终于摸出了燧石：“自从有了凯尔，我已经很久都没有生过火了。”

“柴火怎么办？这里的东西都是湿漉漉的。”塞拉指出。

“我们先找找看再说。”亨利建议。大家四散开来，在这块小岛般的硬地上找寻可用的材料。凯尔找到一丛灌木，猛力把它连根拔起，她觉得这东西当燃料用应该不错。塞拉发现了几丛稀疏的枯草，带回来准备引火。就这样，每个人都找到了一点能燃烧的东西，最后他们把这些东西都堆在了铺盖卷旁边。

瑞文试了好几次，终于把火点着了。凯尔从她拖回来的灌木丛里选了几根枝条，削尖，看起来像特大号的牙签一样，用来串食物，好放在火上烤。她把剩下的部分往亨利的方向一丢，后者差点没接住。

“记得不停地添柴。”她下达指示。凯尔转过身后，亨利立刻对她做了个鬼脸，却被立即回身的凯尔抓个正着。亨利赶紧从灌木上扯下枝条，一把把投进火里。很快，篝火熊熊燃烧起来，每个人手里都用树枝穿好了熏鹿肉，在火上加热。鹿肉里的油脂被烤化了，滴在火里吱吱作响，散发出令人垂涎的香气。没多久，所有人的嘴里都开始分泌唾液。

“烤好了没有？”凯尔问。

作为回答，亨利咬了口自己那串烤肉，慢慢咀嚼，仔细品尝着滋味，连连点头，表示他很满意。瑞文耸耸肩，也开始吃，凯尔和塞拉立刻从善如流。吃完早饭，四人收拾起铺盖，准备向沼泽深处跋涉。

他们站在那块硬地的边缘，看着一望无际的沼泽。“我真不敢相信，小路竟然就这么消失了。”瑞文说。

“我想只要我们一路往西走，说不定它又会再次出现。”亨利建议。

“那么我们就要穿过这片地面，看起来可不太妙啊。”塞拉说。

凯尔哼哼：“你也太委婉了，谁知道这鬼地方有多深。只要我们一进沼泽，肯定会浑身都是泥，更别提有多恶心了。”

亨利重重叹息：“如果我们的魔力还在，当然能轻易渡过沼泽。不过，理论上讲我还是可以飞过去。”

“你敢，”瑞文怒吼，“如果我们三个必须趟过沼泽，你也别想跑。”

仙子大笑着拍拍瑞文的后背：“你还不认识我吗？我当然不会丢下

你们。”

精灵对他报以一笑，把背包往上提了提，第一个踏入泥泞的沼泽，随后立即做出一副恶心的表情。水深只没过她的膝盖，可是颜色完全漆黑一片，看不到底。如果瑞文面前有个深坑，她在掉进去之前是绝对无法察觉的。

塞拉跟在后面，不过往右偏了一点点，她脚下的硬地忽然消失了，整个人掉了下去。凯尔注意到矮人在下沉，立刻闪电般地抓住她背包的带子，这时塞拉的头部几乎完全没入水下。

塞拉被拉起来之后，一口口地往外啐水，水吐完了之后，还在不停地干呕，企图把嘴里的臭味去掉。

“你还好吧？”凯尔问。

“是的，我没事，多谢你救了我。现在把我放下好吗。”塞拉好不容易说道。

凯尔刚才一直抓着塞拉的背包带，把她悬空拎着，脚尖离地两英尺高。她赶忙道歉，把矮人放下。

“最好有个人打头阵，拿个东西探路。”凯尔建议。

“好主意，就你来吧。每个人都要紧紧跟着凯尔，落脚点必须和她一样，除非你想陷进去。”亨利说。

人类拔出长剑，举在身前，不停地用剑尖点戳前方的地面，确保那里有坚实的土地。走了不久，她碰上一个很大的深坑，用了足足十分钟才绕过去。凯尔很快厌倦了这份工作：“我受够了，你们谁想来？”

“我来。”亨利自告奋勇，小心地和凯尔交换了位置。仙子站在那里检视着人类的长剑：“武器不错，不过我还是用自己的长矛。”说着，他把长剑交还给凯尔。

“真不错，现在上面都是泥浆了。”凯尔叹了口气，却没再说什么，把它插回剑鞘时，发出泥水的声音。他们继续往前走，水渐渐深了，直没到塞拉胸口。矮人努力保持平衡，并把沉重的背包顶在头上。

“我帮你拿吧。”瑞文好心地说。

塞拉把背包递给精灵，并表示感谢。

“给我。”亨利命令道。

瑞文挑起眉毛：“为什么？”

“我说给我就给我。”仙子回答。

“我要是不愿意呢？”瑞文问。

“别吵了，不就是一个背包，值得你们这样争吗？”塞拉说。

“她说的有道理，”凯尔评价，“有什么好吵的？”

“我是无所谓啊，都是亨利在小题大做，他一贯如此。”瑞文耸耸肩。

她和亨利又就谁先挑起争端的问题拌起嘴来。塞拉和凯尔交换了一个眼神。矮人双手高举，目视天空，无奈的样子让凯尔大笑起来。她俩干脆站着不动，等瑞文和亨利吵完。

意外的是，塞拉忽然发现有东西在水里向他们高速接近。“那是什么？”

第二十五章

凯尔转身看向塞拉手指的方向。不管水里的东西是什么，肯定是朝着他们的方向直直冲过来了，水面上划出一道道“V”形的波纹。

如果那东西很危险，每个人就都需要提高警惕，准备战斗。凯尔捅了一下瑞文的肋骨，把她吓了一跳。塞拉觉得凯尔的主意不错，高高跳起，照着亨利的脑袋扇了一下。

他们俩立刻转过身来，凯尔无言地指着水里的东西。它越游越近，渐渐浮出水面，原来是一条大鳄鱼，足有二十英尺（6米）长，龇牙咧嘴。瑞文急忙想要动用魔法定住它，忽然想起魔力都消失了。“我们怎么办？“

“跑？”亨利问。

“好啊，然后淹死在沼泽里。”凯尔没好气。

“大家散开，分散目标，好迷惑鳄鱼。”塞拉下命令。

瑞文发现又有几条鳄鱼向着他们过来了：“天啊，有四条。”

“没关系，我们一人对付一条。”凯尔说。

“老天，你可真是乐观。”亨利喃喃道。大家此时都拔出了武器。

“不管怎么说，认识你们我很高兴。”塞拉极力做出一副开心的样子，甚至对着其他三人挤出一个笑容。毕竟，在以命相搏的时候，他们就笑不出来了。

瑞文的箭头指着一条鳄鱼，她冷静地等待时机。

与此同时，仙子大吼一声，向另一条巨鳄冲了过去。鳄鱼张开大口，差一点咬住亨利的腿。

塞拉把战锤重重砸向地面，引导冲击波向她的目标攻击。凯尔则等着鳄鱼来到身前，才冷静地闪到一边。鳄鱼巨大的惯性让它继续向前冲，凯尔轻轻一跃，跳到鳄鱼背上，面对危险却兴奋地面带微笑。她用膝盖夹住鳄鱼的身体，撒开抱住鳄鱼的手，举起长剑。

凯尔正要把长剑刺入鳄鱼的身体，身下却传来声音，非常低沉，几乎难以辨认：“住手。”

凯尔震惊之下回头，随后低头看看鳄鱼。“不可能吧。你刚才讲话了，野兽？”

“住手，”鳄鱼重复，“我投降。”

凯尔急速眨巴着眼睛，努力理解眼前的一切。显然，这些鳄鱼是智慧生物，和疯狂的蜮怪，还有他们在山谷中遭遇的怪异团子生物不同。她环顾四周，以了解三个同伴的现状。瑞文正要放箭，亨利在他的猎物上方飞舞，而塞拉已经把她的对手搞得四脚朝天。

凯尔把双手在面前聚成筒状："伙伴们，停一下。"

精灵迅速瞥了凯尔一眼，箭落入泥水中。她咒骂一声，差点躲闪不及，还好及时跳到了一边。三人都停止了攻击，但仍然保持警惕。

"让你的人住手。"凯尔命令。

鳄鱼哼了一声，随即照办，用通用语命令它（或者他，或是她）的同类后撤。凯尔从它（或者他，或是她）的背上跳下来，和三个同伴会合，虎视眈眈地盯着四条鳄鱼。

"如果你们不是野兽，为什么没有警告就发动攻击？"瑞文质问。

领头的鳄鱼用肉乎乎的前爪挠了挠硕大的头："我们以为你们是个泥人小分队。从远处看，你们和泥人的样貌和声音都差不多，现在看起来也够脏的。"

塞拉没有计较它们（或者他，或是她）对己方外貌的评价，疑惑地重复："泥人？""泥人是我们的死敌。这片沼泽很多年以来一直是敏特族的领地，可是两百年前泥人出现了。它们浑身漆黑，不过谁也没见过这些东西的真实样貌，因为泥人从头到脚都覆盖着厚厚的泥浆。它们总是成群结队行动，一旦发现有敏特人落单，就毫不留情地进行屠戮。"

"你刚才说泥人跟我们样子差不多？"亨利重复以示强调。

"据我所知，世界上只有四个民族。"瑞文说。

"在我们的世界也许的确如此，可这里显然不一样。还记得迷宫中的大蜘蛛吗？他可能也是智慧生物的一种。我敢打赌这些敏特族也不例外。"凯尔说。

"这个说法我从没听到过，民族是什么意思？"为首的敏特族问。

“用来区别不同智慧生物的种类，至少在我们的世界如此。”矮人解释。

“你们的世界？”敏特族问道，“如果你们说的是实话，你们确实来自另一个世界，那你们在这里做什么？”

“呃，我们是来为我们的神灵取回某些神器的。”亨利告诉他。

“明白了，你们在完成神赋予的使命。”敏特族肃穆道，“能问一句你们要去哪里吗？”

“我们自己也不太清楚，只知道要往西走。”瑞文回答。

敏特族齐齐发出一阵奇怪的声音，四人愣了一下才意识到他们是在笑。

“没错，毫无疑问，你们四个不是泥人。不过我们已经忘记了礼节了，我还没有自我介绍呢。我叫克里昂。”接着他又介绍了三个同伴，四个伙伴也自报家门。

“我明白了。”亨利带着胜利的表情说。

“明白什么？”瑞文问。

“我们要向着日落的方向走。”亨利宣布。

“太阳下山的地方？”克里昂想了一想，“也许是——”他转身跟同伴们窃窃私语，然后回过头来，“附近的一个沼泽西边有个地方，我们敏特族从小就被大人教育不要去那里。只有我们族中最勇敢的战士才敢靠近，但是到了几百英尺以外也不敢继续向前了。我自己见过那个可怕的东西，所以得告诉你们，那真是我人生中最可怕的经历。到处充斥着邪恶，是一个让你浑身起鸡皮疙瘩的地方。”

“究竟是什么东西呢？”凯尔问。

“我也不太清楚，说出来你们自己领会一下。是一团没有任何支撑、悬浮在半空中的巨大黑色球体，看起来里面空无一物，可是让人感到非常阴森。你看着它的时候，就会感到你的灵魂，还有心中任何善良美好的东西，都被它从你身上痛苦地剥离下来，吸了进去。”

“听起来真是个可怕的地方。”塞拉打了个哆嗦。

“说不定真是我们要找的地方。”凯尔叹了口气。

“有件事我不明白，”瑞文说，“我们怎么会相互交流无障碍的呢？”

“我们也不清楚，也许我们讲同一种语言是巧合，或者送你们来这里的神赋予了你们理解其他语言的能力。”克里昂回答。

“现在我们已经完全跑题了。”亨利打断了他们，瞪了瑞文一眼。后者满不在意地耸耸肩，“能不能请你给我们指明去那个地方的路？这里先谢谢了。我们之前一直沿着一条小路的指引到了这里，本以为它能带着我们到达目的地。可是你瞧，这附近完全没有路的痕迹。”

“没问题，我们可以领你们过去。”

“真的？”凯尔爽气地说，“多谢！”

克里昂不好意思地冲着她一笑，笑容在鳄鱼脸上别提多古怪了。“举手之劳不足挂齿。我们之前差点害你们受了伤，实在不好意思。而且，我都忘记了上一次跟其他智慧生物聊得这么开心是什么时候了。”

这时，另一位敏特人也开口道：“那是两百年前的事情了。”克里昂向四人介绍，这位叫做布列迪。

“是啊朋友，你说得没错。如果你们四个真想去那里，我们可以背你们去。跳上来吧。”

凯尔毫不迟疑地跳上敏特族宽阔的后背，在肩胛骨之间稳稳地坐下了。其他三人对望一眼，耸耸肩，也照办了。

塞拉对着布列迪试探地鞠了一躬，后者的鳄鱼脸上露出笑容，让她攀了上来。瑞文和亨利确保了另两个敏特族也情愿充当坐骑之后，谨慎地爬上对方的后背，尽量不让他们感到不适。

“这个地方远不远？”塞拉问。

“那要看你对远的定义了。”布列迪回答。

“说得很对。”克里昂同意道，“对于你们这么小的生物来说，可能需要花几天才能到达那里，即便我们也要走上整整一天。我们的家离你们要去的地方很近，天黑前就能到达。”

说着，敏特族推动强劲的后腿，游进了水里。他们轻松地掠过水面，速度惊人，以至于四个人几分钟内都说不出话来。

亨利本人习惯于在天空高速翱翔，他是第一个从惊讶中恢复的，问道：“不介意的话，我问一下，你们到离家这么远的地方来做什么？我以为你们只在领地内巡逻，而不是游荡到偏远之地。”

“我们四个在追捕一群泥人，他们杀害了我们的一个族人，我们希望能逮住它们，报仇雪恨。可是在碰上你们之前，它们消失了，而你们又凭空出现，所以把你们误当做目标了。”克里昂回答。

“真奇怪。”塞拉说。矮人越去想这些神秘的泥人的样子，就越想亲眼看一看。“你们为什么管这个种类叫泥人呢？”

“它们身上永远覆盖着一层泥巴，还散发恶臭，它们似乎还有一点操纵泥浆的能力。”瑞文的坐骑克拉德回答道。

“原来你会说话啊。”精灵说。

他嘿嘿一笑：“我会，德穆克也会。”

“我猜这表示它们有一点操纵水和土元素的能力，所以能移动泥浆。瑞文你怎么想？”塞拉问。

“有道理，不过这无所谓。不管它们有什么能力，跟我们比起来都不值一提。”瑞文回答。敏特人哄堂大笑，背上的四个人被颠得上下起伏。

“什么事情这么好笑？”亨利问道。

“没什么，就是我很难想象你们这么小的生物怎么能和泥人匹敌，特别是布列迪背上那个最小的。”德穆克大笑着说。

塞拉用了一秒钟才反应过来德穆克的意思，抗议道："喂，就算没有超级武器，我们一样能打败你们。如果我当时用了土元素魔法，你连眨眼都来不及就输了。"其他三人也纷纷附和，夸耀自己的魔法。

"你们真的激起我的好奇心了，"克里昂说道，"光说多没意思，谁来展示一下？"

"没办法，这个地方似乎剥夺了我们的魔力，我们现在暂时无法给你们演示。不过等到我们的魔力恢复之后，一定让你们好好见识见识。"瑞文告诉他。

德穆克刚要偷笑，克里昂瞪了他一眼，他赶紧合上嘴，然后说："没问题，我很乐意等。现在既然没什么事，为什么不先打个盹呢？你们看起来都很累，既然还要去那么可怕的地方，多积攒点精力总是好的。"

"好主意。"凯尔说着打了个哈欠，往后一仰，闭上双眼，几秒钟之后就睡熟了。敏特族在沼泽中穿行的动作带着稳定柔和的节奏，很快，其他人也陷入了沉睡。

他们再次醒来的时候，已经到了中午，听到克里昂在愤怒地吼叫。瑞文一下坐直了，睁大眼睛环顾四周。敏特族已经停止前进，正趴在湿地中央一小块比较坚实的硬地上，包围住他们的是很多泥块状的怪物，正在四下里移动。

怪物的总数大约有上百个，瑞文正看着，它们忽然抖落掉一些泥浆，站立起来。它们平均身高大概和凯尔差不多，有粗略的人形，可是因为浑身绝大部分都是泥的缘故，没法清晰地辨认出它们的具体外貌。

没有被烂泥覆盖住的皮肤，则是又黑又皱，像树皮一般，这让瑞文回想起他们先前见过的布莱肯森树。难怪敏特族管它们叫做泥人，精灵心想，这个称呼真是恰如其分。

敏特族围成一圈，把四个伙伴护在里面。"小伙计们，待在这儿别动。”克里昂说道，“我们会全力保护你们，不过你们也要做好心理准备，敌人数量很多。”

说着，他向着岛外扑了出去，动作敏捷又优雅，任何鳄鱼看了都会心生艳羡。克里昂一刻不停地向着泥人们冲杀过去，用四肢扫，用尾巴击打，当他被泥人围攻，陷入苦战时，布列迪也上前帮忙。

两个敏特族并肩作战，相互掩护，他们用有力的尾巴四处扫打，许多泥人都摔得四脚朝天。他们还用嘴咬住几个泥人，扭动硕大的头部，把它们甩到远处。泥人开始缓缓后撤，形成了包围圈，围住了克里昂和布列迪。

忽然，泥人齐齐向圈内的克里昂和布列迪发起攻击，两个敏特人互相点点头，向包围圈冲去，穿破了泥人的防线，随后迅速掉转头来，又向泥人们冲杀过去。然而，他们还是被泥人分开了，克莱德则冲入泥水中助战。

三个敏特族背靠背围成一圈，有效地对泥人进行各种攻击，可是过了没多久，他们体力开始不继，而泥人的数量却越来越多。德穆克看到情势不妙，对着四个伙伴点了点头，也加入了战斗。

第二十六章

“我们必须帮帮他们。”凯尔大声说。

“可是怎么办得到呢？”亨利问，“让我们从泥水里游到战场上，显然不太现实吧？”

“可是我们一定要做点什么，不能干站在这里袖手旁观。”塞拉双手握成了拳头。

瑞文烦躁地大喊：“我完全知道你的意思，他们一直在保护我们，可是眼看着他们就要受到伤害了。那些泥人的目标一定是我们，不然不会一下出动这么多。你们睡着以后，克莱德告诉我泥人一般是十个左右一起行动，现在这里至少有上百个。”

此时，敏特族的情形相当不妙。敌人数量实在太多。泥人开始爬上鳄鱼的后背，把他们按到泥水里，后者极力挣扎，把许多泥人摔得远远的，可是泥人摔倒在泥地上安然无恙，直接爬起来，继续作战。

至此，敏特族完全被敌人庞大的数量压倒了。泥人已成功地让四条鳄鱼各自为战，无暇互相守护，这样一来他们就更脆弱了。

“我看不下去了。难道我们就这么没用，仅仅因为无法使用魔法，就袖手旁观，坐视其他人被杀害吗？如果不能用魔法来帮助他人，要它有什么用？”凯尔拔出长剑，盯着它看，“我现在要过去帮他们的忙。我绝不愿枯坐在这里，等着那些怪物来找我的麻烦。如果我一定要死，也要死得其所，像个战士一样。”她扫了一眼剑刃：“众神给了我们这些武器，要我说，用就是了。”凯尔抬头看着三个同伴，“你们怎么说？”

作为回答，其他三人也抽出武器，互相对视。

“认识你们我很高兴。”塞拉挤出笑容。

“我也是。”亨利对她们说。

“好了，傻话也说够了。咱们上！”瑞文喊道。四人一齐扑通扑通跳下泥水，幸运的是，水只有一英尺左右深。四人一离开硬地，泥人立即对他们发起攻击。

一只怪物冲向凯尔，她低头闪开怪物挥舞的拳头，用剑柄狠狠砸在它的后颈，怪物重重倒下。她听到又有两只冲了过来，迅速转身用长剑劈过去，怪物向后一跳，小心翼翼地绕着她打圈。凯尔回想起受训的日子，似乎可以听见导师的叮咛在她耳边响起：“眼睛并不是你唯一可以观测敌人的器官。经验丰富的战士不一定要看见敌人。听吧，凯尔，听。你的剑术非常出色，可是你的速度和直觉性的冲动很可能成为你的弱点，特别是当你以一敌众的时候。”

凯尔站定不动，听凭泥人绕着她打转，并不转头，而是用听觉留意着它们的动向，仔细注意泥浆随着它们的脚步发出噗噜或啪啦的声音。忽然，她右边的泥人猛冲过来，一秒钟之后左边的泥人也发起了进攻。在它们正要击中她时，凯尔忽然蹲下，抓住一个泥人的腿一拖，把它摔了个脚朝天，直接撞到了另一个，趁它们倒在一堆还没回过神的时候，在它们后脑勺各来了一下，把它们打晕。

剩下的一个泥人显然对凯尔的能力有了新的认识，更谨慎了，从泥浆里捡起一根树枝，继续绕着她打转。过了一会儿，凯尔不耐烦了，直接冲向泥人。对方看到她冲上前来，也有样学样。凯尔只一剑，把冲过来的泥人手中无用的树枝削成两半，随后一记上勾拳，第三个泥人被击中下巴也昏了过去。凯尔摇摇头，开始寻找新的对手。

瑞文迅速扫视着战场。刚开始泥人的总数大约有上百个，可是看来更多的泥人加入了战团，虽然己方解决了很多，但战局很不乐观。情况非常恶劣，他们却别无选择，只能背水一战。瑞文连珠箭发，每一箭都正中目标。因为精灵力求克敌而非杀敌，所以她瞄准的都是泥人的腿或者脚踝。很快，她周围就躺了一圈泥人，呻吟着，无力再战。瑞文环顾四周，在同伴陷入困境的时候，也放箭帮忙。

虽然精灵尽量回收她发出的箭，但是大部分还是沉入了沼泽。情形不允许她趴在地上搜索，因此没多久箭就用完了。她无法使用魔力，像以前那样召唤冰箭是不行的。她从鞘中抽出剑，或者说长匕首，向战斗最激烈的地方跑去。

瑞文不像凯尔那样精于剑术，不过她曾经在精灵军队举办的武术比赛中得过奖。那是个历史悠久的比赛，始于各族冲突还不甚激烈、军队活动不太频繁的时候。那时将军们唯恐士兵疏于操练，于是举办武术竞赛磨炼他们的技能和战术。如今，比赛的目的已经完全两样了，是为了让士兵从频繁的上阵杀敌中放松下来。

那次，瑞文得到的奖品，就是她现在用力挥舞的剑，相当不错的武器，镀金剑柄，剑刃则是蓝钢打造，通体有铭文，极其锋利，能把一根头发从中劈成两半。尽管如此，凯尔的武器还是优秀得多，她的剑可以轻易地把坚硬的金属切成碎块。

与此同时，亨利将长矛透明化，并耍得飞快。泥人看不见长矛，以为亨利赤手空拳，当它们冲过来的时候，却被长矛一一打翻在地。看到泥人摔倒时，它们糊满泥浆的脸上出现惊异而又迷惑的神情，亨利心中的满足感真是无以复加。其中几次，泥人的狞笑突然化作茫然和惊讶，亨利甚至笑出声来。

亨利发现德穆克快被泥人完全淹没了，急忙跑去帮忙。他用长矛把它们扫个四脚朝天，泥人都不知道自己被什么打中了，浑然不知所措。亨利用隐形长矛狠狠敲了几个泥人的头部，于是整群攻击敏特族的怪物都一哄而散。亨利守在旁边，为挣扎着爬出泥潭的德穆克打掩护。“多谢。”敏特族道。

亨利报以灿烂的笑容：“乐意之至。”敏特族亮出一口獠牙，仙子好不容易才反应过来他在笑。又一群看来更加训练有素、有组织有纪律的泥人注意到了他们，亨利和德穆克并肩作战，击退了敌人。

塞拉完全了解严峻的形势，但是她挥动战锤的时候，心情还是十分愉悦。她发现只要用战锤敲打泥浆，发出的震动就能让前方的任何人头部以下完全陷进去。刚开始，这事非常容易，只要有泥人敢靠近她，就会被她如法炮制。可是随着时间的过去，她越来越疲倦，挥动战锤的频率也越来越慢，以至于有几次来不及让泥人沉没，她只得和它们徒手搏斗。无法使用魔法的战斗，真是太不爽了。

战斗情势稍微缓和的间隙，塞拉也和瑞文一样观察着整个战场。所有人都十分疲倦，可是没有后路可退。因为忽然又有四个泥人包围了她，矮人长叹一声，只得全力应对眼前的危机。

被围攻了没多久，塞拉手中的战锤就被打落，矮人诅咒一声，弯身去捡，肚子上却挨了一脚，她抬头一看，发现一个泥人正向她扑来，急忙就地一滚，离开了危险区域，顺势站了起来。

本能地，塞拉紧握右拳，胳膊在半空中抡了个扇形，用左手背迎住了右拳，这是她平时用魔法创造大地冲击波的手势。可是做完之后，她忽然意识到没有魔力的情况下这样做是无用的。可令她十分惊讶的是，体内的魔力忽然苏醒了，比原来强好多倍，她召唤的冲击波也随即出现，吞没了敌人。

矮人脑海中忽然出现了一个想法：也许正是他们应该帮助他人，而不是仅仅自保的决心，唤回了自己的魔力。她没有想太多，而是再次用右拳猛击左手背，并大声呼喝。

亨利听见塞拉的喊声，及时回头，看到她召唤的冲击波让地面高高隆起，发现自己的魔力也回到了体内。他咧嘴一笑：“德穆克，准备好了，现在我要让你瞧瞧‘我们这种体型’的生物有什么本事。”

瑞文此时也感到魔力犹如春季洪水一般涌入体内，而凯尔狂喜地感受着体内熊熊燃烧的魔法威力。四个伙伴一秒钟都没浪费，而是充分利用新得到的力量，击退敌人，拯救朋友。

塞拉竖起结界，向四周发射了一道道魔法，固化了地面，使泥人无法再操纵泥浆。站在坚实的土地上，四个伙伴不用在泥水中摸爬滚打，战斗起来也容易多了。亨利召唤旋风，卷走了一些泥人；瑞文从沼泽中抽取水流，把另一些泥人冻成了大冰块。塞拉固化了地面之后，取回了战锤。

塞拉将战锤收回后，驾轻就熟地用魔法把敌人都陷入地面。凯尔深吸一口气，张开右手，在视野范围内扫过，瞬间熊熊的火焰就出现在半空中，组成一道火墙；她用力吐气，火墙像被风箱吹动一般，向泥人压去，吓得它们四处逃窜。四人齐心合力，驱逐了敌人。很快，除了他们四个和四个敏特人，战场上一个泥人也不剩。

“真是太好玩了。”凯尔说。

“凯尔，你着火了。”塞拉提醒她。

凯尔低头，看到右掌中央即将熄灭的火焰，把手举到和视线平齐的高度，吹熄了它。亨利发现敏特族都一半陷在泥地里。

“也许现在你可以放他们出来了。”亨利挑起眉毛，指指敏特族的方向。

塞拉急忙喊道：“哎呀，对不起，我马上放你们出来。”这时，四个敏特族才从似乎被冻住的震撼中醒来，为四个伙伴惊天动地的战斗高叫、喝彩，感激他们的救命之恩。

随后，克里昂一下子消失了，其他三个敏特族也消失不见，地面上只留下几个鳄鱼形状的洞。四个伙伴对视一眼，急忙跑到敏特族刚才所在的地方。

当他们再显现时，已经不是鳄鱼的形貌，而是和四人一样的人形，不同的是他们浑身覆盖着绿色的鳞片。克里昂纵身一跳，从坑中跃出，落到四人面前。另外三个敏特人也如此这般，站在他们的头领身边。

“你瞧，”克里昂说，“我们也有魔法。这是我们本来的样貌，我们也可以变成好几种动物的外形，鳄鱼只是其中之一。”说着，敏特人又变成了其他动物的样子，四个伙伴大为叹服。演示之后，他们又向前而去。

第二十七章

两小时后，他们到达了由一些参天大树组成的树林前。

“怎么停下了？”塞拉打着哈欠问。

“我们到了。”克拉德回答。

“这就到了？”瑞文有点惊讶，她四下里张望，找不到有居民的踪迹。

“抬头看看。”克里昂提示。

四人抬头一看，都惊得屏住了呼吸。这些树高耸至极，顶上有无数的树屋，用绳索桥互相连着。他们还看到远处有数以百计的木制平台，搭在树枝顶端，看起来摇摇欲坠。

“哇。”凯尔惊叹。

敏特人露出笑容。克里昂挠挠头：“来吧，升降梯在这边。”

现在轮到亨利笑了：“我们自有办法。我打赌我会更快。”说着仙子展开翅膀，双翼用力向下一挥，瞬间飞上高空。瑞文和凯尔不甘落后，也笑着不见了。塞拉夸张地叹了口气，向敏特人眨眨眼，一跺脚，脚下一根土柱拔地而起。矮人让土柱停在一条看起来比较坚固的绳索桥旁边，尽量不朝下看，小心翼翼地迈出脚。她刚要让柱子沉回地面，不过又想了想，还是让它留在原地，以便紧急撤退时使用。

塞拉四处寻找三个伙伴，发现他们正趴在一道栏杆边上往下看。她悄悄掩到三人身后，忽然大喊一声。

三人吓得大叫一声，跳了起来，亨利震惊之下差点翻过栏杆。他们恼火地盯着塞拉，矮人忍不住大笑起来：“刚才你们的样子太好玩了。”

“你过来。”凯尔抓住矮人，拽向栏杆的方向。

“喂，等一等，我没有翅膀，掉下去可不安全。”她惊呼。

凯尔嘿嘿一笑：“我才不会扔你下去，来看看敏特人要干什么。”

“就知道你会这样。”塞拉摇着头嘟囔。她看向地面，敏特人走近一个大木箱子，箱子用好几根绳子连在一根粗壮的树枝上。一个敏特人扳动了控制杆，木箱开始缓慢地上升。

“真不赖。”亨利说。

瑞文注意到了附近一个平台：“瞧，那里大概是升降梯的终点。”

凯尔点头称是。四人走过一道绳索桥，在那里等着新朋友们上来。没多久，木箱升上平台，停了下来。凯尔发现控制杆有好几个，分别标明“加速”、“上”和“下”。她猜想这些能启动滑轮，或者让别的什么装置运转，来达到目的。敏特人走出升降梯后就让它回到地面，所以凯尔并没有一直检视下去。

“你们上上下下只有这一条途径吗？”亨利问，“万一火灾爆发了怎么办呢？升降梯很有意思，但是效率不高啊。”

克拉德笑着回答：“我们一般是变成鸟形直接飞上来。升降梯是给受伤行动不便的人准备的，或者特别小的孩子，他们对变形能力还没有完全掌握。”

“没错，”布列迪补充道，“我们坐它上来就是为了让你们看看。”

“大家都到哪里去了？”瑞文看着空荡荡的屋子问。

“我们已经不住在这一带了。最近泥人的袭击越来越频繁，程度也愈发严重，所以大家为了安全都聚在了一起。”德穆克解释道。敏特人领着四个伙伴穿过迷宫般的无数条索桥、数不清的平台和过道。

“你们是怎么做到不迷路的？”凯尔问。

“如果你也世世代代住在这里，就明白了。”克里昂回答。

“我们带他们去那个地方吧。”德穆克建议。

“‘那个地方’是什么？”塞拉有点疑惑。

布列迪一笑：“到了你就知道了。”他转身从一棵树当中穿了过去。塞拉仔细查看，发现其实大树的树干中间被挖出了通道。在克拉德的催促下，四个伙伴顺着树干内部的螺旋形楼梯往上走。

从入口到楼梯的第一级之间有个木制通道，瑞文看出其实过道和楼梯都是直接从树干里面雕刻出来的，没有用外来材料。楼梯实际盘绕的是树干的中心部分。

瑞文环顾四周。整棵树干的中央都被挖空了，直径至少有40英尺（12米）宽。她步上第一级台阶，用手抚摸着树干的中心部分，感觉到树干内部一个古老的存在被唤醒了，欢迎她的到来。她可以想象这棵树的年纪，有多少人曾经站在她所站的位置，以后还有很多代的生灵将在这里生活。

“太棒了。”亨利赞叹。

“你的形容还真是准确到位。”凯尔翻着眼睛说。他们爬上楼梯最顶端的时候，凯尔和亨利还在一边气喘吁吁地拌嘴。他们站在一个封闭的平台上，对面的墙上有一道门。

布列迪大步向前，把门打开，站在门内对他们鞠躬。大门非常宽，四个人肩并肩走了出去，眼前的景色让他们说不出话来。这是一个类似于露台的地方，可以从这里俯瞰下面的景色。这棵树一定是方圆几英里内最高的，他们的视线毫无阻碍，可以扫视三百六十度，整个镇子都看得清清楚楚。

镇子里散布着树屋，大部分都是独门独户的小房子，可是有一些非常巨大，以至于凯尔在疑惑它们怎么不会因为过于沉重而坠落到地面。他们所见之物都非常古老，就算没有上千年历史，必定也矗立了几百年。凯尔心想如果它们已经存在了几百年，那么近期内想必不会倒塌。至少，她叮嘱自己，但愿如此。

“真不赖啊。”塞拉说。

“为什么没有其他人来欣赏这些美景呢？日落一定非常壮观啊。”瑞文问。

克里昂叹气：“这个地方离镇子中心太远，如果没有守卫护送，到这里来相当危险。现在我们人手不足，没办法单单为了让人欣赏美景就派人护送。卫兵要么放哨，要么得四处巡逻。”

“我们回去吧，不然到家的时候就太晚了。”德穆克说。

八个人走下楼梯，瑞文落在最后。离开之前，精灵又抚摸着树干的中心部分，默默对大树说再见。这时她手掌覆盖的部分发出白光，从中裂出一个比其余部分更亮的光球在空中飘浮，最后停在她面前上下浮动。瑞文伸出手，那个东西停在她手心，片刻后光芒散去，瑞文的掌心里安放着一个橡果。

瑞文向大树鞠了一躬，把橡果放进口袋，随后转身离去，不忘最后看一眼大树。精灵感觉到橡果中带有某种超凡的力量，她想也许这世界中说不定有众神都不知道的魔法力量存在。

他们穿过废弃的房屋，绕过断裂的索桥，走过咯吱作响的过道，终于到达克里昂的住处，此时，太阳也早已下山了。

“我知道你们四个也许不想分开，你们可以住在我的小屋旁边那座闲置的房子里。”克里昂说，“我很愿意让你们睡在这里，不过这里太乱了；我本来想把我妻子介绍给你们，不过她有事出门了。”

亨利一笑，代替其他三人回答：“别担心，我们没事，多谢。”

“没错，我们要求不高，难得住在真正的房子里就已经很开心了。”凯尔赞同。

“我在想，”德穆克迟疑地开口，“也许你们四个愿意明天和我们再待一天，后天再出发。”

“嘿，这个主意好。”布列迪咧嘴一笑，“你们四个怎么说？”

“我没问题。”瑞文马上说。

其他三人也热烈地点头同意，这件事就愉快地决定了。四个伙伴明天要在敏特人奇怪的空中镇子休整一天。克拉德、布列迪和德穆克继续往前走，回到他们自己的住处，剩下克里昂把他们引去空置的小屋。敏特人打开门，对四人道了晚安，打了几个哈欠，也回去睡觉了。

凯尔打了个响指，拇指和食指顶端各燃起一团烛焰大小的火光，走进屋子，让火光变大，直到整个屋子都被照亮了。屋顶大约十二英尺高，以敏特人平均的八英尺身高来看，很合适。

屋子从内部看起来很宽敞，和他们在屋外设想的不同。凯尔走到墙边，发现屋子从树枝的边缘延伸出去了大约二十英尺，她猜想大部分房屋都是这样。室内没有隔间，所以整栋房子就是一个大房间。有几块巨大的石头靠墙放着。“喂，你们来看看这个。”凯尔叫其他人。

石块大约四英尺高，边缘光滑，亨利跳上其中一块，马上跳了下来。“我猜这些是床，不过太冷了，而且好硬。要知道它们到底是什么，只有明天再问敏特人了。”

瑞文把铺盖摊在地板上：“我们先睡一觉，再来研究这些有趣的东西行不行？”

塞拉此时已经躺下，她眼睛睁开一条缝，叫其他人赶紧闭嘴，躺下睡觉。三个人都笑着照办，没过多久，也美美地睡着了。

第二十八章

出于习惯，瑞文第二天蒙蒙亮就醒了。她不想吵醒其他人，于是悄悄出了屋子。精灵倚在栏杆上，欣赏着日出的景色，静静听着脚下的森林从睡梦中渐渐苏醒过来。

没多久，其他三个人也加入了她，一起沐浴在清晨的阳光下。四人听到身后传来的脚步，转过身来，发现那是一个他们不认识的敏特人。亨利走上前去，举起右手，示意手上没有东西，这是一个公认表示善意与和平的手势。而凯尔却在后面暗自戒备，以防不测发生，她猜测其他敏特人大概不会像克里昂和他的几个朋友那样，对陌生人表示欢迎和友好。

幸运的是，那个敏特人也回应了一个友好的手势，说道："我叫艾格，是克里昂的妻子。他进城去告诉其他人你们到来的消息了。"

"好的，"塞拉回答，"我们今天要进城吗？"

"是的，你们要去长老会。"

"你们有个长老会？"瑞文很感兴趣。

"三长老，包括族中的最年长者，和每年选举出的一男一女。"瑞文好奇地追问了艾格关于敏特族三长老的事情，发现他们的政府和四个人所知的统治方式有很大的不同。正说着，克里昂和德穆克回来了，后面跟着克拉德和布列迪。凯尔赶紧用手肘捅了一下精灵，免得她继续滔滔不绝地问问题。

"都安排好了，"克里昂宣布，"我们五个带你们到镇子里转转，然后你们和三长老一起吃午餐。"

“好的，那我们走吧。”凯尔说。

“我们把行李留在树屋里可以吗？”塞拉问。

“没问题，”艾格回答，“这树屋原来是我一个朋友的，几年前，她被泥人杀害了。”她低下头，塞拉十分后悔问了这个问题。敏特人抬起头，安慰地微微一笑，说：“好了，我的故事就说到这儿，我们走吧。”

接着，九个人穿过数不清的吊索桥和过道，到了广场。镇中心的广场是一个巨大的木制平台，四周都有巨大的建筑，克拉德指着当中特别宏伟的一座，告诉四个伙伴，那就是他们的市镇大厅。

三长老住在市镇大厅里，在那里处理绝大部分的公共事务。整个广场其实就是一个巨大的市场。亨利在摊子间左穿右插，对陈列的各种奇异商品惊叹不已。比如说，有彩虹般颜色的巨大的羽毛，很多奇特的生物关在笼子里，还有这样那样不知名的机械装置。

亨利和三个伙伴尽情浏览特色商品的时候，当地的敏特人都好奇地盯着四人瞧。他们的向导一边跟所有人打着招呼，一边留心观察四人的举动。

虽然敏特人的市场和家乡的市场有很多不同之处，瑞文却觉得它们本质上有非常大的共同点，买卖的对话都完全一样。商贩大声喊着价钱，而顾客则尽可能地讨价还价，压低价格。敏特人的外表和精灵天差地别，可是他们的文明和精灵族却十分相似，瑞文内心感觉十分微妙。如果仅仅浮于表面，敏特人、精灵、人类、矮人和仙子的共同点可能很难发觉，可是仔细观察的话，大家本质上都是类似的。

塞拉也忽然有了个古怪的想法，她一直以为人类、仙子和精灵族跟矮人的差别就好像天跟地那么远，只不过她的三个伙伴是特例。可万一四族不同的地方只有外表呢？如果大家的内在都是一样的，又该怎么说？

毕竟，大家心中所求都是一样的。塞拉暗自疑惑为什么自己用了这么长的时间才看出事实真相，领悟这个道理。她猜想这是因为先入为主的偏见比眼前的事实要强很多倍。四族还有一点是一样的，那就是他们都被仇恨所蒙蔽，浅薄得只看见表面的差别，而对最重要的部分，也就是内在的共同点视而无睹。矮人看着三个伙伴的表情，明白他们也领悟到了同样的道理。

没多久，和长老会见面的时候到了，敏特人拉着四个伙伴离开集市，向着市镇大厅走去。他们走上台阶，面对着两扇模样十分庄严的对开大门。克里昂推开大门，让四人进去。

门内的一个敏特人见到四人，显得十分惊讶，她来回看着四人和他们的五个向导，很快恢复了镇定："请往这边来。"她引着他们又走到两扇对开大门前，让他们走了进去。

他们进入的大厅屋顶十分高，顶上开了天窗，阳光透进来，照在打磨光滑的地板上。大厅的另一头有个平台，上面摆着三张桌子。瑞文走得近了，才发现桌子后面各自坐着一个敏特人。当中那张桌子后坐的敏特人头发灰白，满脸皱纹，身形看着比凯尔还矮小。在她左右的桌子后分别坐着长老会的其他两位成员。

德穆克做了个手势，四个伙伴在离三长老大约十英尺的地方停了下来，微微躬身以示敬意。中间的年长敏特人回以微笑，女长老点头致意，而男长老则对他们完全无视。

男长老先开口，对克里昂说："再跟我解释一下，克里昂，你为什么要把这几个泥人带来。即使他们来自远方，也不能改变这些人是我们敌人的事实。"

"就像我昨晚解释的那样，他们并非泥人。凯尔是人类，塞拉是矮人，亨利是仙子，而瑞文是精灵。"克里昂一边介绍，一边挨个指向四个伙伴。

“你完全明白这些名称对我们来说毫无意义。作为卫戍指挥，你的判断力应该不至于把潜在的间谍带进我们的居住地才对。”刚才说话的敏特人继续质问。

“我——”克里昂开口。

年长的敏特人挥挥手，制止了克里昂：“别管杰泰尔，你要知道他对外人一向是这种态度。我个人倒是想多了解一下我们的客人。如果你们继续拌嘴，我可没法知道更多。”

女长老苦笑了一下：“你还能指望他们干什么？他们毕竟是兄弟。我叫斯基尔。”

亨利看着克里昂，又望望杰泰尔，来回了几次，怎么都看不出两人有什么相似之处：“你们怎么会是兄弟？”

克里昂无奈地耸耸肩，而他的兄弟则双臂环抱，往椅背上一靠，目视前方，拒绝和任何人目光交流。

“有时候是这样的，”凯尔说，“你们真该见见我的三个哥哥，简直一模一样，活像三胞胎。我和他们则完全不同，他们老是跟别人说我是领养的。哥哥们怎么也不听我的抗议，以至于我不得不威胁要动手揍他们，他们才不这么干了。顺便说，他们打不过我，这点让他们尴尬得不得了。当然，他们总能想出别的办法让我的日子不好过。”

当中的长老嘿嘿一笑：“我知道你们所有人的名字，不过我还没来得及介绍自己。我叫海德纳，克里昂说你们拥有有趣的力量。”

“你们的能力也很有意思。”亨利回答她。

“你这么说太客气了。我们的力量也不错，可是对抗泥人不怎么顶用。”斯基尔回答。

瑞文的肚子咕噜作响。凯尔抬起眉毛：“你还老批评我总是想着吃。”

“至少我不会开口抱怨肚子饿。”瑞文喃喃道。

“喂，如果那都不算抱怨，那什么才是？”凯尔反驳。

塞拉用力踢了两个人一脚。

凯尔揉着腿对塞拉怒目而视：“哎哟，你这是……哦，对了，不好意思。”

海德纳和斯基尔看着他们，眼里闪烁着讶异又好笑的光芒。杰泰尔则继续努力无视他们。接着海德纳宣布开饭，众人一个接一个走进巨大的饭厅，餐桌足有一百英尺长，靠近他们的一端摆着数也数不清的食物。凯尔嘴里差点流出口水。

她走上前去，掐了几个葡萄送进嘴里，拉开椅子径直坐下。她听见啪的一声，回过头来，正好看见瑞文用手掌用力拍额头，亨利则直揉眼睛，塞拉一副哀莫大于心死的样子。凯尔困惑地开口问道：“是不是我餐前不应该吃葡萄啊？”

“比那个严重得太多了。”亨利回答。

斯基尔笑了，扶着海德纳坐下，然后自己也在凯尔身边坐下，招手让大家都过来。克里昂和杰泰尔恶狠狠地互相瞪了整整一分钟，才坐了下来，尽量离对方远些。

“大家吃吧。”海德纳说道，大家顺从地开始用餐。

塞拉等了一会儿，觉得时机差不多了，才问：“你们能多说说那些泥人的事情吗？它们来自哪里？数量又有多少？”

海德纳叹了口气，想了片刻，才开始讲：“敏特人生性爱好和平，有了争端也往往以和谈而不是战争的方式解决。多年以来，我们和周围的几个文明部落相安无事。我们满足于和他们和平共处，安居在树顶上的镇子里，从不侵扰其他部落，他们也从不生事，直到两百年前那可怕的一天。西边有一个极大的沼泽，妖精族住在那里。他们和我们距离最近，自然大家的关系十分融洽。敏特族的小孩经常去那里玩，而妖精族的孩子也经常到我们这里来。

“有一天，一个妖精族战士跌跌撞撞地闯入了我们的镇子。他受了极重的伤，升降梯载着他上来的时候，他不停地大喊：‘屠杀、屠杀！’我们费了好大的功夫让他镇定下来，才弄明白事情的经过。那天早上，他的儿子和其他几个小孩在湖边玩耍，忽然半空中出现了一个大黑洞。没等反应过来，几个孩子已经被吸了进去，随即从黑洞中涌出一群泥人。剩下的孩子急忙四散逃命，可是只有他的儿子活着回来了。这孩子一边号啕大哭，一边断断续续地告诉了长老发生的事情。妖精族的战力很弱，根本无法跟这些嗜血的蛮族相比，他本人也只是名义上的战士。和平的时间太久了，他们根本忘记了如何战斗。妖精长老企图跟泥人和谈，可蛮族根本不感兴趣，而是打算杀死他们看到的每一个人。他自己的儿子也这样被害了。妖精族的长老在临死前，命令他来给我们报信，免得我们也步妖精族的后尘。

“说完之后，这个妖精也咽了气。我和其他两个长老立刻召集所有敏特人，把这个消息通报给了大家。我们厚葬了这个战士，并向妖精领地派遣侦察兵，看是否确有其事。侦察兵回来之后，面色十分严峻，说他们在那里看到了平生所见最可怕的景象，妖精信使的话千真万确。得到消息后，我们立即开始行动。首先，我们向周围的所有部落报信，并重新开始训练军队。接下来的很多年，泥人把原属于妖精的沼泽作为基地，毁灭了周围的所有部族。我们尽力支援他们，可是送去的援军也和其他部族一样被杀光了。每次泥人发起袭击，都一个活口也不留。不久，我们就成了这一带仅存的原住民了。我相信，泥人暂时还没有足够的兵力，用人海战术摧毁我们的防御。

“过去的两百年里，战争不断，我们每次都想方设法把泥人击退，可是从未成功地击溃它们。对方的兵力越来越多，而我们的人口则不停地削减。自从泥人出现以后，我们族里就没有婴儿出生了。恐怕很快，泥人就会倾全力来攻打我们，到时候我们即使拼死一搏，也可能只有灭亡的结果。不过最近，探子来报，泥人也有弱点。它们持有三个血红色的水晶，每个都和拳头一般大，维持着它们在这个世界的存在。如果三个水晶都被打破，那么它们就只能被黑洞吸回原来的世界。”

海德纳说完之后，桌上出现了长时间的沉默，四个伙伴也陷入了深思，努力消化新得到的信息。忽然，沉默被一阵尖利的警报打破，在场的敏特人立即挺直了身躯。

第二十九章

“发生了什么事？”亨利问。

布列迪扫了他们一眼：“是警报，我们被袭击了。”

克里昂立刻反应过来：“德穆克和艾格，你们护送三长老到避难所。”他们立刻照办，没有回头多看一眼，也没有一句多余的话。他接着转身面对四个客人：“这事跟你们无关。如果需要，我让克拉德给你们指路，现在就可以出发。你们没有必要留在这里。”

瑞文抬起一边眉毛：“开什么玩笑？我们当然要留下和你们一起作战。说真的，你把我们当成什么了？我们才不是懦夫。”

“你说这话也太伤感情了。”凯尔对克里昂瞪了一眼。

“警报怎么越来越响了？”塞拉问，头歪向广场的方向。

“克里昂，我们真的要走了，你得出去指挥军队。”克拉德提醒道。

“等一下，”克里昂又转身对着四人，“如果你们一定要留下来——”

塞拉对他发射了一道能杀人的目光，昂首向门口大步走去。亨利咧嘴一笑，向克里昂耸耸肩，跟在女孩们后面走了出去。他们出了市镇厅的大门，发现广场上所有的摊子都收拾得干干净净，空荡荡的，等着军队集结在此。克里昂露出了指挥官的本色，向四人点点头，跑向前去。克拉德对四人说，要在击退敌人后和大家会合。说着他微微一笑，也跑开了。

“那……我们要不要先去看一下敌方的情况？”亨利问。

“你说的倒是简单。你能飞，凯尔和瑞文也能在空中穿行。那里又没有土地，我怎么过去？”塞拉反问。

“交给我。”亨利跃上半空展开翅膀，手腕微微一动，塞拉也升上半空。

四人全速飞到敏特人树镇的最西边，向下望去。到这里，是树林的边界，再往西去是一望无际的黄草。一英里开外的地方有一大摊黑色的东西，瑞文看出那是数以千计的泥人正朝着他们的方向来了。“哇，军队的规模好大。”

“德穆克说敏特人的兵力有多少？”凯尔迟疑地问，好像有点害怕得到答案。

“我记得他说职业战士有一百个左右，需要的话还有几百个预备役。以前的数目要多得多，不过大部分都战死了。”亨利回答。

“也就是说三百个敏特族战士要对付超过五千的泥人。”瑞文道。

“呃，是的。如果泥人能上树，他们的麻烦就大了。”塞拉说。

“你忘了还有我们。”亨利提醒她。

“可是我们只有四个人，不管魔法多么强大，敌方的人数也太多了。”塞拉回应。“除非泥人都没有了。”凯尔缓缓地说。

“啊？”亨利皱起眉头。

瑞文咧嘴笑了：“我喜欢你的思维方式。”

塞拉疑惑地看着她俩，忽然也开心地笑了。

亨利困惑地眨眨眼，看着三个女孩儿：“有什么是我不知道的？”

“废话，你以为我们三个都疯了吗？”凯尔不客气地说。

“这也不是没有可能。”仙子道。

矮人和精灵同时翻了翻白眼。“好吧，你还记得海德纳说过泥人的三颗水晶吗？”瑞文问。

“对啊，可是……哦，我明白了。那我们还等什么，走啊。”亨利站起身来，随时准备起飞。

“没那么简单。”塞拉喊道，让仙子不要着急。

“计划是这样的，”凯尔说，“两个人留下来战斗，牵制泥人；另外两个去找水晶并毁掉它。”

“我觉得瑞文和塞拉可以留下来战斗，你们俩能操控土地和水，正好克制泥人的能力，以火克火，只不过实际上……你们明白我的意思就好。”亨利建议。

“哪边都可以。”瑞文说。

“我也没问题。”塞拉同意道。

“好。那就这样决定了。”凯尔宣布。没有多说一句话，她和亨利消失了。

第三十章

塞拉一挥手，一根柱子拔地而起，升到了她们的高度。她和瑞文踏上柱子，随即降到了地面上。矮人又做了个手势，一块平整的土板出现在两人面前。

瑞文笑着评论道：“你做这些比以前快多了。”

“我注意到了，我们的魔力恢复之后，比以前强大得多。”

土板载着她们一路向前，停在缓缓前进的泥人军队面前。泥人一开始有点愣神，很快就发出威胁的吼叫，向她们逼近。它们双目充血，冲了过来。

与此同时，凯尔和亨利在泥人营地的中间落了地。营房空无一人，亨利认为泥人倾全力攻打敏特人去了，所以没有人看守后方。营地基本上就是成百个帐篷组成的，有些旧得只剩木制的架子，上面覆盖的未知材料都烂光了。在营地的边缘，有几幢非常老旧，破破烂烂的木房子。亨利猜测这是泥人来袭前妖精住的地方。

“如果你是泥人，你会把重要的水晶藏在哪里？”凯尔问。

“锁起来？”

“说这话一点用都没有。”

“我只能想到这么多。”

“我早知道就留下来对抗泥人了，打仗总比现在有意思得多。”

“别叽歪了，我们先搜帐篷。”二人开始一个接一个地扯开帐篷，搜索水晶。

此时在战场上，塞拉和瑞文用冰和泥土建起一堵堵横跨整个战场的屏障，泥人一个都不能越过墙壁，进犯敏特人的领土。

瑞文拔出剑，横咬在齿间，不停地发射冰箭，箭无虚发。一旦有泥人靠得太近，她就挥舞长剑为自己解围。塞拉则一次次地用战锤重击地面，使得她面前的土地晃动龟裂。

毕竟她们只有两个人，无法照应整个屏障的范围，很快，瑞文和塞拉就被无边无际的泥人重重包围，她们的背贴上了墙壁。

这时，仙子和人类忙于掀开一个又一个帐篷，还是毫无头绪，水晶的线索一条也没有。凯尔懊丧地把一根帐篷的柱子扔向天空：“一点用都没有！”

“也许它们并没有把水晶藏在帐篷里。”

“那会藏在哪儿？”

亨利回头看了看那些木房子：“你说那边怎么样？”

凯尔挠挠头：“我们试试吧。如果我们半小时之内还是找不到水晶，不如回去给塞拉和瑞文帮把手算了。”

“可以，不过我们先看看那几座屋子再说。”

他们走到最近的一幢木屋边，凯尔一脚踹开门。

“你正常点开门不行吗？”亨利批评。

“可以，不过这样更好玩不是吗？”

“随你吧。”

凯尔手里托着一团火，走进屋子。整个屋子就是一个大房间，堆满了劫掠来的财帛。金银珠宝码成一堆一堆，反射着凯尔手中的火光，满屋都在闪闪发亮。

“哇！”亨利悄声说。

“继续找。”

“我们不先看看这些吗？”

“有什么必要？这里所有的东西都是黄金做的，我们找的是水晶，还记得吗？”

“噢，对。”

下一幢房子堆满了银子，再下面一幢则放满了武器。

第四幢房子的大门被凯尔一把火烧成了灰，她欢呼了一声：“中大奖了！”亨利探头望了一眼，发现这个屋里装满了宝石。

“好棒。”他说，叹了口气，声音里丝毫没有高兴的痕迹。

“怎么了？”

“看看这里宝石的数量，如果那三颗水晶真的在这里，我们花一辈子都不一定能找到。我都不知道红宝石和血红水晶的区别在哪里。”

“根本用不了多少时间，你看着。”凯尔举起手喃喃说了句话，瞬间，屋内所有的宝石都燃烧起来，随即炸成了碎片。

亨利瞠目结舌：“你刚刚毁掉了这个世界上，不，整个宇宙里最大的一堆宝石。”

“那又怎么样。我敢打赌它们原来的主人一点也不会介意，因为他们肯定都被杀掉了。他们地下有知，肯定赞成毁掉这些东西。”

“有道理，那我猜任务结束了？”

凯尔歪着头，仔细聆听，然后恨恨地哼了一声，跺着脚：“你听，战斗还在进行中。”

亨利能听到远处塞拉时不时用战锤重击地面发出的巨响。“看来我们还得继续下去，是吧？”

二人继续搜索剩下的木房子，可是毫无收获。十分钟后，他们站在最后一幢房子跟前。“你觉得在这里吗？”亨利问。

“有可能。”凯尔回答。这次她真的是好好开门，可是两扇大门紧紧锁住了。她对着门怒目而视，然后直接用肩膀撞开了。接着，她发出数道火光，点燃了墙上的火炬，二人发现这里是个十分宽敞的大厅，以前肯定是王宫之类的地方。凯尔大踏步走了进去，亨利紧随其后。

塞拉和瑞文对视了一眼，又陷入了紧张的作战中。精灵操纵她的壁垒发出冰箭，把企图推倒墙壁的泥人驱赶回去。与此同时，塞拉缓缓举高双手，从地面升起一根根柱子，打乱了泥人的阵形。

矮人如今前所未有的强大，她能感觉到经脉中涌动的魔力。有了现在的本事，她操纵魔法比以前容易三倍。现在她张开结界比眨眼还快，还能随心所欲地让结界发射巨石。塞拉心知瑞文也是同样的情况。

可是她们俩并不想把泥人赶尽杀绝。虽然海德纳的故事十分惨烈，可是这些泥人有可能并不是丧心病狂的怪物，而是有智慧的生物。如果真是这样，那对它们展开屠杀就是不对的。此外，塞拉并不反对好好打一场，可是她从来不喜欢夺取生命，尤其是现在。

她们要做的只是遏止泥人的攻势，直到凯尔和亨利毁掉那些水晶，这样它们就可以回到原来待的无论什么地方去了。它们一消失，敏特人就得救了，而四个人向西行进的道路也就肃清了。可是虽然塞拉目前的状态极其兴奋，力量也十分充盈，她还是烦躁起来。凯尔和亨利最好快点，她心想，不然我们就不得不做出击退它们之外的事情了。

屋里杂乱无章地摆着家具，椅子腿堆成庞大的一摞，像某种离谱的抽木片游戏，一切都蒙着灰尘。由于布满尘土、油污和天知道是什么的污垢，地板上的纹路几乎不可见，只能略微分辨出是类似棋盘格的花纹屋子中央摆着一只箱子。

凯尔和亨利对望了一眼，小心翼翼地接近箱子，生怕附近有警卫埋伏，或者安着什么陷阱。不过没有人跳出来袭击他们，在走近箱子的过程中也没有机关发射箭雨之类的东西。

凯尔仔细观察箱子，发现上面写满了她不认识的文字。盒子连在地板上，所以无法移动，不过这没关系，他们要做的只是打开它罢了。她做手势让亨利走过来，两人都竖起结界，接着她伸出手指，向锁头发射了一小团火焰，融化了锁。

什么事都没有，但两人没有放松警惕。接着，亨利发出一阵风，掀开匣盖。瞬间，盖子上的文字亮了起来，匣中射出道道火光飞向四面八方。凯尔不屑地哼了一声：“但愿不会只是这种程度而已。”

浓烟散去之后，他们发现箱子的中间有个小一号的箱子。用同样的方法打开之后，这次发射的是铁蒺藜。暗器被结界弹开，无害地落在地上，发出叮叮当当的声音。

他们看向第二个箱子的内部，发现里面还有个更小的箱子。“这太荒唐了。”亨利抱怨。

“那你说怎么办？”

仙子耸耸肩：“你说这个箱子会有什么机关？”他审视着几个箱子。

“毒气？”

“有可能。以防万一，这一次我要用气封。不过你的结界应该可以烧光毒气吧。”

他们又用同样的办法打开了第三个箱子，这次匣中涌出蓝色的气体，充满了整个房间，透过烟雾看见刚打开的箱子内部有第四个箱子。凯尔气得要命，连夸耀自己未卜先知的心情都没了。亨利摊开手，一阵风把屋内的毒气都吹走了。他让风连吹了几分钟，确保室内没有一丝毒气留下。他们一边叹着气，一边继续开箱子。每打开一个，都有新的机关暗器或喷射或飞出来。

第七个箱子与其说是箱子不如说是匣子。“你说是不是就这个了？”

“但愿如此。如果继续开下去，最后一个盒子里连放粒豌豆的空间都没有，更别提‘三颗血红色，拳头大小的’水晶了。”

“我们打开看看。”第七个箱子也被打开了，一时间什么事都没有发生。地板上没有长矛突刺出来，天花板上也没有枝形吊灯砸落，甚至连像样的火光都欠奉。一切都十分平淡无奇，二人心想这未免也太过容易了。

紧接着，头顶的房梁开始咯吱作响，一阵阵尘土直落下来。凯尔赶紧把盖子一个一个盖回去。与此同时，天花板和墙壁分崩离析，玻璃碎片和木屑如雨般洒落，整个大厅摇晃着，仿佛发出垂死的呻吟。忽然之间，一切都安静了。

“他俩死到哪里去了？”瑞文一边用魔法召唤苹果般大小的冰雹倾

泻到泥人军队中，一边大声喊道。她已经把长弓放回鞘内，生怕它在激战中折成两半。

“找几块矿石能有多难？”塞拉也不耐烦。

虽然二人已经成功遏止了数千大军的前进长达半小时之久，却并没有消耗太多体力。她们之所以希望凯尔和亨利尽快行动，是因为不希望敏特人赶来这里。如果敏特人和泥人对上，那多半是九死一生。

瑞文低头避过泥人的手臂，用右脚一勾来犯者的双腿，让它跌倒在地。接着她像闪电一般回过身，一脚踢中企图从背后偷袭她的泥人。精灵同时被多个泥人围攻，几乎没有时间使用魔法。

塞拉狠狠咒骂了一句。

瑞文转向她：“发生什么事了？”

塞拉指了指树林的方向：“看。”

精灵看向她指的方向，心马上沉了下去。她看见敏特人的部队在草原另一边的木头平台上列队了。瑞文也低声咒骂着。

“小心背后！”塞拉喊道。

精灵没有回头看一眼，直接把手臂朝后一挥，胳膊肘射出一股冰流，正打在泥人的胸膛上。她们忙于应付泥人的人海战术，没工夫担心正冲向她们准备帮忙的敏特人。接着，她们听见轰隆隆的声音，泥人营地的方向冒出一股烟尘飞向半空。

凯尔和亨利等了整整一分钟，没有任何动静，可是他们还是没有放松警惕。幸亏这样，当整个天花板毫无预兆地像石头一样砸下来的时候，他们和箱子都安然无恙。即便如此，每当一根粗重的房梁砸在结界上，二人还是感到好似受了重击。过了不久，该倒塌的部分都倒塌了，风也吹散了尘土。

亨利小心翼翼地指挥风把压在头顶上的木板和瓦砾移开。凯尔等得不耐烦，直接做了个夸张的手势，把木板全烧成了灰。仙子叹了口气，翻了个白眼。

凯尔无视亨利的表情，直接走到箱子前，最内层的箱子已经打开，内里放着三个托架，其中两个架子上嵌着海德纳说过的那种水晶，一个架子空着。亨利也走上前来，盯着水晶看。

“这两个是不是啊？”他问。

“我觉得是，可是第三个在哪儿？”

“要不我们先把这两颗毁掉算了？”

亨利用空气飞碟把一块水晶移到一片岩石上，凯尔凝聚魔力，射出一股强大的火力，把岩石和水晶都化得渣都不剩。

烟尘落定之后，一片片瓦砾被风到处抛洒，塞拉和瑞文相视而笑。激战瞬间停止了，都望着发生爆炸的地方。塞拉看见一小股泥人部队脱离主力，向营地的方向去了，应该是探查情况的。

接着，那块地方冒出火光。熊熊的火焰只持续了几秒，接着浓烟拔地而起。又一队泥人追着前面的同伴向大本营奔去。

毫无预兆地，目所能及范围内的泥人全部跌倒在地，浑身抽搐。它们抓住心口，痛苦地呻吟。如果塞拉和瑞文没有那么震惊，她们倒有可能利用这个机会痛打落水狗。不过两人已经惊讶得无法采取任何行动。

矮人转头看向瑞文：“你说他们是不是已经毁掉了水晶？”

“一定是这样，可是海德纳说它们会统统消失，那为什么它们还躺在地上？”

她们正说着，有些泥人已经爬了起来面对着二人，在它们有任何机会发动攻击之前，又一阵剧痛攫住了它们，泥人再次在地上翻滚。

几秒钟之后，所有的泥人都跳了起来，充血的双眼盯着瑞文和塞拉。仿佛被无声的命令驱使着，它们同时冲向二人，凶狠的气势更胜从前。

很快，矮人和精灵再次陷入苦战，再无心去想究竟有几颗水晶被破坏了。她们只希望在敏特人加入战斗之前，亨利和凯尔毁掉那要命的水晶。

凯尔如法炮制，毁去了第二枚水晶之后，和亨利面面相觑。“现在怎么办？”她问。

仙子举起一只手示意她少安毋躁，努力思索起来，人类几乎能听到他脑子转动的声音。

“我知道最后一块水晶在哪儿了。”他宣布。

“真的？你怎么办到的？”

“仔细想想，如果你是首领，你会怎么处置水晶？”

“当然是藏好。”

“对，那你会把它们全藏在一个地方吗？”

凯尔忽然全都明白了，于是露出了笑容：“不，当然不会，我要把它们分开存放，其中两块放在我能想到最安全的所在，剩下的一块，我肯定会随身携带。除了我自己，我不会相信任何人。”

“完全正确。”

“那我们快走。”

“我没有意见。”

凯尔盯着出现在亨利身后的大群泥人，它们已经企图展开包围了。“我打赌，它们有意见。”

仙子急忙转过身去，“噢，得了吧，这里连五十个泥人都没有，它们真以为这点乌合之众能阻止我们？”凯尔耸耸肩，把两只手合到一起，手心向上，像捧着什么无形的东西一样举高双手，忽快忽慢地在周身旋转，忽然发力，只见一张火焰组成的巨网向泥人的方向罩了过去，把一半的泥人兵力压倒在地，动弹不得。

亨利也没闲着，使出了瞬移的本领，在泥人堆里穿行，用长矛柄一阵猛捅。凯尔也加入了近身战，用长剑左挡右格，瞅准空子连连猛踢。没多久，所有的泥人都失去了战斗力。

二人心意相通，没说一句话，就从空中向着来时的方向疾驰而去，很快他们到达了战场的上方。在扑下去之前，他们打算好好观察一下情况。凯尔仔细看着泥人，可是它们看起来完全一样，根本看不出谁是指挥官。她发现敏特人已经向战场前进了三分之一的路程，再过几分钟，就会到达瑞文和塞拉筑起的壁垒前。

第三十一章

亨利和凯尔落在两个朋友身边。四人知道首先要了解一下情况，于是四人齐心协力用魔法建造了结界。

“你们怎么用了这么长时间？”瑞文质问。

“你自己试试看，在那么大营地的几百顶帐篷里找几块破水晶石，需要花多少时间。我就不提那么多的陷阱和想要杀死我们的泥人了。”亨利辩解道。

塞拉举起手：“等会再吵好吗？你们不觉得现在有更重要的事情要做？”

精灵和仙子同时耸耸肩，翻了翻白眼，相视一笑。

“不管怎么说，”凯尔说，“我们只找到了两块水晶，回头再跟你们说细节，不过我们相信泥人首领手上一定有第三块。”

他们的谈话被泥人冲撞结界的噪音打断了。亨利不耐烦地挥了挥手，碰撞声消失。

“可是我们跟它们打了这么久，都没有看见过首领。”塞拉告诉凯尔。

“它们根本不佩戴徽章之类的东西，我们怎么在这一片泥人里找指挥官呢？肯定不能一个一个查，敏特人马上就要到了。”

“我有个计划也许可行，不过你们可能不会喜欢。”凯尔说。

“你先说说看。”亨利急切地说。

“我们要把屏障撤了。”凯尔叹了口气，对其他三人说。

“什么？你疯了？泥人会袭击敏特人的！”瑞文喊道。

“就是这样，我们可以从半空监视，看谁在发布命令。一旦我们找到最后一块水晶毁掉，敏特人就安全了。”凯尔继续说。

“我觉得有道理，可还是不喜欢这个计划。”塞拉低声说。

“我明白你的意思，”凯尔同意道，“可这是唯一的办法。此外，根据敏特人现在的位置，两军遭遇还需要几分钟。”

“我们找到首领之后，能不能再次竖起屏障？”亨利问。

瑞文摇摇头：“敏特人不会感谢我们的。而且，我们一旦竖起屏障，泥人会聚集在一起，指挥官又会混进人群。如果他们分散追击，谁是老大就会一目了然。”

“那就这样决定了？”塞拉问。其他几人叹着气点头。亨利和凯尔直飞上天，冲破结界，飞行的同时紧紧盯着泥人大军，寻找任何发布命令，指挥部下的军官。他们没有发现任何有用的线索，只能耐心等待。

此时在地面上，塞拉和瑞文聚集魔力，把意识集中在魔法墙上，一点点把魔力收回自己体内。当她们再次睁开双眼，壁垒已轰然倒塌，不留一丝痕迹。

泥人见到屏障已经消失，一时不知所措，陷入了混乱。塞拉和瑞文也用魔法变身，飞到半空加入了亨利和凯尔搜寻指挥官的行动。因为空中尘土飞扬，塞拉可以借助半空中密布的土元素达到任何高度。

四人在半空中看着泥人像冲破堤坝的洪水一般猛冲向前，它们一边像妖魔一般嘶叫着，一边向敏特人涌去。它们吼叫的声音在半空都能听得清清楚楚。

四个伙伴用目光仔细梳理泥人的大军，可它们的数量过于庞大，一时间无法找到头领的痕迹。塞拉注意着两军的动向，敏特人和泥人还离得很远，他们还有不少时间来完成任务，如果能及时找到泥人首领的话。

从半空看去，泥人进击时的样子好像蚂蚁一般，瑞文特别留心是否有个别人落在后面，接着她锐利的目光发现了一团相对较大的形体，之前被密密麻麻的泥人遮挡住了，现在才被辨认出来。她刚想凑近看个清楚，那团东西忽然发出一道红光，好像下午的阳光被红色水晶反射的一般。虽然闪光稍纵即逝，瑞文已经确认了目标，她向其他人做了个手势，四人一齐向下俯冲。

四人同时落在地面，被眼前的景象惊得倒吸了一口冷气。他们眼前的这个泥人跟之前见过的都大不相同，它至少有十五英尺（4.5米）高，肩宽差不多是身长的一半，手臂上的肌肉高高凸起，肱二头肌凸得尤其厉害，好像胳膊充了气一般，腿部也是类似的情况，像树干一样粗。不过，它身上最可怕的地方是额头正中闪烁的眼睛，像其他两只一样充斥着恶毒和恨意。当然，那并不是真正的眼睛，而是那块他们遍寻不获的红色水晶。它被某种巨力硬生生嵌入了泥人的血肉，只有末端露在外面。

“天，这也太恶心了。”亨利说道，极力忍住呕吐的欲望。

凯尔用力甩掉反感的情绪，在四人和巨型泥人周围设置了结界。其他人同样，注入魔力进行加固，如此这般，以至于这个世界上没有任何力量能破坏这道结界。随后，他们的注意力转向了泥人。对方盯着他们，可是没有任何举动。

凯尔试着向泥人发射爆炎，正中它的胸口，可是对方连晃都没晃一下，仅仅是厌烦地把它拨到一边。她喃喃咒骂着，向泥人额头上的水晶射出了一道灼烫的热流，巨人也没有畏缩，而是举起手挡住了攻击，把它反射到结界上。结界毫发无损。

泥人接下来狂暴地冲击结界，对它拳打脚踢，甚至用头去撞。与此同时，四人各自用魔法攻击它，可是统统不奏效，泥人对他们毫不理会。

“这家伙是不是对魔法攻击免疫啊？”塞拉问。

“就算是，我也不觉得奇怪。实际上我看到什么都不会惊讶了，除了它脑门上那恶心的玩意儿。”瑞文回答。

“你为什么不把那块东西传送过来？”凯尔问亨利。

“这是个好主意啊，我为什么没想到？”亨利疑惑。

“赶紧做就是了。”瑞文命令道。

亨利集中精神，努力把那块水晶传送到他们这边。一秒钟后，泥人痛呼一声，一道影子向他们的方向飞来。可是它没飞多远，泥人就伸出手来抓住了它。之前嵌入水晶的地方现在是一个深深的洞，流出了脓和紫色的血污。

“这比刚才还要恶心。”瑞文评论。

泥人张开手掌，检视手心的水晶，然后抬眼看着四人，脸上露出奇怪的表情。

“噢，天哪，它不会是……完了，还真是。快点，瑞文，定住它！”凯尔大喊，她已经意识到泥人打算吞下水晶了。

瑞文使出全力，掏空魔力发出的一击，似乎完全被巨型泥人反弹了回来。不过她的攻击还是让巨人顿了一顿，时间刚好够凯尔绕到它背后，在它膝盖后方划了一剑。

接着，凯尔灵活地跳到一边，看着泥人一边痛叫，一边单膝跪下。很快，它回过神来，举起一只巨手，打算砸扁攻击它的人，人类则及时竖起护盾。巨人对结界全力攻击，不过还是被挡住了。

趁着凯尔和泥人陷入僵局，其他三人也配合发动了攻击。塞拉用战锤猛击地面，让大地震动，好使巨人失去平衡；同时，亨利在巨人眼前迅速飞来飞去，进一步让它分神；精灵则趁机向它握着水晶的手发射了许多支箭。

因为巨人没有注意到瑞文，它无法挡开射向手部的箭雨。只听它痛叫一声，手指不自觉地张开，水晶掉落到草地上。它忙于照看自己的伤处，没有发觉凯尔已经一跃跳过它的一只脚，朝着水晶扑去。等它发现水晶不见了的时候，晚了，凯尔已经销毁了它。

一时间什么变化都没有，四人心想海德纳的信息莫非不准确，这就糟了。忽然，一阵大风刮起，比亨利以前召唤过的任何飓风都猛烈，甚至现在魔力大进的亨利也无法和它相匹敌。这阵风不但强大，而且似乎有自己的意志，不容违抗。

风把他们四人建造的结界刮成了无数碎片，好像那只是一个气泡似的。四人做好准备，迎接新一轮的威胁，可是惊讶地发现自己什么也感觉不到。塞拉睁开双眼，发现风绕过了他们，就好像他们站在河中央的岩石上，不受激流影响一般。她环顾四周，发现敏特人也被这种安全的气囊包裹着。在战场的其他地方，飓风则在泥人中肆虐。奇怪的是，草地丝毫不受影响，之前没来得及逃离战场的其他生物也毫发无损。

草在缓缓地摇晃，好像被清风吹拂过一般。与此形成鲜明对比的是草地上方，肉眼可见的空气猛烈旋转，快速流动。四人带着好奇、惊讶和恐惧的神情，看着泥人一个接一个地消失，但并不是以瑞文预料的方式，被风刮走。

实际上，虽然泥人被狂风刮得东倒西歪，它们的足部似乎被牢牢固定在地面。每个泥人都化作漆黑的粉尘，飘上半空，和其他的黑色粉末融合在一起，形成一团乌云样庞大存在，遮蔽了烈日，在草原上投下巨大的阴影，接着它们像被什么吸走似的，飞向西边的沼泽。

没过多久，泥人的最后一点痕迹也消失了，可是风还是没有停歇，忽然，它毫无预兆地逆转了方向，朝着四人的方向刮了过来。过了好一阵，奇异的事情发生了。

先是森林和草木开始重新焕发光彩。花儿复苏，长出新的花蕾；树木拔地而起；草的长度成倍增长，看起来也有了生气。几秒钟之内，它们仿佛经历了几年的成长。

亨利转身看向敏特人，也大吃一惊。他急忙捅捅三个女孩儿，她们也急忙转身，发现敏特人的转变，惊讶得张大了嘴。敏特人的鳞片颜色越来越浅，在阳光下闪闪发亮。不但如此，他们的年纪看起来也小多了。年长的敏特人皱纹少了很多，眼神中的光亮和希望也增加了。年轻一辈的敏特人有些甚至连身材都缩小了。

敏特人面面相觑，又看向自己的身体，他们松弛的臂膀重新变得年轻，恢复成肌肉发达的样子。亨利终于搞清楚了状况，他看着三个同伴，发现她们也明白发生了什么：时光倒退了两百年。如果在其他的情况下，亨利说不定会幽默一下，说几句笑话，可现在的气氛显然不适合开玩笑，也不适合说话。亨利明白眼前无形的力量十分强大，只能充分表示对它的尊重。

凯尔自认为已经见过了一切令人惊讶的事情，没有什么能够出乎她的意料，可是接下来发生的事情还是让她震惊不已。敏特人头顶上方闪着绿光，并开始旋转。凯尔正在猜测绿光的作用，瑞文却让她看向沼泽的方向，那里一幢幢巨大的房屋正在自行建造，包括她和亨利之前无意中弄塌、后来又被她烧毁的大厅。现在那幢纯白的大厅矗立在原地，在日光下闪闪发亮，恢复了全盛期的风采。

凯尔转向刚才的方向，惊讶地发现一个接一个敏特人出现在眼前。绿光完全消失之后，空地上挤满了数以千计的敏特人，数量正好能填满树顶上的镇子里那些废弃的空房子。

风渐渐小了下来，瑞文以为到了这个地步，奇迹就该结束了，可是风力又逐渐变大，并刮得前所未有的猛烈。空气中强烈的魔力已经增加到了令人难以忍受的程度，远远超出他们经历过的一切情况。四人耳朵嗡嗡作响，心旌摇曳，却努力保持着镇定，用力深呼吸，不肯向这股强大的力量屈服。此时几个敏特人已经跪了下来，没多久，只有他们四个还站着。

魔力不停地增长，不知过了多久，以至于瑞文觉得他们四个都要被魔力压垮了。终于他们身上的压力减轻了，而他们的上方则出现了一块块不同的颜色气体。她注视着带着红色的空气落到地上，化作上身像精灵，下身是马的生物。每个颜色都变成不同的生物。这边，蓝绿色的气体化作人身鱼尾的生物；那边，棕色的空气则变成色彩斑斓的仙子。很快，整个草原满是各种各样的魔法生物。

风还在刮，扫荡着一切衰败、邪恶和绝望的痕迹。风中带着音符，听了让人顿起思乡之情，在黑夜里听来也许能使人心怀畏惧，可是在光明的白昼，人人的心中都充满希望。歌声停歇，风也终于停了下来。

第三十二章

第二天晚上，四个伙伴和敏特族三长老，以及他们拯救的所有部族的首领共进晚餐。凯尔、瑞文、塞拉和亨利不好意思地红着脸，轮流向大家讲述事情的经过。讲完之后，餐桌上的所有人都表示四个人对他们有救命之恩。

“其实没什么，不用提了，真的。”瑞文结结巴巴地说。她察觉到不管是巨型的怪物还是异世界的神风都无法让她恐惧，可是别人一旦向她表示感激，她就慌乱不已。

“怎么这样说，”海德纳开口道，“你们救了我们大家的命，当然要对你们进行表彰。”

“没错。”妖精族长老们说，“我们要向恩人们献上一样小小的礼物。”一位妖精长老拿出了四个包裹，加起来足足和他身体一般大。妖精和仙子外形一模一样，包括翅膀，不过妖精的颜色更加多样，从最深的漆黑到最浅的纯白都有。

亨利开口：“你们这样我们十分感动，可是你们真的没必要做这么多。”

“当然是有必要的了，”人马国王用低沉的声音说道，“我自己也带了礼物。”

亨利无助地看着几个同伴，又转向人马国王：“如果可以，我很乐意接受你们的礼物。可是我们还有任务没完成，一路带着这些东西也不太现实。”

“如果仅仅选几样礼物带走，显然是对其他人的不尊重，所以我们这次什么也不拿。”塞拉补充。

人鱼女王站起身来：“关于这一点，我倒有解决的办法。你们都知道我们对魔咒很在行。”席间响起一阵笑声，凯尔猜测女王向着笑声的方向展现的微笑一定别有深意。“我和我手下最好的魔咒师对这些包裹施了魔法，现在它们的容量是无限的，而且能一直保持几乎无重的状态。你们只要伸手进包裹，不管想要找寻的东西是什么，都会自动落到手中。”

“现在，我相信，你们不应该再像仙子朋友刚才那样，对我们的这些礼物加以拒绝了吧。”斯基尔说道。

三个女孩儿对亨利报以责备的目光，他也毫不退缩地瞪回去：“我怎么可能知道他们准备了这种背包？我觉得那样说是个不错的托词呢！不许瞪我了，这又不全是我的错！你们刚才干吗不说点啥？”

“我们说了。”瑞文反驳。

“你们说的全是废话。”亨利说。

塞拉坐了回去，叹气：“现在争吵是不是已经晚了？”

“大概。”瑞文承认。

凯尔咧嘴一笑，转向众人：“我想我们别无选择，只能接受诸位的好意了。非常感谢大家的慷慨。”

“凯尔！”瑞文、塞拉和亨利同时喊道。

“干吗？反正我们最后总要接受的嘛，让来让去的多麻烦。”凯尔争辩道。

与此同时，每个部族首领走到人鱼女王面前，把礼物分别放进她提供的包裹里。瑞文在摇头，亨利用头撞桌子，而塞拉则闭上双目，以手扶额。

礼物装好之后，各族首领把包裹分别交给四人。瑞文、塞拉和亨利接受礼物的时候，还在抱怨地瞅着凯尔。随后他们站起来，深深鞠躬，再次对主人的慷慨好客表达赞美和感激。

海德纳挥挥手让他们坐回去：“该道谢的是我们，你们坐下，尽情享用晚宴就好。”整桌都爆发出了欢快的笑声。伴随着音乐、欢乐和谈话，一晚的时间很快过去了。

大家一致决定让四人多休息几周，好好恢复体力。晚宴后，克里昂带他们回去，留宿在自己家。

在接下来的几周中，四人和附近地区生活的各族都熟悉起来。虽然大部分时间里，他们仍然在敏特人的领地活动，但也时常到其他地区游玩。亨利就经常跑去妖精的领地闲聊，可能是因为他们的共同点最多。瑞文发现人马族都是不错的弓箭手，所以经常找他们比赛射箭。人鱼族的特殊本领是巨力，当他们发现凯尔也有类似的本领时，也时不时来挑战凯尔，看看谁能把巨石投掷得更远。塞拉发现了一个居住在地底的智慧种族，掘地道的方法十分独特，让她很有兴趣。

大多数时候，四个伙伴跟着克里昂和他的小分队一起打发时间，或者跟各族的朋友一起在森林里疯玩。他们生平第一次体验到没有任何偏见的社会是什么样子。当然，没有偏见并不意味着没有偏好，就像敏特人和妖精的关系特别紧密一样，人马和人鱼也是天生的同盟。

海德纳说，在泥人来犯之前，各族之间的关系并不像如今这么友好。也许是近两百年前被毁灭的经历对他们的观念产生了微妙的影响，也许这种影响连他们自己都没有意识到。海德纳认为，他们不仅拯救了大家的生命，还创造了某种和谐，使得她在有生之年都能够享受各族间的和平，说不定和平的生活可以永远延续下去。

四人答，并不是他们让所有人死而复生，使得时光倒流两百年。杰泰尔之前对他们有诸多偏见，现在也成了四人的朋友。他反驳，如果没有四人勇敢无畏的行动，这件事不可能发生，所以应该算作四人的功劳。

他们都心存感激之情，很乐意和新朋友共度这段时光，而不是处处遇到危险的怪兽，疲于奔命。可是虽然他们过得很开心，和各族的相处也愉快，没多久，不安的情绪还是在四人胸中滋长。

一天清晨，凯尔觉得他们在敏特人的地盘已经逗留了足够长的时间："我知道你们不想听这个，可是该出发了。"

瑞文叹气："我这么想已经有一阵子了。我明白你是对的，可是我真的不想动身。"

"完全理解你的想法。"塞拉同意。

"别难过了，伙计们，我预感有一天我们会再相逢的。"亨利断言。

如此这般，四人下定了决心，并告知敏特族三长老，他们第二天就出发。

“你们真的这么快就要走吗？”杰泰尔问道。另外两位敏特族长老也表示出依依不舍之情，克里昂和他的部下也同样难过。

“我们也不想离开，可是有任务在身，现在我们的紧迫感比任何时候都要强烈。”塞拉庄严地回答。

“毕竟，这个任务不完成是不行的。”瑞文强笑。

“能不能请各位派遣几个人给我们做向导，好让我们找到那个地点？”亨利补充。

“当然，你们有你们的任务要完成，我们再拖延时间就不好了。”斯基尔黯然回答。

“克里昂、德穆克、布列迪和克拉德会给你们带路。是他们带你们来到这里，所以他们引你们离开也是最合适的，也算有始有终。”海德纳沉思着说。

那一天，四人造访了附近各族的居住地，跟朋友们一一告别。太远的地方无法到达，他们只能托付敏特族朋友为之转告，并感谢他们的礼物。各族的朋友们都表达了依依不舍之情，但无一例外地理解他们的决定。

第二天一早，所有的敏特人都聚集到镇子最西边的平台上，给四人送别。因为前一天伙伴们已经向妖精和其他附近的部族道别过了，所以他们没有到场。

凯尔一早上都没怎么说话，心情十分低落。在四个伙伴中，她和敏特人的关系最好，主要是因为她的幽默感和冲动，以及对大部分社会规章的无视，与敏特族最为相似。她还想到，如果和敏特人的分别都这么伤心，那最后和三个伙伴分道扬镳的时候该有多痛苦。而这只是一个时间的问题。

凯尔摇摇头，心想船到桥头自然直。和众人告别之后，四人站在三长老面前。

“你们能来这里，真是太好了。”海德纳说道，拿出一块手掌大小的石头，“你们离开之前，我和其他部族的首领为了表达感激之情，决定赠予你们最后一样礼物。大家一致推选我，在你们离开之前，送上这件礼物。这件东西叫旅行石，能把你们带去任何想去的地方。它和传送不一样，因为传送的目的地必须是目所能及之处，而有了这块石头，只要集中精神，想着希望去的地方，这块石头就能带你去。我们事先施过法，把它绑定在你们身上，只有你们四个才能使用它。希望日后你们还能再来看看我们。”

瑞文咧嘴一笑，回答：“我们以后一定回来。”

八人向海德纳深鞠一躬，走到平台的边缘。四个敏特人化为白色巨鸟，飞了下去，落在两百英尺以下的地面。

“我们给他们留下个纪念如何？”凯尔提议。

“你觉得我们给他们除去了几百年以来的威胁还不够？”亨利讽刺地问。

“你看不出她又有了个新主意么？一如既往。”塞拉说。凯尔笑着说出了计划，这回连仙子都不得不承认这是个好主意。

塞拉操纵两百英尺以下的地面，使它大片升起，四人跳上了土制升降梯。和敏特人预想的不同，升降梯不降反升，一直到它超过了树顶，四人见到头顶上毫无遮蔽的蓝天时，凯尔示意塞拉停下。

随后凯尔向下发射大团火焰，瑞文则马上用水扑灭，这个过程产生了大量的浓烟，而亨利则灵巧地运用风力，把浓烟作为素材作画。完成作品之后，四人落到地面，看到所有的敏特人都仰着头，盯着天空。

此时在平台上，海德纳也像众人一样，惊叹着观赏四人的成就。她笑着摇摇头，回家去了。

她永远也不可能忘记四个孩子的朝气蓬勃，和他们对于元素之力的绝对控制。敏特族长老相信他们有朝一日一定会回来，她只希望他们能在她离世前再次造访。不过她并不太担心，毕竟她至少还有两百年的寿命。

第三十三章

四个伙伴笑着落到了林间的地面上，在那里等着他们的四个敏特人也面带笑容。

“退场一定要戏剧化，是吧？”布列迪问。

“一点也没错。”瑞文毫不脸红地回答。

“这主意是凯尔出的，对不对？”克拉德继续问。

“除了她还能有谁？”亨利哼了一声。

八个人没有再多说，径直朝前走，敏特人带路毫无差错，向着西北方而去。大家的心情都不错，可心中的失落感也没法掩藏，因为很快就要分手。走了差不多一小时，瑞文察觉到空气中无形的压力，她抬眼看其他人，明白他们也是同样的感觉。

过了不久，敏特人停了下来，克里昂对四人说道：“还有大约十分钟的路程，朝这个方向直走就是了。你们会看到两棵极大的树，从中间穿过去，是一块空地，那里就是你们寻找的目的地。”

“我们只能陪你们到这里了。”克拉德解释。

“老天，真希望能和你们一起去。”德穆克真诚地说，声音里有掩盖不住的遗憾。

“不管怎么说，我们在这里也有职责在身，和你们一样。”布列迪补充。

塞拉对他们报以微笑，说道：“我们理解你们的心情。如果能多待一阵，我们也很乐意。可是就像你们说的那样，职责在身。”

大家互相拥抱告别。在四人离开之前，克里昂让他们发誓以后一定要回来探望朋友。四人笑着答应了，敏特人才转身并消失在树木的阴影中。四人在原地站了良久，看着敏特人消失的地方。

“又只剩我们四个了。”亨利叹气。

“不会太久的，我们离最终的试炼只有十分钟路程了。”瑞文提醒他。

“我们走吧，”凯尔说，“早点解决掉。”其他人点头同意，于是四人大踏步向前，肩并肩，步调划一。由于心中的期盼而使呼吸急促，无形的压力越来越大，他们感觉到内心深处有什么东西就要被吸走了。

十分钟之后，他们站在充当关卡大门的两棵树之前。树干是柱子，树冠的部分相互缠绕纠结，成拱门形状，和他们之前穿过的四道门十分相似。

“这就是最后的大门了。”亨利说。

“和我想象的不一样，看起来很平常嘛。”凯尔咧嘴笑。

他们对视一眼，同时迈步，走进了炫目的光芒中。刚才森林中的光线十分昏暗，所以他们的眼睛用了好一会儿才适应门内刺目的光线，强度和正午时分的太阳光差不多。

他们面前是一块相当大的空地，周围被高耸的树木环绕。空地的正中是一个空虚的黑洞，看着就让人联想起黑暗、死亡和邪恶。

“这是什么东西？”塞拉悄声问。

“我真心不知道。”亨利犹豫地回答。

“我觉得这是个传送门。”凯尔判断。

“我们要进入这个传送门。”瑞文总结。

四人鼓起勇气，向着黑洞走去。他们每走一步，负面的情绪和想法就愈加强烈。离黑洞还有五英尺左右的地方，大家心中的无助感几乎让他们无法行动。四人额头布满了冷汗，每呼吸一口都十分费力。凯尔强自镇定，走到离传送门触手可及的地方，她用了全部的意志力和勇气才没有缩成一团，而是有意挑衅地捅了它一下，期望自己的手指能穿过传送门。

然而，手指碰到的是坚固的表面，这个发现让她暂时忘记了黑洞的压迫感。“这是硬的。”凯尔过于惊讶，忘记了防备，等她醒悟过来时，已经被负面情绪淹没了。她惊恐地弯下腰，跌跌撞撞地回到其他人站的位置，重复了刚才的发现。

“也许这根本就不是传送门。”凯尔说。

“不，它绝对是，”塞拉斩钉截铁地说，“我知道一定是。”

“它是不是出故障了？”亨利深思。他让一阵风吹向传送门，却惊恐地发现他的魔法不但对黑洞毫无作用，黑洞还在吸收他的魔力。“帮帮我，我的魔力要被吸走了。”仙子急促地喘息。

瑞文急忙在亨利和传送门之间筑起一道冰的屏障，可是吸取亨利魔力的力量过于强大，直接撕碎了冰层。她和塞拉对望一眼，同时竖起结界，阻断了亨利和传送门的联系。

亨利如释重负，筋疲力尽地坐倒在地。凯尔一直密切注意着这一切，又开始开动脑筋。她看了瑞文一眼。

精灵注意到人类的目光，立刻明白了她的意思。“不，不行，我还不能操控这个魔法。而且，你很清楚上次发生了什么。”

凯尔无视瑞文的抗议，径直说：“这是唯一的办法，好好想想吧。如果我们不能合而为一，同心协力，怎么可能冲破这个关卡？”

瑞文摇头：“我们分工合作也可以。”

“然后怎么样，让黑洞吸干一部分人的魔力吗？只有按照我说的做，才能平均分配负担。”凯尔坚持。

塞拉总算明白了她们争执的内容，插嘴说道：“凯尔是对的，你知道的。”

精灵叹气：“你也这么想？你们知不知道我只能勉强操控这个魔法？”

“我可帮不上什么忙。”亨利叹息。

“我不觉得这是什么大问题。”凯尔让他放心，“我的计划是这样的：瑞文需要集中精神操控魔法，亨利负责让我们浮在半空，我们三个把魔力都输送给塞拉，让她负责打通传送门。”

“那你做什么？”塞拉问。

“瑞文，你得把所有人的精神都覆盖在我身上。”她回答，抗议声此起彼伏。

“瑞文，你不能担任我的工作，因为你需要操控整个进程；亨利之前被抽取了太多魔力，太虚弱了；塞拉的魔力还是充盈的，所以你来负责引导所有人的魔力。还有不同意见吗？那就这样愉快地决定了。”凯尔笑着下了定论，移动脚步，走到塞拉和亨利的中间。

“准备好了吗？”瑞文问。

凯尔挑起眉毛，亨利竖起拇指，塞拉则严肃地点头。

“那就开始咯！”瑞文深吸一口气，探询魔力内核的最深处，控制着融合魔法的部分。她挪动塞拉和亨利的意识，把他们共同覆盖到凯尔的意识上层。她开始使用魔法的时候，整块区域都开始发光，魔法完成之后，她面前浮现的是一个闪着耀眼白光的人形。瑞文毫不犹豫地走了上去，就这样，四人真正地合而为一，共享着思维、记忆、希望和梦想。

随后，慢慢地，四人的思维在一定程度上独立开来，可是他们仍然心意相通，齐心合力完成任务。每个人都全力完成自己的部分，凯尔把意识收归体内，所有的魔力都输送给塞拉。

此时，亨利小心翼翼地飞离地面，同时开放魔力的闸门，和其他人一样，让魔力自由地流向矮人的方向。瑞文把大部分魔力传给塞拉，不过自留了一小部分操控魔法，让他们保持现在的形态。渐渐地，他们飞到传送门之前，和它保持五英尺左右的距离。他们用了片刻做好准备，然后塞拉全力攻击黑洞。

黑洞把魔力统统吸收，四人还是继续向它输送魔力，他们能感到黑洞内部增加的压力。四人的合体举起双手，射出一股强大而无法遏制的耀眼白光。他们感知到传送门吸收的魔力已经超出负荷，正在企图把他们的魔力推出来，可是他们坚持着，继续向传送门输送魔力。他们已经经历了太多，付出了太大的代价，绝不能在这里止步。

四人的目标只有一个，就是突破传送门，没有什么比这件事更紧迫、重要。一点一点地，他们压迫着黑洞，让它在连续不断的魔力流下逐渐屈服。

忽然之间，黑洞爆裂，变成了无数块碎片。他们浑身沐浴着白光，看到碎片向四面八方飞溅，承受着某种奇怪力量的攻击。四人凝聚的精神力被打断，他们被自己的魔力吸入传送门，在失去意识之前，只记得身体像洋娃娃一样，被狂暴地抛来抛去。

第三十四章

恢复意识的时候，四人歪七倒八、四肢交叠地躺在地板上。他们同时清醒过来，小心翼翼地站起身，发现自己浑身僵硬，可是难以置信地，体内的魔力比以往任何时候都要强大。他们甚至感觉到魔力在皮肤下勃动。凯尔检视着自己，发现浑身在发光，其他人也是如此。她闭上双眼过了片刻，体会着身上涌动的魔力。“你们能感到这股力量吗？”

“你猜。”亨利回答。

瑞文惊讶地发现，那两个人谈话的时候，她能感受到他们愉快的心情。“你们感觉到了吗？”

“什么？”仙子问。他一开口，三个女孩儿立刻感受到亨利的困惑，因为这正是他心中所想。

“就是这个。”精灵干巴巴地说，“唉，我就知道要出岔子。”其他三人立刻感知到瑞文的苦恼，一时间谁也分不清谁的心情是什么样的。

亨利拍了拍瑞文的后背，安慰她道：“没什么大不了，我们不是都好好地在这里吗？”

四人这才抬头观察四周，他们站在一条长长的走廊里，走廊由纯白的大理石砌成，两边都望不到头。

“这儿究竟是哪里啊？”凯尔好奇。

“我怎么会知道？”亨利喃喃道。忽然他转过头来盯着塞拉：“你能不能别笑？”

“什么？我？我没有在笑啊。”塞拉困惑地看着四周。

“你绝对在笑，你在想我嘴太硬，瑞文在犯傻。”亨利反驳。

“其实觉得你嘴硬的人是凯尔。”塞拉纠正他。

“你觉得他是个牢骚鬼，也许你觉得我觉得他是个牢骚鬼，或者还是——”凯尔说不下去了。三个人陷入白热化的争论，极力分辨究竟这些想法是属于谁。因为他们心意相通，要分清楚简直是不可能完成的任务。

吵了一会儿，瑞文喊道：“你们都闭嘴行不行？我连安安静静地思考问题都办不到了。所有人都闭上嘴，努力给自己的意识加上屏障，让尽可能少的思绪流露。

“那……我们现在怎么办？”凯尔问。

“选个方向一路走到头？”塞拉建议。

“谁来选？”亨利问。

“谁在乎？”凯尔嘟囔。

“什么？”

“没什么。”

“我也这样想。”

“不，我是这样想的。”

“等等，什么？我完全糊涂了。你们别想了，不然我也只能跟你们一起想。”亨利说。

凯尔发出嘲弄的声音作为回答。此时，塞拉注意到，走廊里似乎有个影子在飘荡，可是等她回过头时，却看到空无一物的走廊。因为这里没有任何东西，所以藏身是不可能的。矮人心想一定是出现了幻觉。尽管如此，她还是觉得向那个方向走是对的。塞拉向众人表达了想法，大家一起沿着看不到头的走廊向前走。

感觉上走了几个小时，瑞文锐利的目光忽然发现走廊拐弯了。

“总算到头了，我看白色看得都要吐了。”凯尔半是自言自语地嘟囔。

“感同身受。”亨利说。

他们拐过这个弯，一起惊讶地倒抽冷气。走廊的尽头是一间巨大的房间，圆形的顶极高。墙壁、地面和天花板都由最深的蓝色大理石砌成，房间的正中是由大小依次递减的圆形石板垒成的塔状高台。高台的中心是一块平台，上面立着四个台座。

房间的四周连接着许多通道，每个门洞都是不同的颜色，有绿色、红色、黄色、蓝色、紫色、黑色和十余种其他颜色，搭配着同色的走廊。不同颜色的通道都指向房间的中心，越来越窄，到达塔状高台时，已经细成了一点。

“哇！”凯尔惊叹。其他人一声不吭，沉默地看着眼前壮观的景象。

从震惊中恢复过来后，瑞文问道：“你们说这些台座上是什么？”

“神灵们之前不是说过，让我们取回某些圣物吗？”塞拉问。

“对，就是这样。”凯尔快步向前，一步跨上三个台阶，其他人也急忙跟上，每个人都直觉地选了一个台座。“啊，是王冠，这有什么特别的地方？”

每个台座上都摆着一个黄金打造的简洁圆环，中央镶嵌着不同的徽章，和不同颜色的色带。

瑞文耸耸肩，伸出手去，一碰到王冠，浑身闪起蓝光，把身边的东西都照蓝了。凯尔触摸到她的王冠，也浑身冒起明亮的红光。塞拉也有样学样，可是当亨利也拿起王冠时，光线都变暗了。

“啊，本来看着还很有意思的。”仙子有点失望，抱怨道。

令人意外的是，房间里随即又覆盖了明亮的光线，四个散发着光芒的身影出现了。四个神灵再次现身了，和初次见到时一样，他们用同一个声音发言。

“做得非常好。你们在很短的时间里完成了很长的旅程。所有人都获得了新的力量，也交到了新的朋友。请各位走上前来，坐下，听我们讲一个故事，关于这个世界的构筑，我们的来历，和你们四个来到这里的真正原因。你们想要明智地运用自己的能力，这些知识是必不可少的。”

四个人目瞪口呆地盯着众神，木然地坐下，完全没有意识到自己在做什么。接下来，四神轮流开始讲述世界的起源，因为他们互相接话的时候毫不停滞，听起来就像一个人在说话一样。

“很久很久以前，世界空无一物，只有一片漫无边际的空虚，永远没有丝毫改变，因此也没有时间的概念。渐渐地，这片空虚开始有了自己的意识，在漫长的时间里，这点意识漫无目的地飘荡，越来越强大，也越来越有活力。然后忽然之间，不知运用了什么力量，这点意识拥有了形体，变成了智慧生物，这就是创世女神的来历。她给自己创造了肉体，并用了数千年的时间探索广阔的宇宙。在她走遍了这个宇宙的每一个角落之后，女神耗费了难以想象的能量，创造了恒星和行星。可是她的新造物仅仅维持了她一段时间的兴趣。

“因此，她又创造了我们四个，来陪伴她度过漫长的时光。她赋予了我们许多强大的力量，可是母神本身的力量还是强过我们数千倍。当她对这个空间感到厌倦之后，母神把它托付给我们，自己则去探索域外的世界了。从那以后，我们四个一直管理着这个宇宙，而母神则一去不复返。但临走之前，她向我们许诺，当我们最需要她的时候，她会回归的。

“这就是我们四个的来历。母神离开之后，我们也追随她之前的脚步，一起探索广袤的宇宙，可是过了很久很久，我们也摸清了每一个角落的秘密，因此再有趣的旅程也开始让我们觉得百无聊赖。对这种生活厌倦之后，我们也像母神那样，创造生命。母神创造了那么多星球，可是上面没有一个居住着文明的智慧种族。因此，我们共同选定一个最合适的行星，各自创造了一个民族，并给他们选定了一个首领，赋予特殊的能力。很多世纪以来，这四个民族和谐共存，就像我们当初希望的那样。

“后来，我们和暗黑之神起了冲突。他非常强大，远远胜过我们之中任何一个。实际上，就算我们四个同心协力，也只能勉强招架他的攻击。双方陷入僵局的时候，他的黑暗力量也侵入了你们的世界，让你们族间起了隔阂，进而发展成武力冲突，而他就从中汲取能量。在他的调唆下，四个智慧种族纷争不休，恶性循环使得他的力量也不断增长。大约两百年前，黑暗之神在你们世界的力量压过了我们，所以一切都乱了套。你们族间的冲突急剧激化，而泥人也出现在另一个世界，它们存在的唯一目的就是毁灭其他种族。幸运的是，最近我们驱逐了黑暗之神。

“严酷的战争打了两百多年，两个世界都满目疮痍。地球上的种族在互相残杀，而这里，只有敏特族在挣扎求生。一开始，我们以为让四族言归于好是小事一桩，可是很快就意识到，通过正常途径根本无法达到目的。你们可能还在困惑，为什么要来到这里。耐心点，很快你们就会明白一切。”诸神指着他们的王冠，“你们四族的第一位首领戴的就是这些王冠，有了这个就能准确选定王位的继承人。只有真正的一族之长才能佩戴这些王冠，就像你们手持的武器一样，只能被真正的国王和女王使用。”

“可是——”塞拉结结巴巴地开口。其他三人也和她一样震惊，面面相觑，哑口无言。

“是的，你想的没错，年轻的矮人。你们四个是真正的王者。耐心点，听我们解释这次任务的缘起。首先要明确这一点：你们必将要成为伟大的人物，这是你们一出生就注定了的。戴上王冠吧。”

虽然神明开口敦促，四人在震惊之下，还是过了好一会儿，才用最庄重的态度戴上了王冠。王冠刚戴上头，他们就立刻感到一种理应如此的感觉，就像出发前接受武器，和旅途中获得新能力的时候一样，一切都是那样的自然。

“虽然你们的地位是一出生就已注定了的，不过根据你们迄今为止的卓越表现，就是把王位奖励给你们也不为过。我们四个商议，未来的王者在上位之前，必须证明他们的价值。这次的任务既是试炼，也是帮助你们获取强大力量的必要途径。因此，我们改变了这个世界的一些形貌，让它成为试炼的理想场地。你们一路上历尽千辛万苦，险象环生，你们也很好地应对了每一个危机，赢得了每一次挑战。我们争论了很久，才决定这一路上都用这条小路指引你们的方向，直到旅程的终点。你们能够自行找到最终的试炼，也就是传送门的所在，也很好地说明了这一路上的成长。

“这次试炼还有一个最重要的目的，就是要为了让四族再次和平相处，而首领们必须自愿相互合作。我们知道这其中的风险很大，不过，通过这段冒险经历，让你们能共患难、共生死，去了解相互尊敬和理解的真谛。当然，我们也意识到，这一路上你们不会轻易地放弃争斗，就设计了每次接受试炼的一位都会暂时被剥夺魔力，只有依赖同伴冒死的救助，才能重获新生。如今，你们已成生死之交，相信四族的和平美好生活就要到来。”四神满怀希望地说。

“现在，是你们实施新权力的时候了。你们离家已经一月有余，在这期间，四族的冲突愈发激烈，已经演变成了全面的战争。我们正说话的时候，四族已经集结了庞大的军队，正要进行最终的决战。”

“什么？”瑞文喊道，“我们一定要阻止他们！”

诸神微笑着说：“说得对，的确要阻止他们。”他们交换了富有深意的目光，一齐说道：“再会。祝你们的统治长久而稳固。要记住，我们会一直监督你们。”话音刚落，伙伴们被传送到了一处山崖之上，正是几周前他们的出发地。可是这次，再没有通向远方的小路，他们的下方，是一片广袤的平原。

在山崖的正下方，是庞大的人类军队，都身着红色。顺时针方向过去，是全身翠绿的矮人大军，仙子全身纯白，而精灵则组成一片蓝色的海洋。四族在人数和战斗力上看起来都旗鼓相当。四人心知肚明，如果当真打起来，必然是毁灭性的惨烈局面。

他们惊恐地俯瞰眼前的景象，忽然军队中已经有所动作。信号已然发出，所有兵士都检查护甲，拔出武器。

“老天，”凯尔惊呼，“我们真要赶快了。”

亨利立刻制作了一个空气飞碟，四人毫不犹豫地跳了上去。他们一边向下俯冲，一边看到各方的军队已经要发起冲锋。三个女孩儿同时动作，用火焰、泥土和寒冰构筑的结界阻隔了四族的军队。被阻挡的士兵不得不停下，迷惑地四下张望。亨利召唤一阵清风，围绕在四人口边，起到扩音器的作用，这样在下方集结的部队即便有成千上万，也个个能听到他们喊话的声音。

“准备好了吗？”亨利轻声问道。其他三人一齐点头，决心显而易见。

“各族的人民啊，请听我们讲，”四人心意相通，说话和思想都如同一人，“争斗必须停止。再这样下去，精灵、矮人、人类和仙子都必将毁于一旦。我们要联合成为一个国家，才能共同走向光明的未来。你们之中很多人都还记得从前的时候，各族间可以自由通行，人类能造访冰雪覆盖的北方，精灵也能安心地进入山区，而不必担忧遭受攻击。那时候没有饥馑，也没有死亡和战争，四族得以繁荣发展。我们信仰的众神已经表明，他们希望这个世界回归过去的荣光。一千年来的纷争，我们的人民已经饱受创伤和煎熬，让我们摒弃前嫌，重归于好，和谐共存，相互信任，让真善美重新成为人世的准则。”

结界慢慢地消除，四人缓缓地降到战场中央。他们的脚一沾地，一道闪电就撕裂了天空。这不是普通的闪电，天上没有一丝云，地平线上也没有雷雨云。又是一道闪电，紧跟着一道又一道不停地照亮着战场。每道闪电颜色都不同，而且都在半空停留良久。奇怪的是，没有雷声，也没有其他任何声音。

很快，战场上方的天空就聚集起数十道闪电，交缠着高速旋转，越来越快，直到所有的颜色都交汇成为纯白的光。

士兵们又是惊讶又是畏惧地看着眼前奇异的景象，而四人则平静自若。其实他们也十分震惊，但还是决定装出一副无所不知的样子来震住大家。

头顶的光晕在不停旋转，此时每个战士的体内都浮现一片片阴影，被光晕吸引着飘上半空。代表着负面情绪和能量的阴影如此之多，连太阳都被遮蔽了。光晕逐渐吸收了所有的阴影，缩小成针尖大的一点，轰然作响，随后消失不见。

尾　声

在这之后，事情处理起来就简单多了。所有的人都被吓住了，无心也无力再战。四个新首领好好地把他们带离了战场，回家去了。

当然，四族间的融合并非像他们四个想象的那么容易。另一方面，在最年长的历史学家仔细检查了他们的武器和王冠，确认是真正的王者之器后，他们接管政府的过程波澜不惊。当然，各个的管理机构都有异己的存在，他们宣称四人太过年轻，缺乏领导能力，一定会引导全员走向灭亡。

但是，大部分人，特别是那天身在战场，亲眼见证奇迹的人，都坚信，虽然四个人还年轻，经验不足，却有足够的力量、勇气和智慧，来履行他们的职责。他们在新一届政府中看到了希望，真心相信在不久的未来，和平不再是一句空话，也不是梦想，他们真的能步入新的、更好的时代。

四个人知道各自的国家要融为一体并不容易，还需要他们付出很多努力，并经历相当长的时间，他们坚信这种努力和代价所换来的和平是民心所向的。他们颁下诏书，号召居住在边境地区的人民迁移到中央地区，回到原本就属于他们的家园和为了躲避战乱而废弃的城池。虽然各族仍以本部落聚集生活，但四个国家间的通商和旅行都活跃了起来。

最终，四族混居的城镇开始在国家边境上繁荣起来，这些城镇都是国王和三个女王为了民族融合特意建造的。虽然他们分别治理独立的国家，可还是经常召开会议，碰头见面。民众不知道的是，这些会议都是表面功夫，因为他们根本想不到四个首领可以直接通过心灵交流，开会只是见面的借口。

从异世界的历险归来后半年左右，四个伙伴在亨利的城堡里举行峰会。伙伴们团团坐在桌边沉默良久，亨利忽然窃笑：“谁能想到这个呢？”

“要是一年前，有人说我会坐在这里，我肯定认为他在说胡话，并把他扔到沟里去。”凯尔说。

“听起来倒像是你会做得出的事情。”瑞文毫不客气地评论道。

塞拉笑着赞同：“我最近才真正领会到这件事的意义。过去的六个月过得飞快，都没工夫静心想想。”

“你知道最怪的事情是什么？从来没有人问过我们的意见。让当首领，我们就当了。我觉得一开始我们被吓傻了；后来专心拯救每一个人，又忙忘了。我们还没明白是怎么一回事，就已经变成现在这个状况。”瑞文说。

“我甚至还有自己的顾问。我可从来没想过三个哥哥能提供什么好建议，不管有没有价值。也许猪真的能飞上天呢。”凯尔开玩笑。

“喂，给你们看样东西。”沉默了一会儿，亨利忽然站起身。他领着三个朋友绕过蜿蜒的围墙，进了一个宽阔的院子。在那里，他骄傲地把角落里几株又矮又粗的树苗指给她们看。

“你真的把它们种下去了？”塞拉问。

“还真长出来了？”凯尔看着亨利，“你居然种活了，真了不起。我本以为你是那种好多天不喂金鱼，然后把它们活活饿死的人。”

“就死了一条好吗。”仙子国王咕哝。

“这叫什么树来着？”瑞文问道，走过去仔细观察这些树。

“布莱肯森树，”亨利回答，“我试吹过叶子了，能行，很了不起吧？”

“这倒提醒我了，”精灵女王说道，“我该把这个种下。”她掏出很久以前在敏特人住处，最高的大树赠予她的橡果。瑞文一直以来都把它装在口袋里，时不时拿出来摩挲，回忆在异世界的那段经历。

现在，她终于下定决心要种下这粒橡果，让它成长。塞拉在土壤里挖了个小洞，瑞文把橡果放了进去，挥挥手，从附近的池塘里召唤水源，浇灌那块土地。

“你觉得它会长大吗？”凯尔问。

“一定会的，这也是有魔力的啊。”亨利回答。瑞文之前已经告诉过他们，她得到橡果的故事。

四人转身正欲离去，还没迈步，忽然身后吱嘎声响作一片。他们回过头，看见一棵树苗已经破土发芽，正向天空伸展枝条。四人惊异地目睹叶片抽芽，树苗长得越来越高。他们相视一笑，欣赏起眼前的奇迹。

过了很长时间，大树才不再以肉眼可见的速度开枝散叶。看着叶片在微风中摇摆，四人摇摇头，回到屋内。那天晚上，四位王者谈笑到了深夜，回忆起那次影响深远的冒险。

在元素之神给他们下达任务之前，四人对于真正的友谊一无所知。现在他们深深明白，即使他们一事无成，就算所有人都背弃了自己，他们还是可以彼此信赖依靠。他们一边为将来制订计划，一边思索着友谊的意义，同时考虑着现在他们能为四族做的事情。他们领悟到，自己单枪匹马做不到的事，四人齐心协力就能完成。也许这就是神灵赠予他们最宝贵的礼物。

在四人头顶，参天大树的枝条轻轻摆动着。在今后的数千年中，它都会耸立在皇家花园的中间。后来，连亨利城堡的石板都化为尘土了，它依然亘古不变。在后来的许许多多代人类、精灵、矮人和仙子眼中，这棵树成为四个普通少年改变世界的永远的见证。

四族简史

在选择他们创造的智慧种族将要居住的星球时，四位元素之神可谓是尽心竭力。他们拣选了一颗中等大小的、离恒星较近的行星，上面只有一块大陆。大陆基本是正圆形，北方边缘终年为冰雪覆盖，而南方边界紧挨着赤道。

B.C.（博扬纪元）0年——四族被创造，并安置在大陆中央气候最为温和的地区。他们齐心协力在赫特文湖的边上建造了厄罗斯特城。

B.C.2年——塞纳尔、比亚翠丝、艾米勒和吉莉安的统治开始。他们分别统治自己的部族，但通力合作。

B.C.3年——无数的探险者出发探索周围的地区。

B.C.7年——探险者回归，带来了大陆边缘的信息

B.C.15年——厄罗斯特城的人口达到饱和，不断有人迁出城去。虽然新兴城镇基本由四族混居，但不同的种族都偏向于固定的迁徙方向。人类去向南方，地图显示那里是一大片沙漠；仙子则移居到西方密布森林的平原；矮人向东方的丘陵地带而去；而精灵则偏好气候较冷的北方。

B.C.206-253年——四个方向的海岸线上都建立了城镇。

B.C.865-924年——塞纳尔、比亚翠丝、艾米勒和吉莉安的统治结束。他们的继任者继承了之前的政策，四族继续和平共处。

B.C.5792年——黑暗之神降临，散播不安的种子，四国之间开始出现裂痕。

B.C.5793-5810年——紧张的局势愈演愈烈，四国之间划分了国

境线。四族都迁回自己的国家，并驱逐异族。

B.C.5811年–A.D.(厄罗斯特城毁灭后)0年——壮美的厄罗斯特城被焚为白地后遗弃，随后各族严守边境线。

A.D.1–787年——四国间的关系进一步紧张，但通商和旅行在严密监管下仍然存在。在彼此孤立的情况下，四族深信其他种族都是未开化的野蛮人。边境冲突时有发生。

A.D.788–801年——四族试图重修旧好，但军队规模不断扩大。

A.D.802年——导致侵掠开始的原因尚不明确，但冲突的暴力程度不断攀升。

A.D.1001年——四位元素之神战胜了黑暗之神。

设定：
种族/生物

矮人——女神塔梅尔用泥土创造的种族，能操控土元素的各种形态，能建造巨大的地底城市，也能在短时间里让颇具规模的镇子拔地而起。由于具备了这种能力，矮人出行十分便利，因此许多人爱好游荡。他们虽然身材矮小，但颇有力气，动作却不甚轻巧。是唯一使用金属护甲的种族。矮人冶炼技术十分先进，锻造的武器为各族所看重。生性严肃，感情很少外露，因此常常被误解为粗鄙冷淡的民族。事实上，矮人相当务实，虽然不容易跟外人混熟，但对亲近的人是十分友善的。

精灵——为女神艾丽妲用冰和水创造，比其他任何种族都能忍受严寒，能驾驭各种形态的水元素。视力优越，在半明半暗的环境中能明察秋毫。和其他民族相比，精灵与自然界更为融洽，是潜行的高手，能够在各种地形中隐蔽行动，因此也被其他种族视为鬼祟的一族。战争爆发后，大部分精灵部族移居到严寒的冰原，利用严酷的环境躲避战乱。现今，精灵和其他种族甚少交流，所以大体上认为他族都是落后低等的种族。因此，虽然精灵本身智慧很高，其他各族都认为他们自恃过高，瞧不起人。

仙子——创造者为风神扬戴恩，属性是风。能操控风元素，对他们的飞行有很大帮助。仙子的翅膀外形和蝴蝶十分相似，但和鸟类一样，内部有中空的骨骼支撑。翅膀颜色多变，黯淡的褐色、鲜艳的红色和橙色都有涵盖。过去仙子对翅膀颜色不甚在意，但如今越来越多的仙子把鲜艳的翅膀看做是地位和血统高贵的体现。实际上，他们的翅膀颜色往往是随机的。因为可以轻易从上空侦探敌情而不被发现和袭击，仙子个个都是优秀的探子。各族对仙子的评价都不高，认为他们是轻浮虚荣的一族，事实上仙子荣誉感很强，也十分勇敢。

人类——女神芙尔迪用火元素创造，对火元素有不同程度的掌控。以脾气暴躁易怒出名，所以在战争爆发前就为其他各族所不喜。虽然本性好战，但人类对朋友十分忠诚，不过对过往的冤仇也不轻易忘怀。一直是高度军事化的种族，军队的组织性也最强。虽然不畏惧作战，但并不享受战争。在战争开始前，很多人类移居到沙漠地带，逃避战乱。虽然沙漠区域食物和水源都时常短缺，但他们在环境的保护下十分安全。

冰龙——能够成长到惊人的尺寸，通常从鼻子到尾巴超过一百英尺（30米）。全身有钻石般坚硬的多层冰蓝色鳞片覆盖，脊柱到尾巴密布长长的骨刺。极端危险，能够吐冰息。十分好斗，会主动攻击。尤其是在冰雪严寒的领域中，几乎无法被杀死，寿命很长，多数时候在冰下休眠。

蜮怪——为黑暗之神创造，外形类似蠕虫，体型庞大，可以长至七十英尺（21米）。有几百只锐利的足，可当作武器使用，一般在地底打洞前进，最快时速可达四十英里（65公里）左右，但没有人知道它们行动迅速的具体原因。蜮怪能用大部分生物无法探知的次声波交流。领地意识很强。除了极个别单独行动之外，绝大部分成群活动，数量可达五十之多。

岩浆人——黑暗之神另一个恶意的作品。只存活在极端高温的环境中，因此往往藏身于火山口。虽然只有两英尺高，但通常成群行动，会捕猎任何不幸误入它们领地的生物。会喷火，也会摩擦牙齿发出令人胆寒的噪声，使猎物陷入惊惶，难以抵抗它们的攻击。

托儿普（团子）——黑暗之神造物中最神秘的生物，看起来完全不具备进食和延长生命的器官。每个托儿普都是直径两英尺的透明啫喱状团子，可以互相融合，变成更大的托儿普。有人猜测它们都是单个的细胞，但是它们究竟如何浮空和产生电火花还是未知数。

泥人——黑暗之神最成功也最可怕的作品，生存的唯一目的是毁灭其他生灵。没有思维能力，也没有独立思想。为嗜血的欲望驱使，从不停止攻击，是极端可怕的对手。外表是人形，皮肤粗糙皱褶如树皮，看起来十分可怕。终生在沼泽中摸爬滚打，身体常年覆盖着厚厚的泥浆和尘土，肮脏不堪。似乎有些微操纵土和水的魔力，但基本不能用来辅助作战。

敏特人——平均身高八英尺左右，从头到脚覆盖着绿色的鳞片，能化身为多种不同的动物。优秀的建造者，生活在全木制的树顶城市中。城镇中心是木制广场，他们居住的房屋都栖居在巨大的红杉树枝条上，由广场向四面八方延伸开去，其间由令人眼花缭乱的木桥和索桥连接。敏特人由三长老领导，包括族中最年长的，和每年推选的一男一女。极端顽强，是在泥人不断侵袭中唯一存活的部族。

人马——上半身是人形，下半身是马的生物，虽然身形较为庞大，但动作敏捷迅速。能够创造逼真的幻影，但是这样做的主要目的往往是好玩。虽然本身的战力非常可观，但是本性还是平和的民族。善良的内心往往被粗犷的外表所掩盖，实质上是那个世界最友好的种族之一，经常把小孩背在身上，带着他们满树林疯跑。人马时常自告奋勇充当信使，替人送信。

人鱼——三英尺高，深绿色皮肤。优秀的施术者，能够结合意念和语言施展复杂的魔法。由于吟唱时间很长，而且复杂的咒语需要长时间的练习，所以临战并不实用。吟唱咒语不但需要每个字都咬准，而且语速和顺序也必须准确无误，否则施法就会出错。因此大部分人鱼只能操纵有限的简单魔法。他们身材矮小但力气很大。这两种特殊能力不能相互辅助。也就是说，魔法操作特别强的人鱼往往力气欠缺，反之亦然。

妖精——外形和仙子十分相似，但是皮肤的颜色绮丽多变，由长老会统领，和敏特人关系十分密切，是最亲近自然的种族。皮肤的颜色和本身具备的魔力相呼应，如皮肤带绿色调的妖精种植技能十分出色。绝大多数妖精的魔力都和自然有关，有些妖精可以在任何地形追踪任何事物，有些在金属冶炼方面非常拿手，还有些能感知对妖精有毒的物质。妖精对他们皮肤颜色和魔力的关系浑不在意，因为这些能力不是遗传，而是随机分配的结果。

图书在版编目（CIP）数据

终极之门 / 陆源著,卓青译. -- 南昌 : 百花洲文艺出版社,2013.10

ISBN 978-7-5500-0812-0

Ⅰ. ①终… Ⅱ. ①陆… ②卓… Ⅲ. ①长篇小说－中国－当代Ⅳ. ①I247.5

中国版本图书馆CIP数据核字(2013)第252331号

终极之门

陆源　著

卓青　译

出 版 人　姚雪雪

责任编辑　余　茳

美术编辑　方　方

制　　作　张诗思

出版发行　百花洲文艺出版社

社　　址　南昌市红谷滩世贸路898号博能中心A座9楼

邮　　编　330038

经　　销　全国新华书店

印　　刷　江西新华印刷集团有限公司

开　　本　720mm × 1000mm　1/16　印张　13.75

版　　次　2013年12月第1版第1次印刷

字　　数　150千字

书　　号　ISBN 978-7-5500-0812-0

定　　价　23.00元

赣版权登字　05-2013-332

邮购联系　0791-86894736

网　　址　http://www.bhzwy.com

图书若有印装错误，影响阅读，可向承印厂联系调换